有一种力量，叫文学；

有一种美好，叫回忆；

有一种感动，叫青春；

有一种生命，在鲁院！

鲁迅文学院「百草园」书系

万物无邪

朱朝敏 ◎ 著

梦幻与死亡的故事;
背叛与救赎的叙述;
逃离与回归的书写;
自然与灵魂的渲染……

WANWU WUXIE

江西高校出版社
JIANGXI UNIVERSITIES AND COLLEGES PRESS

图书在版编目（CIP）数据

万物无邪 / 朱朝敏著. —南昌 : 江西高校出版社，2017.6
（2024.9 重印）
（鲁迅文学院"百草园"书系）
ISBN 978-7-5493-5679-9

Ⅰ . ①万… Ⅱ . ①朱… Ⅲ . ①中篇小说—小说集—中
国—当代 Ⅳ . ①I247.5

中国版本图书馆CIP数据核字(2017)第158248号

出 版 发 行	江西高校出版社
社 址	江西省南昌市洪都北大道 96 号
总编室电话	（0791）88504319
销 售 电 话	（0791）88595089
网 址	www.juacp.com
印 刷	北京一鑫印务有限责任公司
经 销	全国新华书店
开 本	700mm×1000mm 1/16
印 张	15
字 数	185 千字
版 次	2017 年 6 月第 1 版 2024 年 9 月第 3 次印刷
书 号	ISBN 978-7-5493-5679-9
定 价	58.00元

赣版权登字-07-2017-770

C目录
Ontents

万物无邪

1

黄昏时,洋画师来我家,跷起二郎腿坐在了门口。他先是等来放学的我。看我狐疑地上下打量他,便朝我点点头,招呼道:"丫头放学了?"我噢噢两声跑开,眼睛仍不肯离开他。

他来干什么?

我当然惊奇。我们庙村的人几乎都来过我家,比如,逢到身为医生的父亲回家,来问问有恙的病体;比如,请我母亲出工裁缝衣服,再比如,请颇有些神秘招数的我祖母(我们庙村的都称呼能婆婆)驱凶纳吉……按照他们说法,庙村人差不多踏过我家青石门槛。洋画师却没有,在我印象中,他几乎没来过我的家。他不会来,因为他与我祖父断交了,即使万不得已照面,均是冷眼而过。

但此时他却来了,来干什么?我纳闷地问祖母。祖母在灶屋里烧水做晚饭。她拣来两个鸡蛋,在手心摩挲一下又放回柴火堆中的葫芦瓢里。

我又问了一遍。祖母眨巴着仅存的左眼,自语:"不晓得洋画师和我们吃不吃晚饭。"灶屋里熏得很,她忙得又纠结,我只好走开了。

洋画师喝完我祖母续上的茶水，换掉另一只腿，骑在刚才翘起的腿子上。二郎腿又上下颠悠了。他眼睛望向屋外，等来我母亲。她刚从庄稼地里收工回来。

"呀，洋画师是稀客。"我母亲进院门就嚷道。

"收工了？这天也挨黑了。"洋画师，摇摇晃晃地站起来倚着大门望天。黄昏的影子越来越重，蒙着脑袋纷纷朝着地上扎下来。洋画师搓着双手，张嘴朝地上吐口涎水，再吐一口，倒把嘴角挂上白沫。他一边伸手抹嘴一边说："该掌灯了，驼背爷子要回家了吧。"

"哦——"我母亲边点灯边一波三折地吐出一个感叹词。

"我来了有些时候了，等驼背爷子回来，有事商量下。"

双手交握的洋画师，站在门前。有两个影子倒在灯光游移的堂屋里。地上的影子瘦长笼统，整个脑袋是一个小柿饼般的黑团。而在敞开的大门上的影子只有半身，脑袋上的五官侧影倒是鲜明，尤其是那个高鼻子，如若山峰耸立。洋画师，一点也没叫错。还有那天生的卷曲头发，石灰颜色，哪怕快要掉光，稀疏地耷拉耳朵周围，也舍不得剪短，从耳朵上披挂下来，又被顺拢到脑后，遮住大半个脖子，他更像一个洋人了。我们庙村喊他洋画师，从我有记忆来，他就没有争辩过，在他看来，他就是天生的洋画师。

洋画师刚接过我母亲重新泡上的茶水，我祖父背着双手回来了。

"收工了？"

洋画师说的"收工"，是指我祖父打纸牌回家。我祖父驼背，过了七十大寿后，不下田不拾掇家务，只放羊。放羊也是早上牵出门，晚上牵回家。有时，我祖母闲暇，太阳落山前帮着把羊牵回了家。祖父放完羊只剩下一件事，数纸页子（即打纸牌）。他的规律是，白天打牌晚上就不打，逢上白天有事没打，可以晚上熬夜打。

"还不收工？天都黑定了，畜生也归了笼子。"祖父硬邦邦地答道，脖子上的青筋蚯蚓般蠕动。接着，又扯开喉咙喊："丫头，收桌子上菜吃晚饭。"

这等于下了逐客令。

洋画师不会不懂，却嘻着脸庞站一边，看我祖父摆好饭桌，拿出酒杯。我母亲笑着洗好另一只小酒杯，准备放饭桌却被洋画师伸手拦住。

"不必客气……我跟驼背爷子商量完事情就走。"

我祖父不耐烦了，破着嗓门吼道："有话就说有屁就放。"

"好，好，我长话短说，我是来跟你借个东西的。"

祖父没作声。

"这东西谁家都有，可我没有——也不是没有，我婆婆子和我家老四不都走我前面了吗，那东西早下了土。我最近在庙村转了个遍，发现还是驼背爷子的合适，对我口味。"

洋画师要借东西还弄得这样悬乎神秘，他什么意思，想要卖关子吊吊我们胃口不成？

"什么东西？"祖父到底沉不住气了。

"寿木（即棺材）。"

我们望着洋画师，齐齐张开了嘴巴，却发不出任何声音。连我祖母也颠着小脚从灶屋里出来，眨巴着左眼盯着洋画师看。

我家是有口棺材，是我家起新屋时请木匠做下的，那时我尚未来到人世。那口比我年纪还要大的杉木棺材，躺在猪圈栅栏前，黑漆漆的，承接从屋顶渗露来的天色，泛起薄冰片的微光，日夜与农具为伍，与猪羊为邻。不用问，这口棺材可是物归所主，是我祖父为他自己准备的。洋画师却看上了。

"看上又怎么样，寿木能够借吗？"

洋画师走后，我祖父还在愤愤不平。尽管他不借，可是他为洋画师跑来借东西，又是借棺材而气愤。祖父咚咚地用筷子敲饭桌，脖子上的青筋突突地跳动。他瞪着眼睛继续说："他脸皮怎么就那么厚呢？简直可以当砚台研墨了，我们断交这么多年，他说跑回来就跑回来？笑掉我大牙。跑回来不说，还想借我寿木，做梦啊。"

祖母眨巴左眼，插话说："他借寿木……做甚（庙村口头禅，即做什么）？"

是的，洋画师没有说，我们也没有问。根本来不及问，洋画师一提出要求，就被我祖父抄起竹扫帚轰走了。

"做甚？寻死着急了。"祖父的恨意不小。

我祖母一听见"死"字，赶紧丢下手里的饭碗，双手合十于胸口，嘴巴念念有词。

我祖父才不管，愤恨正酣，说什么也不善罢甘休。他赌气地噘起嘴唇，继续说："就是嘛，我可是说的实话，他以前做了恶事，害怕死后没有寿木落窝呗，活该，我才——"

祖母站起来，大声地念叨一声"罪过"，压下了祖父后面的话。

要说，祖父那话过分了，洋画师虽然不算有钱，可也不至于没钱准备棺材，也不至于走路前没时间准备（哪怕将就一下）棺材。哪里是祖父说的呢？再则，祖父说洋画师做恶事，也片面了。

祖父起身喝了口茶水，又坐下诉说。不过，口气缓和许多。"这个洋画师，顶顶就只会装样，在我们庙村画个像就了不起了？我们庙村能人多的是，我驼背也会写码子（给走路的人在黄表纸上书写祭奠之词）数纸页子，算是文武两通的了，他凭甚小觑？"

"什么小觑？"我睁大双眼问。

"这样瞧我。"祖父斜睨眼神，拉长了脸庞，又抿起嘴唇。见我还是瞪着双眼，继续说："那年起屋，我请木匠准备寿木，反正一道手，干脆请洋画师画像，他就不得了，摆起臭架子，磨蹭半天才提笔画，画个甚——"祖父转身回屋，翻箱倒柜的，捧出一张黑白画像，提到我们跟前，窸窣着抖开。

是祖父。他颔首低眉，从画像上端投射晶亮温和的眼神，看向我们。温和慈爱的光芒霎时笼罩了我凝望的眼睛。

"就是你嘛。"我叫道。

"我？"祖父右手食指在画像上指点，说，"我颈项（即脖子）呢？我肩膀就与后脑壳长在一起了？"

我看看祖父又看看画像。他们就是一个人。尽管此时驼背祖父努力仰起下巴，可是他山丘般耸立的驼背淹没了他的脖子。若是坐着，他的肩膀几乎就长在耳朵后面。

祖父却不这样认为。他是不愿意在画像里看见，他是一个驼背。在他看来，洋画师没水准不说，还耍了坏心眼，故意画成这样。我祖

4

万物无邪

父不服，与洋画师沟通要求重画，他特别强调，颈项要直。

那不是你驼背爷了……洋画师很固执，拒绝重画。我祖父哀求一番没效果，又威胁洋画师，洋画师却荤素不吃，袖着双手离开。边离开边梗着脖子道，你驼背爷要感谢我给你画了好像，别不识好歹。

感谢感谢。我祖父就用半截黄瓜敲着铜锣到洋画师家感谢去。洋画师把我祖父拦在屋外，脸涨成酱紫色，一口气憋在胸口半天也出不来，伸出的右手上下抖动好一会儿，才夺去并扔掉我祖父手里的半截黄瓜和铜锣。

半截黄瓜敲锣打鼓，意思明显得很，去了半截——这不是明目张胆地诅咒洋画师吗？

洋画师和我祖父从此断交了。

2

洋画师被我祖父轰走，也并不放弃，他是铁定了心思，要借我祖父的杉木棺材的。

第二天，他跟在我祖父屁股后面，先是放好羊，又前后相随到三丧婆子那里去。

过无忧潭时，我祖父在潭边摘下小袋蛇果。鲜红欲滴的蛇果，熟透了，拥堆在一块碰挤出粉红的汁液。我祖父担心碰坏，根本不敢提着袋子，而是摊开了双手捧着，小心翼翼地迈着脚步到三丧婆子家。

摘些蛇果做甚？洋画师开始不明白，随后他想到三丧婆子家的催生子。估计是为催生子准备的。听说那催生子嘴巴比人还刁，吃食必须是新鲜的。反正他自己又不打牌，没必要去讨好催生子。他要讨好的是我祖父。于是，在路上一再低声下气地请求帮我祖父捧蛇果。

却是白搭，我祖父才懒得搭理他。

洋画师看我祖父小媳妇般撅着屁股扭捏着身子走路，忍不住想笑，又不敢放肆，于是右手捂在嘴巴上。笑声囫囵，暧昧极了。我祖父很不高兴，沉下脸庞，准备回头打击下，却没来得及出声。

咯咕，一只尖脑袋尖下巴的鼯鼠飞来。它全身棕红颜色，两只若有若无的小翅膀耸出毛发，唰地扇破我祖父手中的布袋子。布袋子碎片扇到洋画师张开的嘴巴上。

洋画师"呀"了一声，双手捂嘴蹲在地上。

催生子叼起两三颗蛇果吞下，落在地上，轻盈从容地伸伸脖子，又低头吃了些掉落在地上的蛇果。然后，转过身去，翘起尾巴，毛茸茸的尾巴朝我祖父扫扫，盖住身子一溜烟跑回家了。

我祖父得意地朝洋画师笑笑，跟在催生子后面向三丧婆子家走去。洋画师刚迈脚，又停下，忍住疼痛在地上捡起几颗完好的蛇果，跟在我祖父屁股后面一阵小跑。他要去三丧婆子家，须得紧跟在我祖父后面。刚才，那只名为催生子的飞鼠已经给了他教训。

驼背爷子连三丧婆子家的催生子都混熟了，真是有能耐。洋画师的上嘴唇红肿，却丝毫不能影响他说话，何况这由衷的赞叹。但在我祖父听来，不过是套近乎。而于洋画师，实则大实话。

三丧婆子已经不好惹了，何况还养个稀奇古怪的畜生。瞧那畜生，明明就是个大老鼠，却偏偏披着厚实的棕红毛发，还长出个翅膀，又会爬又会飞。翅膀若是敛起，藏在毛发中，根本就看不到。一旦扇开，偏偏又如刀刃般锋利，扇破个袋子不值一提，扇断绳索钢丝才叫庙村人惊讶。催生子这个外来客，也不是三丧婆子取的名，而是……前些年一个外地人提着个铁笼子到庙村来，铁笼子里的小东西屁股后面汩汩流血。外地人眉飞色舞地嚷道，你们庙村有福了，这东西跟你们送来了宝贝。我们庙村人就围拢了看。外地人指着笼子越发口若悬河：啧啧，这血可是它的经血，等干了，刮下来，救命疗心还魂啊。庙村人顿时惊呆了——天下奇宝，莫不是人闻所未闻的东西？那样注定就是大宝贝。可瞧瞧那笼子里的小东西，从形象来看，又是个小狐狸。看着看着，疑似狐狸或者大老鼠的畜生微微扇开了翅膀。人群愣怔，若木鸡不动，眼球钉在笼子里。人群后的三丧婆子问，这东西真有那么好？话音刚落，笼子里的飞鼠扇起翅膀，割断了笼子，一溜烟地飞到三丧婆子的肩膀上，屁股后面的血汩汩地流在三丧婆子的后背上。

外地人捂掌而答："妇人，这东西在告诉你，它叫催生子，当你是大好人，把宝贝留你一人了。"从此催生子就留在我们庙村，跟着三丧婆子了。

三丧婆子不是本名，是她自己取的名字。说来还有来历。她年轻时生了三个儿子，第三个儿子刚满周岁，老头子就走路（去世）了。三个儿子分别长到十三四岁时相继夭折。以后，她逢人就招呼——我这个三丧婆子闲下来了，一起来数数纸页子。"三丧婆子"就叫开了。庙村老少遇到她，都称呼三丧婆子。叫着叫着，她的本名倒被忘了。三丧婆子平常也就一件事，打纸牌，即数纸页子。平时纸页子要三人玩，三丧婆子与我祖父是我们庙村数纸页子的两大高手，两人在场，第三方多半会输。偶尔三丧婆子失手，她可是狗急跳墙般破口叫骂，一个劲地怀疑第三方要心眼玩花招，要人下不了台。再加上不好惹的催生子，看见主人发怒，也跟着扇起翅膀示威，吓得人到处躲蹿，自然，第三方参与就相对少了些。若剩下三丧婆子与我祖父，他们两人会玩刷嬲（纸页子一种玩法，以一张落单的纸牌寻求和牌）。

洋画师屁颠屁颠地跟在我祖父后面，来到三丧婆子家。刚到屋前，催生子猛然飞来，咯咕叫唤。洋画师后退一步，左手捂脸，右手摊开，喊道："催生子，请吃。"

催生子吞完蛇果，落地跑开。

"洋画师你还蛮乖的，进屋里来。"三丧婆子招手道。

"来，来一起坐坐。"三丧婆子柔声邀请。反正是玩，即便高手，两人熟玩似乎存在诸多遗憾。此时洋画师主动上门，不是打牌又有何事？她眼睛不禁发亮，瘪下去的嘴角鼓圆了，吐出的声音不比往常。

洋画师摆手拒绝。他是画像的，平时不画像就下田，老了也是如此，哪里有闲工夫琢磨纸牌？现在上场等于白白送钱。

三丧婆子敛起声容，一张满是褶子的瘦脸苦了下去。我祖父摆好纸牌，右手食指中指并一起，一声一声地闲敲桌子。三丧婆子落座。两人开始刷嬲。可洋画师拒绝参战，却并不离开，而是站在旁边，隔几分钟就向我祖父开口借棺材。

我祖父回答简单。"不借你。"

洋画师算准我祖父会拒绝，也不气恼，不断重复。"把你的寿木借我，把你的寿木借我，把你的寿木借我……"

三丧婆子恼了，眼色斜睨，问："洋画师你又没走路，借驼背爷子寿木做甚?"

"我找驼背爷子借，你问个甚?"

三丧婆子噤口。却怒容满面，她连续放了我祖父三牌铳字。第四牌刚刚出三五个字又被我祖父自摸和了。

"丧气到家啊。"三丧婆子嘀咕着，黑起脸庞开赶洋画师。"你走吧，快滚，你这个丧门星……"洋画师仿佛没有听见，坚持向我祖父借棺材。我祖父黑着脸色不帮腔，也不答应洋画师。

三丧婆子站起来，一手握住纸牌，一手抓住洋画师的手，把纸牌放到洋画师手里，厉声吩咐："借谁家东西上谁家借去，你站了我地的，必须得洗牌，一起玩打，否则滚蛋。"

催生子也蹿到跟前凑热闹，扑棱起翅膀上下翻飞，咯咕咯咕地叫唤不止。哪里是叫唤，就是跟三丧婆子一鼻孔出气。

洋画师握着纸牌不敢动。想了一会儿，最终决定，还是不能参与打牌，否则要掏光自己的荷包，还要贴上倒霉脸面，何必。他走上前，把纸牌放在桌上，转身离开，却没走远，站在三丧婆子屋外。隔些时候又朝我祖父开口借棺材。

我祖父开始没理，后来忍不住了，抄起屋外竹扫帚赶打。"你这个丧门星，滚开。"我祖父实在气不过，从洋画师站在三丧婆子屋外，他就不再和牌，接二连三地放铳。

"我不滚开，除非你答应借。"

"不借。"

洋画师揪住我祖父打来的扫帚，使劲一拖，就与我祖父扭打在一块，边打边吵。"借我寿木……""不借……"两人抱在了一起。

三丧婆子起初在屋里冷眼旁观，后来等不及了，出来劝架。"算了算了，有话好好说，说清楚就好了。"三丧婆子的劝解根本无力。洋画师与我祖父扭抱一块儿滚倒在地上。祖父是驼背，倒在地上，难以动弹，洋画师一时占了优势。洋画师骑在我祖父身上，却举起双手，嘟哝着嘴巴。"我没打你，你自己清楚哦，我只是向你借寿木。"

"你们闲着没事找架打，另找地方去，别脏我家地盘。"三丧婆子跑去拉开洋画师，又与洋画师一起拉起我祖父。

我祖父觉得输了，不仅输了牌还输了架，全身溃败，于是，脸色铁青，气咻咻地转身回家了。

3

洋画师又跟到我家里来。

我祖父躺到拖椅上闭目养神。洋画师弯腰站在旁边，小声借棺材。我祖母正在准备午饭，偶尔闪身看过他们几眼。一直弓腰求借的洋画师，居然给我祖父泡了茶水请祖父喝。

我祖母拉洋画师一边问："你又没走路，借寿木做甚？"

洋画师唉声叹气，欲言又止。我放学回家，听见洋画师正在解释："我前几天晚上起床小解，居然看见一条鸡冠蛇朝我扭着身子跳舞，我婆婆子走路前说过，若是我看见鸡冠蛇跳舞，就能与她在黄泉里会合了，能婆婆，你说说，我还有多少日子？"

他哪里是解释？其实就是找我祖母求证。我祖母用仅存的左眼上下看遍洋画师，说："我们庙村的老说法是这样，看见鸡冠蛇跳舞，就是去日不远了，可你好好地，不是说在晚上看见吗？兴许是看花了眼。"

"那请能婆婆铺个蛇皮扎个银针看看我脉络。"洋画师被我祖母说得将信将疑，提出请求。

我祖母的能耐是：能够针对病痛部位铺上蛇皮，再对着蛇皮纹路扎银针。有人曾经问道理，包括我们家人，我祖母也说不清楚，只说是她家的祖传招数。这说不出道理的招数，倒挺灵验。我去年舌头起泡，嘴巴都张不开了，祖母在一个月华若霜的晚上，在我背脊上铺上蛇皮。沁凉的蛇皮搭在我背上，一直凉到我心口。心跳缓慢了，连血液也冷了下来。祖母在我背上扎银针，一针下去如同蚂蚁叮咬。祖母边扎边喊：出来吧，小鬼，里面凉寒得很。我要她别喊行不行。祖母说，扎针就是驱魔，不喊不行。连续扎了两天后，我嘴巴好了，按照祖母说法，一些小鬼怪跑出来了。还有一次是我表姐半夜打摆子，我舅妈急得没办法，请我祖母铺蛇皮扎银针，也扎好了。我们庙村不晓得有多少人偷着请过我祖母，也只能偷着请，那时我祖母的招数被划在封建糟粕内。

"哪里是糟粕呢？起码，能婆婆这样敬奉菩萨天帝，敬了信了，这天地的事就不能凭嘴巴解释，是心窝里的事，说不清，心却领情了。"这是我们庙村的议论。饱含了他们的信奉。

连洋画师也请我祖母了。

"你不痛不痒地铺甚蛇皮？"我祖母说着眨巴着左眼走开，丢下了洋画师。

洋画师伸手摸摸脸又拍拍胸口，看见我投来的眼神，问："丫头，我这把年纪不会多疑吧？"说罢，又掉头找我祖父去。

洋画师怎么再开口？我祖父鼾声如雷，只怕洋画师喊破喉咙也无济于事。

我祖父这天贪上睡觉了。吃过午饭喝过茶水，到无忧潭担了一小桶水，就又躺下了。躺着躺着，鼾声雷响。其间，洋画师肯定来过，却终是没有开口。

晚上，洋画师再次来我家，又扑空。

我祖父傍晚时分被我小姑父用拖拉机接去做客了。洋画师很失望，搓着双手问了两三遍，驼背爷子明天回来不？

没人回答他。他又咕哝，颇不满意——为甚明天还不回来？

我祖母被洋画师的咕哝弄得烦躁，眨巴左眼说："明天玩得好，后天还会在那里玩。"

"总不会玩到大后天吧。"洋画师呆了一下，失口问。

"谁晓得。"祖母悠着口气答道。

洋画师又失口自问："为甚明天还不回来？又没有人陪他数纸页子？"说着，抬眼看我们。我都看出来了，他在问——在我小姑家，有无人陪他数纸页子，当然他希望得到"没有"的答复。可这的确是未知数。数纸页子不独是我们庙村的玩法，我们整个岛上都玩。

洋画师离去前，去我家猪圈屋看了棺材。双手在棺材上慢慢走过，嘴巴发出啧啧声，只说，这生漆落土，只怕更亮堂。说着闭眼，脸庞贴上棺材表面，使劲地嗅鼻子——似乎上了生漆的棺材无比芬芳。许久，他睁开了眼睛，用手拍打棺木，右手在棺木上起落。棺木太厚重了，只有嗡嗡声。洋画师又拍，这次是握紧了拳头擂，仍然只落下嗡嗡声。

洋画师搓着双手离开，简直是恋恋不舍。

4

第二天中午，我放学回家，听见猪圈屋那边有声音传来，霍霍霍的。我以为猪饿了在拱槽。祖母摇头否定，说："有多少喂了多少，顺它们的意，它们肚皮肯定饱饱的。"

我"哦"了声。想想也是，祖母就是这样的人，从来不会喂一半留一半。但，我耳边又响起霍霍声音。是什么？难道来了贼偷东西，大天白日的。我撒腿跑猪圈屋去看。

妈呀，哪里有贼？原来是洋画师来了。他在干什么？他在掀棺材盖子，气喘吁吁的。他掀开了棺材盖子一角，踮起脚尖朝棺材里爬。

"你爬棺材？"我讶然至极。

洋画师回头看见闯进来的我，赶忙嘟哝："我就看看，看看。"

说罢，又溜身下来，欠起上身掀棺材盖子，哼哧哼哧的，满头油汗。一边还压低声音解释："口不够，我进不去咧。"

这个洋画师。我纳闷地问道："你进去做什么？"

洋画师嘘了声，叮嘱我别说话，还许诺找时间给我画像。他伸手抹把油脸，再次铆劲爬上去。爬进棺材里猫身坐下，才张大嘴巴长长地舒了口气。

洋画师的脑袋悬在棺材边沿，兀地模糊不清。从屋顶亮瓦渗漏的光线，裹满了飞尘呛鼻扑来，蝴蝶跌入花丛般群飞乱舞。一时，嘤嗡声叽叽声稀嗦声在我耳边纷响。接着，猪扯起嗓门叫唤。

"丫头——"祖母喊我。

我梦幻般惊醒，准备退出，却见洋画师慢慢放倒他的身体。那悬浮在棺材边沿的脑袋消失了。他躺在棺材里。顷刻，巨大深厚的棺材吞没了洋画师。他的上身、脑袋、高鼻子和卷曲而稀疏的头发。连同屋顶亮瓦投射来的光柱，昏黄的粉尘乱舞的光柱，均在豁口的棺材里消失。

洋画师说不见就不见了。

我退后的脚步忍不住上前，轻声走到棺材边，踮起脚尖，又伸出右手朝上抓，只能抓到棺材上沿。

"洋画师。"

静默。

我再次喊道："洋画师。"

还是静默。

"你的人呢？"我的声音，带着惊恐的哭腔从我心尖绕过，又在我耳际弹响。惧怕遽然降临，于是，我转身就跑。

"别，别说啊。"洋画师的声音从棺材里跑出，拽住我。

他人还在棺材里，没有消失。我侧过脸，果然看见他重新活过来的脑袋，一会儿晃在阴影里，一会儿晃在刺眼的光线里。他正爬起，小心翼翼从棺材里拎出他整个身体。

黄昏时，我祖父回家了。

"洋画师来没有？"祖父居然惦念起洋画师了，不等我们回答，颇洋洋自得地说，"倒还不习惯了，不见他……看他那个苦瓜相，真是要死着急——就不借，来了也是白来。"

"白来还要来哦。"洋画师右臂夹着一叠东西边应声边进屋。

他不请自坐，坐在祖父对面。

"你为甚这样不通融，驼背爷子？还念念不忘我给你的画像，你是不懂啊……那真是好画像，趁着你壮实留下的面目，清朗得很，你却挑三拣四地，我画的像值得怀疑？"

祖父躺在拖椅上，闭眼不看闭嘴不答。洋画师"哎哎"两声，叹了口气，摊开自个手里的东西。

"是画像。"我拢上来，问道，"谁的像？"

洋画师并拢双腿，把画像放上。画像在他瘦弱的双腿上塌陷了两端，根本看不出是谁。

"咳，我整了一个下午，收笔画了。"洋画师垂着双手在椅子两边，背压着椅背朝后倾，眼睛盯着画像。

我祖父坐直了身体。

"你自己的像。"我说道。

洋画师站起来，双手上下拎扯起画像，朝向我们。"看看，你们看看，我把自己画的像不？"

画布上的洋画师微微颔首，眼光低垂，温和地看着我，又有几分迟疑。我突然想起祖父的画像，尽管他们那么不像，却都是这样的眼光，这个样子。

"你徇私，鸡毛头发都被你拉直了。"祖父鄙夷又愤然，"你的小九九我不知道？你的怪鼻乱发都没有了，还是你洋画师？"

"驼背爷子，你看自己看不到，看我还指望你看到？"洋画师翘起右手食指，为他自己申辩，浑浊的双眼瞪出鲜红的血丝。接着，卷好画像，颇为激动地吐吐气，继续说："罢——我给你看，是告诉你，我一把老骨头，唉，恐怕不日留下的就是这张像了，走在寿木前，找到眠地，再走回家，安身镜框里。"

天完全黑了。

母亲还没有回家。祖母在灶屋里烧水做饭。堂屋里，我、祖父和洋画师站着或坐着，眼睛逐渐模糊。猪羊绵弱的叫声中，黑暗水般漫来，掀起秘密而沉闷的声响。

静默。风声断续。呼吸似有若无。我脑海睡梦般发钝，失却了思绪。

"你……还不是来借寿木吗？"许久，我祖父打破静默，悠着口气说道，"明晓得结果，何必，不如找人打去。"

"不。"洋画师断然否定。"就这些天，我上哪里谋去……谋不到好杉木，我先借下，我儿女保证年底前还你，保证是同样好杉木的上生漆的寿木，包管你以后睡得安稳舒服。"

灯光亮起。小脚祖母竟然摸进堂屋点上油灯。她是给她自己点的，她留下背影给我们。但站在春台前颔首弓腰的祖母，在地上留下倾斜的祷告影子。

"想用死威胁？不成，不借你。"祖父站起来，不晓得是才站起来，还是已站了好一会儿。

"借定了，我都睡过，刚刚好。"也站着的洋画师，与祖父相对。两个人的影子在地上纠合一块，分不清楚彼此。

堂屋一时又没了声音。

两个影子定定地铺在地上，彼此纠合，仿佛拢着肩头窃窃私语。或许什么也没有讲，就这样拢身一起，一起被沉寂黯淡的时间定格。夜风轻拂，在地上跑出静好温柔的味道。我是觉得，扑倒在地上的影子远比他们自身好看。

不久，影子分开，祖父和洋画师几乎同时跨脚，方向不同。洋画师离开我家，祖父去了灶屋端灯，再去猪圈屋。

接着，裹着怒火的叫嚷声传来，是祖父在发火。

"他什么时候跑来摸寿木的？乱摸乱践（土语，拨弄之意），没有王法了，他什么时候跑来的？"

我想起洋画师消失于棺材的那一刻，脑海顿时被弥漫着灰尘的光线充塞，那种茫荒的感觉顷刻间又掏空了我。一阵睡意袭来，我忍不住打了个哈欠……棺材，也就是个眠床吧。

"你们来看，他竟然动了我寿木。"

是的，洋画师当时掀开棺材后睡了进去，再从棺材爬下来径直走了。棺材盖子有一半是挪开的。

"这是衣服吗，容得来试？"祖父的声音满含痛惜。

"难怪……"祖母朝我眨巴左眼，说出两个字后嚓声。

我嗫嚅下嘴唇，终究没有出声。当时我听见猪圈屋里的声音跑来看，看后没有了下文。祖母"难怪"不仅在恍悟我疑心猪拱槽的声音，还在质疑我看后没有跟她说起。

"他不是试，真睡进去了……"

祖父祖母一起把眼睛望向我。

我听见自己的声音轻弱又满是赞许。"他掀开寿木盖子，猫身睡到寿木里，一睡下……他什么动作都没了，只说这寿木真是好。"

灯光在我们身上拂来拂去，却力不从心，犹如我们的眼神，无法穿透我们自己和屋子里的棺材。巨大的谧寂的黑影压在地面，犹如山峦，浮腾出灯光中的我们的虚弱。

不晓得说什么才好。

我们一时静默。

5

谁晓得呢？洋画师居然找到了同盟，一起劝说我祖父借棺材。

是三丧婆子。

催生子咯咕咯咕地叫着，飞身在屋子里外掀起一阵风。三丧婆子闪身一望，看见洋画师跟在我祖父屁股后面来了，就主动摆放了一张椅子在门口。

这次，我祖父给催生子带来一些土鳖和螳螂。可能是天气闷躁的缘故，也可能是催生子又到了经期，它吞进两个土鳖，扇起翅膀飞到半空又吐了出来。掉了脚的土鳖落在屋前的粪堆里。

"它嫌弃哦。"我祖父沮丧着，把袋子递给三丧婆子，说，"你先收起来，等它想吃了再给它吃吧。"

三丧婆子不接，袋子掉在地上。三丧婆子唤了声催生子。催生子落在地上，溜了一圈，嘴巴叼起袋子跑开丢进粪堆，又卷起尾巴蹲在洋画师一旁。洋画师如梦初醒般，"噢噢"两声，抖开手里的布袋子。布袋子里装着他赶早到庙寺里挖来的竹笋，还是刚冒出地面的竹笋。

咯咕，催生子腾起，嘴巴叼起竹笋吞进肚子。

洋画师笑呵呵地弓腰，双手摊成一个平面，捧着竹笋请催生子就食。

"倒还是个有心人。"三丧婆子边说边接过洋画师手里的竹笋，放一边，由着催生子细嚼慢咽去。

"进来吧。"三丧婆子邀请洋画师进屋。

我祖父踮起脚尖，闪身到屋外，"呸"的一声吐出一口痰水。正在进食的催生子扇起翅膀，扇出一阵风沙。我祖父双手蒙眼赶紧溜进屋里坐好。

三丧婆子和我祖父刷鹩，闹得牛气烘烘的。而洋画师，并未按照三丧婆子的默许坐在门口重复他的借词。相反，他没有作声，而是弓着腰垂着双手，绕着牌桌来回走圈。

开始，我祖父以为洋画师在看牌，很得意地要求洋画师上桌凑合下。三角鼎立，牌战才酣，远比两人斗来斗去要好玩得多。

洋画师没有回答我祖父的话，只是绕着牌桌走走停停、停停走走。

"一起玩玩，反正也是闲着。"

三丧婆子跟着邀请，却在抬头后发现，站在我祖父旁边的洋画师正目不转睛地看着她。

三丧婆子捏牌的左手不由抖了下，右手出牌也迟疑几分。

我祖父显然觉得奇怪，回头去看旁边的洋画师。洋画师似入定般地浑然不觉，只是拿眼上下打量三丧婆子。我祖父顺着洋画师的眼色望去，却看见姑娘般羞赧的三丧婆子，满是褶子的脸皮一下冒出红晕，眼梢微微下垂，而嘴角浮起不好意思又抑制不住的笑意。

我祖父心中纳闷了，这把年纪还玩年轻人游戏？再说，这三丧婆子有啥看头，年轻时就没有看头，还等这把年纪，还等丧夫又丧子后孤寡成一颗老核桃。

我祖父咳了声，又伸开右手，扑哧着滑过左手捏的一把纸牌。三丧婆子居然低头抿嘴笑了。她在偷乐。

洋画师偏着脑袋也笑着说："好，这个角度好。"

我祖父和三丧婆子仰起脑袋，齐齐看向洋画师。

洋画师转身就跑。谁晓得他什么意思？三丧婆子不明白，我祖父也不明白。他们彼此没了话，只有纸牌落桌子的呲呲声。

一两盘牌下来，洋画师又来了。他捧来了画笔画布，勾着腰，在三丧婆子家画了起来。催生子觉得是新鲜东西，摇着尾巴溜了几圈，又觉得没趣，咯咕咯咕地叫唤几声，毛茸茸的尾巴铺在身子上面跑开了。

我祖父有些微迟疑，又摸起牌，而三丧婆子忍不住，干脆停了双手，敛着声容问："画我们玩牌吗？"

洋画师"哼哼"两声。在我祖父左臂后摆好架子，又嘟哝："这个角度最好，你们玩你们的。"

"我们玩牌有甚画头？"三丧婆子双手还是未动，继续问。

"我画你，三丧婆子。"

三丧婆子"哦"了声，多褶的脸庞又泛起潮红。我祖父一听画像，就恼火万分，嚷道："画个球，你小九九地，不过出你的恶气。"

"你的像画得那么好，你自己看不出。"洋画师颇惋惜地摇头。接着，要求三丧婆子继续玩牌，他保准画出的三丧婆子最像三丧婆子。

"我倒真想看看自己。"三丧婆子笑了，右手拢了下稀疏的头发，又紧了紧脑后的簪子，才开始摸牌。

6

中午，祖父在饭桌上播报，我们忍不住笑了。祖父也笑了，却很短暂，又恢复一脸严肃，继续说："这个洋画师小九九多，还不是为借寿木。"

"他画三丧婆子跟借寿木有什么关系。"我反驳。

祖父哼唧下。祖母眨巴左眼说："要说，洋画师的画还是不错的。"

"是不错、不错，三丧婆子也这么说。"祖父提高语气。

这么说，三丧婆子很满意洋画师的画像了。我揣测。但在我祖父

万
物
无
邪

看来，揣测多余，他早给出了答案。在祖母看来也是多余，洋画师画的本来不错。

"他把三丧婆子脸上的褶子都画没了，画她看着你笑——这是她三丧婆子吗？"祖父的筷子咚咚地敲在桌面，脖子上的青筋突突地鼓起。他不过又在旁敲侧击他自己的画像中的驼背。

"都是讨好，你们等着瞧，三丧婆子下午就要劝我借寿木给他了。"

"那你借吗？"我问。

"不借。本来有些想借了，他玩小九九斗心法，我越发不借了。"祖父大口扒完饭菜，喝了两口茶水下桌。

"洋画师，你，你……"祖父的声音从猪圈屋传来。我的天，洋画师又来了。我们放下饭碗跑去猪圈屋。

棺材盖子又被掀开一角，洋画师正吊在棺材边沿。祖父拉洋画师下来，两个人扭在了一块。

"我睡下，睡下就出来。"洋画师很固执，不理睬我们，还使劲地推开祖父的双手，猫起身子朝棺材里爬。

"我的寿木，让你睡个球。"祖父气急败坏地擂起拳头，狠狠地朝洋画师攀着棺材口沿的左手揍去。

洋画师"哎呀"一声，松开抓棺材的手，人掉进棺材里，只剩下左小腿在外面。祖父又去拉他的左小腿，却扑空。洋画师缩进腿子，又缩下他留给我们的半个脑袋。深厚宽广的棺材再次吞没了他的踪迹，还有气息。

"出来，洋画师。"

"洋画师，出来。"

祖父连续叫喊几声，终究被沉寂失望地弹回。

我们面面相觑。从屋顶亮瓦渗漏的光线，混浊而热闹地游弋，摇晃我们的眼睛和身躯，我们毫无所动。静默半晌后，祖父转回堂屋搬把凳子靠棺材放好，他爬上去，倚着棺木伸手朝下拉。他的左脚踮起，右脚悬空，拼了全身力气拉洋画师起来。

"你出来吧，快出来。"

洋画师终于被我祖父拉起半身，坐在棺材里，愣愣地看着我们。在凳子上站稳脚跟的祖父，双手拽洋画师，嘴巴不停地要洋画师出来。

"噢"，洋画师点头。我祖父松开双手，从凳子上爬下来。接着，洋画师佝偻起腰身爬出棺材。

我祖父朝洋画师屁股踢了脚。失魂的洋画师扑倒在地，再也不动。

我祖母双手合十抱在胸前。我母亲和我伸手拉洋画师起来。洋画师坐在地上，发抖的右手食指指向棺材，嘴唇嚅动，声音哀切。"驼背爷子，我昨天梦到我婆婆子了，她说我……孤零啊，要我借你寿木到地下找她去，你为甚不借，不要我走得安心？"

也不等我祖父回答，洋画师爬起来，摇晃着枯瘦的身影离开。

我们站在原地没动。许久，我祖父才"呸"的一声朝地上吐了口痰，右手抹抹嘴巴，鼓起腮帮子。"就不借。"

"借他算了。"我祖母眨巴左眼说道。

我母亲跟着附和一声。

"你们……"我祖父摇摇脑袋，怒容满面地走出门。他定是到三丧婆子那里打牌去了。

晚上，我祖父回家，说："这个洋画师心机深啊，联合好你们落单我，你们就不信，果不其然，三丧婆子也劝我借了，唉，这是我的寿木啊……"

"他不是答应会归还一样好的寿木吗？"我的疑问其实也是劝说。

"丫头，你也站洋画师那边了。"

7

我祖父不去打牌了。他放了羊，担了水，呆坐了一会儿，摸进猪圈屋，也掀开棺材盖子爬了进去。他睡在里面，把我们完全撇开一边。

我们开始不晓得他睡在了棺材里，以为在三丧婆子家玩牌。中饭后，我上学前，还不见祖父回来吃中饭，就去三丧婆子家喊。去三丧婆子家前，我跑到无忧潭边，忙碌一会儿。说什么，我也不能空手去，我要给灵妙的催生子带上鲜红的蛇果。

催生子叼吃完我手里的蛇果，敛起双翅，轻盈地落在地上。两个乌溜溜的眼睛盯我看，咯咕咯咕地叫唤一两声，接着，一个优美的转身，毛茸光滑的尾巴摇起，盖住了身体，然后，左扭右摆地跑开。

我忍不住笑了。这个催生子，比女人还妖媚，却灵气十足。它当然有资格显摆。看，这小家伙在我面前又飞又跑地，轻盈灵动，不亚于美狐。

"驼背爷子今天没来啊。"

三丧婆子看见我，悠着口气说道。她在吃中饭，而她的饭桌上还坐着一个人，居然是洋画师。洋画师跷着二郎腿，悠闲地晃悠，端个酒杯喝得津津有味。洋画师身后是他的画架。看来，洋画师在三丧婆子家，不仅吃饭，还画画。催生子呢，乖乖地蹲坐于画架前，摇着尾巴，大睁一双乌溜贼亮的眼睛，盯着画架看。画架上有什么？是未完成的画像。那画像……我眼睛瞅向画架。三丧婆子丢了饭碗，走到我身边，嘴角咧开抑制不住的笑容。她洋洋自得地告诉我，画的是她。这倒吓倒了我。我凑近画架。看那画像脸部，褶子是有些，却在含笑的脸上减少，而那脸部轮廓……的确是三丧婆子。

我回家告诉祖母，祖父并没有去三丧婆子家打牌。

祖母眯起左眼，愣着，似在思索祖父可能去的地方。

"哼……哦……哼……"似鼾声，若有若无的鼾声。我竖起了耳朵，的确是鼾声。

祖父他在家里。

我和祖母一前一后走到猪圈屋，看见棺材盖子完全被掀开，竖立在猪圈栅栏前。豁开盖子的棺材里，祖父的鼾声均匀，音乐般富有韵律。

他也睡在棺材里。

我叫醒祖父。祖父坐起来，只冒出半个脑袋。他愣愣地看着我和祖母，问："什么时辰了?"

"快下午了，肚子不饿吗?"我祖母没好气地答道。

我祖父爬下棺材，"噢"了声，挨着棺材站着，再没了话。我祖母抬手指指棺材盖子，见祖父还是没有反应，再次要求祖父合上棺材盖子。祖父才回答："不合了，我还要睡的。"

"还睡寿木里?"

"还睡。"

我们以为祖父说的气话，或者说，即使是实话，也不过是以此来赶走借棺材的洋画师而已。

但，我们想错了。洋画师此后很少来我们家了。我祖父去三丧婆子那里玩牌，玩后回家睡觉，就爬到棺材里，安然躺下。他的呼噜声断续，若有若无。

炎热的七八月到来，我放暑假在家，基本不见洋画师来我家。我祖父基本就睡在棺材里。他睡在棺材里，不像洋画师一样遽然被棺材消失了踪迹，他以鼾声表明，棺材只是他的床而已。

有天，他躺在棺材里喊我，要我找他的画像来。

我找来祖父的画像，搬椅子靠近棺材，按照祖父的命令爬上椅子。我看见睡在棺材里的祖父，不是平躺的，而是侧身。当然，他只能侧身，他那样的驼背若是平躺肯定不方便。我把画像递给睡在棺材里的祖父。祖父却不接，努力扭正脑袋，睁开双眼，说："放我脸上，你看看。"

我踮起了双脚。棺材真是深啊，我完全倾倒了上身，肚子在棺材沿口压得生疼，伸直双手把画像蒙在祖父脸上。

蒙着画像的祖父要我看。尽管他想扭正脑袋，却仍旧有些歪斜。

我与画像上的眼睛对视。它们温和、清亮，从晦暗的棺材里流水般渗出来，在我眼前浸淫出一条水道，幽静而坚韧地淌进心底。

"看见我是驼背吗?"祖父的问声嘤嗡，仿佛从睡梦中发出。

我摇头，马上意识到祖父根本看不见。于是回答："没看见啊。"

祖父"哦"了声，双手扯起画像，要我再看。我晓得祖父的意思。再次否定祖父的驼背说。真的，我只看见祖父那双温和的略微迟疑的眼睛，它们从棺材茫荒的背景漫漶出，光芒幽深，静静而深彻地笼罩了我，要我掉转不了凝视的眼睛。而凝视中，我不由陷入时间背后。是什么？我说不清楚，却感受到，流水般的时光里，万物同在，却静默如谜。

祖父在棺材里坐直上身，说："就算洋画师把我画得像，我还是不会借他寿木。"

"可他现在不来借寿木了。"

"他是不借了，因为他又快活过来了。"

"祖父在说什么？洋画师活过来，是不想死还是死不了？"

祖父摆手说："你不懂，与想不想没有关系，他是暂时死不了啦。"

我祖母颠着小脚跑来喊走了我，她是严格不许我说"死"这个字，也不许我去听这些东西。祖母边走边竖起双手合十于胸口，嘴巴念叨"罪过罪过"。

"死就是死，跟睡觉一样，什么说不得。"祖父孩子般不耐烦地嚷道，"你们看洋画师说死又死不了又活过来了吗？"

祖母"呸呸"两声，转过去身。"老不死地，今天疯够没有？"

"你咒我死，我才不怕，我睡过寿木就晓得，痛痛快快地睡过去，落地才落心，你们想都想不到。洋画师借寿木说自己要死，现在又突然活过去，谁晓得？我晓得，睡过寿木的人才晓得。"祖父把拳头擂在棺材上，只有嗡嗡的回声。

8

我看见三丧婆子好多画像。不是偷看，也不是偶然看见的，而是三丧婆子主动拿出来给人看的。

每一个到她家的人，甚至经过她家门口的人，她都会丢下手里的牌，喜滋滋地招呼，拿出画像请人看。

"看看这些像，是我三丧婆子啊。"

正面的，侧面的，半身的，全身的，坐着的，站着的，还有一张斜躺着的。画像中的她比她本人要年轻许多，虽然还是暗颜色的布襟衣服，还是稀疏的白发，还是松散了骨肉的瘦小身子。可又怎么会是她？画像里的老妇，一律眼色含笑，嘴唇轻抿，整个瘪下去的苦脸却饱满生动起来，犹如无忧潭临风吹过，活泛起亮色。要人忍不住多看几眼。

"这是富态相。"三丧婆子解释。

我们肯定不相信。她还富态？丧夫又丧子，孤家寡人了，怎么说得过去？她自己也说她苦人硬命一个。而现在……

"我算看见了自己，还是不错的面相……"三丧婆子的话犹豫，又似非得不说。旁人若是不接她的话，她会继续下去："只不过什么都有缘分的，该去的要去，谁也留不住，留下的谁也带不走啊。"说着，扬其眼色，问旁边的催生子："你说，是不是，催生子？"

催生子看见那些打量来的目光，满含期待，很得意地打开翅膀，咯咕咕咕地叫唤，扇起一阵风。在风中，它从容落地，再摇起尾巴转身，然后，扭摆着身体轻盈跑开。

三丧婆子就笑，说："看看催生子，人家多聪明，不怪我疼它一场，它告诉我，美美地活着，才是好命，命都是活出来的。"

我祖母和我母亲回家说起三丧婆子的变化，她们一半原话播报一半阐释。我弄明白了。三丧婆子在给自己下结论。她家走路的人，尽管血肉筋骨地连着，却与她没有关系，不过缘分到头分别走路了。她的相貌呢，并非克夫克子的薄相，相反是富贵相。她在给自己翻案咧。

而这变化，在她自己来说，是催生子的缘故。哪里是催生子呢？缘于洋画师的画像啊。又岂止画像？

还有他本人。

他们每天都在一起。要么与我祖父一起凑成一桌玩玩纸牌，要么他们两人耍嬲，要么就是洋画师给三丧婆子画像。

而催生子，也显然被洋画师买通，接纳了他。即使洋画师上三丧婆子家不带什么，空手而去，催生子也会喜滋滋地落地，扇起翅膀咯咕咯咯地迎接。洋画师喊声催生子，催生子就屁颠屁颠地跑到洋画师跟前来。洋画师跟催生子混成一家人了。

三丧婆子还给我们庙村看了催生子的画像，也是洋画师画的。画上的催生子，一身棕红的毛发，摇着尾巴盖住身体扭摆着跑开，地上还有玲珑窈窕的影子。三丧婆子指着画像解释，跑的是狐狸，留下的影子是老鼠，哈哈，飞起来，就是催生子啦。

三丧婆子给我们庙村留下了悬念，我们想看飞起来的催生子画像。催生子翅膀虽看不清，可是一旦张开，就把整个身体提腾到半空，比鸟雀快多了，要想捕捉到它的飞姿，并非易事。不晓得是洋画师没有画，还是三丧婆子不愿意拿出来看，我们始终没看见飞起来的催生子画像。

三丧婆子越来越像画像中的三丧婆子了。笑嘻嘻的，脸上褶子越来越少，瞅人的两眼放光，而声音也柔和起来。有次傍晚我去无忧潭，遇见三丧婆子在潭水边临水照面，用一根缺了齿的梳子梳头。我问她干什么。

"看看自己。"三丧婆子答道。

当然，水面肯定会映现自己的面容，就像镜子，连三丧婆子都来照水镜了。我好奇地继续问："这水里的……和那画像比，哪个更像你？"

三丧婆子回答："都是我自己，我多看几回，才能记得我自己模样……喏，这样笑的。"三丧婆子豁开嘴唇，眼睛眯缝成一条线，一口黄牙（也缺了不少）暴露无遗。说来也怪，褶子是有些，可面颊生光。

没有借棺材的事情。我祖父与洋画师彼此相安无事了。

9

七月十四日，盂兰盆节前一天。我祖母准备好瓜果食品，准备第二天十五日去庙寺祭奠。又早早在家供奉起菩萨天帝。

我祖父这天也忙得不脱身。摆好桌子，清洗砚台研墨，在黄表纸上写码子。我们庙村的，几乎家家都有毛笔砚台，为走路的人写码子祭奠亡灵的也多。我祖父是其中一个。

上午，洋画师捧一叠黄表纸来我家。我祖父以为他来请写码子，不看他。以往，洋画师自己也写，多半是请我们庙村的老才子张写。而这次？

"驼背爷子，我不借你寿木了……要说那寿木真是好东西，瞅上几眼也定心啊……不说那寿木了，我画了捆黄表纸，有菩萨天帝，看驼背爷和能婆婆用得上不？"

"借洋画师吉画，明儿去庙寺烧化，可有大福了……"我祖母马上颠着小脚接过，感谢不迭。

中午时分，三丧婆子来我家，提来两捆黄纸，请我祖父为她走路的丈夫儿子写上祭奠辞。我祖父提笔书写，三丧婆子在一旁念叨，要求我祖父写上她的话。她好在明天晚上去无忧潭放河灯寄去。

我祖母随口问道："催生子怎么不见呢？"

三丧婆子答道："催生子近来身体不适，饮食也少，浑身没有力气，连叫唤也有气无力的。"

"在经期？"我祖母继续问。

三丧婆子摇头，说："许久不见催生子流血，它或许老了，没有了血流，就像我们吧，说来蹊跷的是，好些天没了精神……说着，醒悟了什么，眼睛一亮，声音大起来——能婆婆，我催生子定是生了病，你去铺个蛇皮扎个银针，它就好起来了。"

我祖母一时语塞。怎么说？她是会招数，却是为人。而催生子呢？它再灵异，只是畜生，不是人。

"能婆婆，救下我催生子吧，菩萨不是说，救人一命等于胜造七级浮屠？

催生子跟我三丧婆子……算来有七八年了，我看着它老去，又没了精神，心中疼啊，试试吧，能婆婆。"

我祖母嘴巴动下，却没吐出一个字。估计她想说，她没有给畜生铺蛇皮扎针过，却又说不了口。那催生子……若是要看成普通的畜生，我祖母我们庙村肯定都不同意。

三丧婆子又央求了一遍，还拽着我祖母的右臂不放。祖母眨巴左眼，跟着念叨了声"催生子"，而后叹气。

我祖母跟着三丧婆子回到她家。

我跟在后面。想看看祖母如何铺蛇皮扎银针，还想看看那只生病了的催生子。

果然，催生子窝在三丧婆子堂屋里春台下面，恹恹的，有气无力。看见有人来，不再咯咕叫唤，不再腾起翅膀飞跃，然后落地给人看它的美姿。

它窝成一团，双目涣散，根本就不看我们。

"催生子。"我叫道。

催生子不抬头不抬眼，似乎陷入往事的回忆中。

三丧婆子伸手抱出催生子给我祖母看。我祖母右手滑过催生子的皮毛，说："这毛掉了不少。"我定睛一看，果然，以前厚实光滑的皮毛完全稀疏失去光泽。不过两个月的时间啊，催生子变成这样。

"在哪里铺蛇皮扎银针？"我祖母忧心忡忡。

三丧婆子翻出催生子的肚皮，催生子似乎受到刺激，咯咕声，挣跑到地上，又蹲缩回春台下。

不同的是，跑回春台下的催生子眼睛充满了警惕和哀怜。三丧婆子又抱出，再次翻出它的肚皮，要我祖母铺上蛇皮扎银针。

催生子腾起双翅挣扎飞出，却飞到门槛边，栽倒于地。

催生子不愿意。

我祖母拦住三丧婆子，说道："它就是老了，身子老了，心也老了。"

三丧婆子呜咽着喊了声"催生子，你好孤零哦。"催生子摇晃着身躯站起来，又退回到春台下面，蜷缩成一团。它的眼睛不再看什么，而是随着脑袋低垂，挂在胸前。

我祖母双手合十，念了声阿弥陀佛。

三丧婆子的眼泪出来了，喉咙哽咽不止，半天挤出一句话，为甚心就冷了？

"老了自然冷了。"我祖母答道。"催生子它这是在理清前生后世吧，它不愿意要我看，我也看不好它，顺个自然。"

我祖母颠着小脚走了。

我看了看催生子，顺手放下手里的蛇果。催生子还是一动不动。三丧婆子朝我摆手，意即要我走开，别搅扰催生子。

回家路上，正好遇到洋画师，他捧个画纸兴冲冲地赶去三丧婆子家。他为什么这么高兴？

"洋画师，催生子病了。"我忍不住告诉他。

"又病了？不是好些了吗？"洋画师惊愕地瞪眼，眼眶里满是血丝。看来，他比我们都早些知道催生子病了，而且还知道催生子的病在反复。

"没有，看上去好可怜。"

"哦，我保证它好起来。"洋画师飞快地跑开。

我才不相信，跟着又去了三丧婆子家。

返回的我居然看见飞起来的催生子。它伶俐的双翅在身体两旁若有若无地扇开，扇开出缭绕的云雾，云雾中莽苍的山林若隐若现。

洋画师在催生子面前抖开了画作，长久地举着，要催生子看。

"催生子能看懂吗？"我问。

"当然能，催生子以前就是在莽山野林里飞的，我画了它的家，它以前的活法，我的画在带它回家。"洋画师蛮有把握。

催生子果然抬起了脑袋，散漫的眼神在画作上凝聚出锐利的光芒。咯咕……催生子站起来，冲出春台，又扇起双翅，脑袋朝着有洋画师半个人长的画作撞去，洋画师跌坐于地。催生子穿透画布，偏身飞出堂屋，飞向空中。

"催生子。"三丧婆子奔出堂屋，叫道。

咯咕，催生子返回，落在堂屋的门槛前，摇起尾巴。

"它活过来了。"三丧婆子抓起洋画师的手，喜极而泣。

10

我祖父当天晚上又睡在棺材里。这次，他还给自己垫了些写了字的黄表纸。他说，怕走路的亲朋好友游荡而来，他准备礼物是应该的。

睡到半夜，我祖父从棺材里爬出来，喊醒我祖母："快起来，快起来，我手里没有吃的。"

我祖母掌灯找吃的，是白天蒸好的馒头。我懵懂着问："半夜还吃什么馒头，那都是明天去庙寺供奉的祭品。"

"小萌子爷俩跑来，朝我哭……怪我当年没借他们高粱面，我，我哪有借的呢？他们说肚子饿啊，饿啊……"祖父声音哽咽，要祖母把准备的馒头全拿出来给他，他好给小萌子爷俩。

小萌子爷俩，我一个都不认识。大概是我们庙村的，先前没有吃的，到处讨吃的，讨到我们家，我祖父没有食物给他们，导致他们饿死走路了。可现在，真会跑回来要吃的？

我亲眼看见，我祖母端出一筲箕馒头递给了祖父。

可第二天早上，我看见的是，一筲箕馒头只剩下一半。难道真被从阴间跑来的小萌子爷俩吃掉了？我满腹疑问。

祖父还躺在棺材里，以均匀的鼾声回复我。我只好上学去。

晚上，我们庙村热闹非凡。一年一度的鬼节，即盂兰盆节，家家户户都在院门或者堂屋门前挑起灯笼。所有院子门、堂屋门、房间门、厨房门大开。那些挂在堂屋门前或者屋脊上面的镜子，以清凉的光滑的镜面反射昏黄的灯光和白银般的月色。我们庙村亮煌煌的。

而最璀璨夺目的还是无忧潭。无忧潭在庙寺所在的山林下面，却又沿着山林豁开了去，把我们庙村绕了大半。没有人晓得无忧潭的历史，没有人能轻易估算它的深浅。说是有年，我们庙村干旱，就抽无忧潭水缓解，抽了大半个月，无忧潭水还是丝毫未减。想想，无忧潭该是多么深沉。

它在鬼节晚上，整个水面都是飘行的灯笼。黄表纸折成的，玻璃做成的，胶片叠成的，坐在一块纸板上，变成硕大无比的莲花，亮晶晶的飘浮水面，它们开遍了整个无忧潭，与潭水环绕的灯火葱茏的庙村辉映。

我祖父祖母还有我母亲都放了河灯。洋画师带着儿孙为先走路的老伴放了一排河灯，他拱手作揖，说："婆婆，你看我给你带了我的画像，要是还放不下，晚上又到我梦里来，托梦给我，还要不要驼背爷子的棺材，你说了算。"

我祖父在旁边听见，嘿嘿笑了，用肩膀拐了下洋画师。洋画师侧脸，却看见一身白缟的三丧婆子。

三丧婆子放了一排又一排河灯。河灯萦绕在她面前的潭水表面，左右彷徨，就是不肯离去。浑身白缟的三丧婆子，双手合十于胸前。一阵风来，河灯从她面前幽幽荡开了去。三丧婆子抬起脸庞，在灯光水色中，她的眼波和脸色泛出令人难以置信的光泽。

洋画师垂下眼睑。

我祖父咕哝声虽小，我们还是听清楚了："生犹死，死犹生，生生不灭。洋画师你运气好，活过来了。"

我们庙村当天夜晚，以无限幽微的光亮抵达黑暗的夜心，敞开所有路途，而路途因为这些光亮变得悠长深邃。

我祖母放了河灯，做了祷告，又提起灯笼爬上岸，沿着无忧潭一路招魂。她一双小脚，又是半眼瞎，却弓着腰身，跟在摇晃的灯笼后面，一步步走得利索优美，声声唱得圆润动听。

魂呵归来。

去君之恒干，何为四方些？

舍君之乐处，离彼不禄些。

魂呵归来。

东方不可去，南方不可栖。

西方空旷死寂，北方黑云万里。

彼适乐土，心旷神怡。

……

祖母她肯定压窄了喉腔，却抬起了声带。嘴巴吐出的唱声，清亮，柔和，又绵绵若雨，根本就让人无法相信，它出自一个瞎眼快要枯槁的老妪。

开始是祖母一个人走着唱着，接着，祖母身后跟上几个人，也同样压低了喉腔，抬起声带，和着祖母声音唱起。他们各自挑个灯笼，慢悠悠地在岸边游荡，身前身后，落下优柔的招魂歌声。

灯笼和歌声笼罩了无忧潭，无忧潭成为道场，再现屈原的《招魂》情景。若干年后，我在书本中读到屈原的《招魂》时，惊诧不已。这些贴心贴肺的句子，我祖母在每年盂兰盆节的夜晚唱过。这是延续啊，关于魂魄，关于阴阳两界的通灵……寥落不绝的歌声从无忧潭一波一波地荡漾，散落在我们庙村，犹如灯火、灯火中闪耀的莲花。

热闹的盂兰盆节夜晚，又是如此寂静，不过一地光芒。

我家里也满是灯火，堂屋前挂了灯笼，猪圈屋前挂了灯笼，猪圈屋里又点了油灯。祖父坐在棺材里喊我，说他口渴，要我端杯水给他。

我端了他没有喝完的茶水给他。祖父接过仰起脖子一口气喝完，喝完后，只咕哝，喝完这杯酽茶，可没了瞌睡。

话虽这么说，人却不从棺材里爬出，只是在里面愣坐。灯火下的棺材，犹如吞下万千灯盏般，在黑漆漆的表面开出一朵朵灯花。

棺材中的祖父，双臂交叉，环抱胸前，愣坐于灯花中。他留给我沉思的半个脑袋，他在想什么？

魂呵归来。

蓼蘋呵齐叶，白芷又新生。

路贯呵庐江，左岸是丛林。

……

万物无邪

飘零若风的招魂歌声，唱住了时间，喝令了声响。只有飘摇的灯火，东西不定地忽忽来去。

我哈欠一个跟着一个，瞌睡虫在我眼皮上欢快蹦跳，可我仍然不想睡。那歌声还在飘忽，我丢下祖父，又跑出院门，径直跑往无忧潭。

我祖母挑着灯笼，后面跟着三五人，站在潭边，双手合十于胸前。嘴巴唱出的声音，白银般清亮，又充满氤氲之气，在无忧潭水面投注零散却清凉的灯火。习习风中，灯火波泽到岸上人们身上，烙下铜钱般的光斑。

这个清明通透的夜晚。万物无邪。

11

我到底耐不住，回家倒头睡去。

在我睡去的时间，庙村发生了大事。

三丧婆子跟在我祖母后面一直招魂，把催生子丢在家里。催生子昨天看见洋画师画出在山岭云雾中飞翔的模样后，像吃了灵丹妙药，竟恢复了以往的精气神，会跑会飞了，不仅吃下鲜红欲滴的蛇果，还吃了一些土鳖。

看样子，催生子似乎大病痊愈。虽然，谁也不知道，它到底生了什么病。

招魂声在我们庙村夜晚，钟声般地撞击，声声入耳，又声声落驻心胸。被丢在家里的催生子不可能不听见。当然，它也不是头一回才听见。它来我们庙村七八年了。七八年来，我祖母他们到了盂兰盆节的晚上，就会挑着灯笼沿着无忧潭边走边唱招魂曲，无论刮风还是下雨，均不能相阻。催生子肯定不会陌生此声，相反是烂熟于心。

但，这个盂兰盆节的子夜，催生子却被招魂歌声触动。它受到招魂的召唤，来到了无忧潭边。不晓得是扇着翅膀飞来，还是摇着尾巴一溜烟地跑来。没人看见。只晓得，它寂寞地蹲在无忧潭边，微微低垂脑袋，瞪着一双乌溜贼亮的眼睛，瞅看无忧潭，潭水上漂移的莲花灯。它蹲坐在那里，好久一动不动，连眼睛都是入定的姿势。那样子，如人般发怔。

也许是我祖母他们的歌声，唤起催生子某种情绪，促使它发怔。

也许，从无忧潭水面波泽来的灯光照亮了它眼睛，它看见，幽寂的潭水上，它的身体燃起棕红的火团，犹如小灯笼，在微微夜风和水波涟漪中晃动，又通体透明。它被它自己吸引。久久相看，两望相不厌。

我祖母他们，包括三丧婆子都看见了催生子。催生子一些灵异的举动，在他们眼中早已习以为常。

此时的催生子，大概在飘零若风的招魂曲中，想起它的从前。故土、家园、骨肉、恋友……来处，还有去处。这招魂不就是招人于来处到去处，又从去处回到来处吗？

它立起四肢，摇摇尾巴，又把尾巴盖住整个身体，然后，绕着无忧潭晃悠了一圈，回到原点蹲坐。它再次被水面的自己吸引。一双眼睛安静地瞅着无忧潭水面，水面上的莲花灯。而我祖母他们的招魂曲已经接近尾声，咿呀的哼声，简单而温情，犹如摇篮曲，在寂静的夜晚渗透。

月色若钩，倒挂于黑色的天幕，却也在摇篮曲中渐渐瞌睡。天际鱼肚般发白。我祖母他们挑着熄灭的灯笼各自回家。

三丧婆子留在最后，招呼催生子。

"回家呵。"

"催生子，回家呵。"

"回家……催生子。"

三丧婆子连喊三声，都没有看见催生子搭理。催生子于无忧潭岸边，还是保持蹲坐模样，脑袋挂在脖子上，眼睛低垂，定定地看着无忧潭水面。

三丧婆子心中发慌，跑上去伸手推催生子。催生子轰的一声倒下，掉进了无忧潭。

疯了般的三丧婆子的哭喊声又喊回了我祖母他们，还喊来几个壮实的男人。他们合力捞出了催生子。浑身都是水的催生子，皮毛纠结，身体僵硬，它躺在地上，眼睛居然还是睁着的。

看来，催生子早已经断气。就是在游荡完无忧潭后，安静地蹲坐岸边，在我祖母他们的犹如摇篮曲的招魂声中，走完了阳间的旅程。

三丧婆子哭开了。一把鼻涕一把泪的，边哭边唱。

我祖母他们几个拢身，轮番劝她节哀顺变。

"你们是不知啊，催生子看见洋画师画它在山间的飞样，就恢复了元气……我算明白了，那是回光返照，我怎么才想明白咧……催生子啊，我的催生子，你回了我的魂，我作揖了，菩萨天帝保佑你好好回你的老家……"

我祖母回家就双手合十，弓腰垂首于春台前，为走路的催生子祷告。

洋画师闻讯跑来，哽咽声"催生子"，没了声响。愣站了一会儿，弯腰抱起僵硬的催生子，送回三丧婆子的家。又折回来去请三丧婆子回家。

"你也回家吧，催生子等着……"

三丧婆子还在呼天抢地地哭唱，声音都哑了，一张脸又皱成了苦瓜皮。她抓住洋画师的手，浑身发颤。原来梳得油光水滑的灰白发髻也散了，微风拂起她落散的头发，原本稀疏的头发蓬开，看上去怪里怪气的。洋画师弯腰在地上草丛里摸索了好一会儿，才找出簪子，帮三丧婆子拢上头发，别上簪子。又嘘口气，嘴巴凑近三丧婆子耳朵，劝三丧婆子赶快回家，说催生子还等着净身，这天也凉寒了，总归不能冷了它，还是要给催生子穿上衣服入殓。

"喔。"三丧婆子惊醒过来，浑身来了力气。一把甩开洋画师搀扶的手，爬起来，疾步回家去。

"你慢点，我已经生火烧水了。"洋画师在后面边赶边嚷。

拾掇妥当后，三丧婆子在屋后挖了个坑，用个木头箱子装上催生子，连同洋画师为催生子画的像，一起葬了。入葬的催生子，被三丧婆子套上她缝制的金黄小褂，洋气得很。而催生子的尾巴可不是耷拉在屁股后，却是如同它奔跑时一样，满满地覆盖住穿上金黄衣服的身体，给它自己铺上一层毛茸茸的被子。

催生子，躺在木头箱子里的催生子，不过就是在睡一个美觉了。

洋画师亲自挖的坑，举把挖铲上下起落，挖两下停息喘口气。尽管他忙得颤颤巍巍、满头大汗，却不忘与三丧婆子商量：坟堆可以不高但要大些，宽敞嘛，才睡得舒服，坟堆上栽两棵冬青树或者放一排贵妃竹，荫凉些，也好遮风避雨的。总之，他看不出丝毫忧伤。

三丧婆子也没哭，也不说话。整个人都安静下来，眯着眼朝空中某处看，不知道看什么。但，她的眉头甚至整个脸庞都写满了忧伤。

洋画师不时凑近三丧婆子安慰下。他说了什么，也许有旁人听见，比如我祖父，但没人讲出洋画师的安慰话，我也无从知晓。

我晓得的是，洋画师的安慰颇奏效，深合三丧婆子的心。

因为，当天下午，三丧婆子在家又开了牌桌。我祖父、洋画师、三丧婆子三人鏖战。三丧婆子一个人大赢。

我祖父傍晚回家，闷闷地吃完饭，就早早洗了澡，睡到棺材去了。

12

时间平滑地走过秋天又走到初冬。

一个冷风跑成响马呼哨的晚上，洋画师与三丧婆子来我家，送来喜饼，宣布他们在一块搭伙了，还是洋画师上门。

这真是大喜事。我祖母和母亲乐呵呵地在旁边道祝福。她们没有丝毫奇怪。不仅是事情水到渠成，还有，早几天，三丧婆子就放话出来，要挨家挨户地送喜饼。

"这个三丧婆子狠，她反过来娶了洋画师。"当时我祖父很不以为然，撇撇嘴巴，"呸"的一声朝地上吐口涎水。自然嘛，在我祖父看来，洋画师是把自己送上了门，免走了阴间路。

"我的催生子还在地里睡瞌睡，要人守嘛。"三丧婆子见我祖父黑着脸在旁，忍不住解释。

"就是，就是，催生子在我们庙村孤零呵，上我家上她家，本来没甚两样，可为了催生子，须得上她家门啰——终究给催生子多了个伴。"

三丧婆子抿着的嘴唇微微翘起，我们都看出，那是抑制不住的喜悦。洋画师呢，边说话边把眼色溜向旁边的三丧婆子，两片薄薄的嘴皮子上下翻动,活泛得很。他果然活过来了。

我祖父那天本来早早爬进棺材去睡觉,听见他们俩来了,又爬出来,嚷道:"你们俩老联手,我是连吃败仗,不过,历来是人算不如天算,我好运来了——我接连几天梦到寿木,算定有好事,择日不如撞日,就在今晚咱们酣战通宵,你们信不,我保准大赢。"

说着,捆紧棉袄和裤脚,拉起洋画师出门。哪里是拉,就是拽,拽得枯瘦的洋画师踉踉跄跄。

"打就打呗,不过玩玩,我这些天的手气可从没这样好过。"三丧婆子把双手交叉笼进袖口,笑嘻嘻地跟在后面。

"冷呵,这天,说不准明天有霜雪。"我祖母颠着小脚赶上,一边嚷着,一边递上棉大衣给祖父。

"天要下雨,娘要嫁人,由着去。能婆婆,在寿木里还垫些棉絮,我明早回来睡个好长觉。"

我祖父他们笑呵呵地走了。

第二天早上,霜雪覆地,我们庙村一片笼统的白。白罩四野,到处都是风掠雪落的簌簌声响。细微绵密。万籁岑寂。我母亲开门,发现院门外柚子树下蹲坐的祖父。祖父身上拢了不少雪花。轻薄的霜雪染白他的眉毛、头发还有双肩与鞋子。我母亲一阵小跑,跑到柚子树下,面对祖父蹲下,伸手往鼻尖一搭,凉丝丝地。祖父走了路。

"走路了。"我母亲回身到堂屋,轻声叫到。此时,我祖母正拎块抹布在擦洗棺材……仿佛她知晓一切。

洋画师来我家,先是提笔在黄表纸上画,画的是飞檐翘壁的庙宇,庙宇外是绿幽幽的山林,而山林下却汪着一圈水泊,那水似乎敛紧了声色,上面铺定黑乎乎的倒影。

好熟悉。我瞥来的目光再也移开不了,仔细瞧看。这庙宇不就是我们庙村的庙寺吗?而那铺满山洞般影子的水泊,就是无忧潭啊。这个洋画师,他画我们庙村给祖父,是留给祖父的念想,还是表明,祖父仍旧在庙村没有离去?

洋画师画好一叠黄表纸,折好码成一叠,又点火烧掉。他半跪半蹲,往落气钵子里扔黄表纸。烧完画好的黄纸,拍拍手站起来,弓着腰身，对蒙盖白缟的祖父说话。"上半夜驼背爷子你一直输，下半夜，时来运转，凌晨时大赢，驼背爷，你可是满载而归啊，在寿木里你落心瞌睡吧。"

下午，我们把已经净身、穿戴一新的祖父送进棺材。大馒头似的棺材盖子慢慢合上。祖母拍拍手，右手搭在棺材上走了一圈，长长地吐出一口气，说："如愿了。"然后，睃着眼睛看黑黝黝的棺材。扣上盖子的棺材庞大厚实，吞没了祖父一切，包括他的鼾声。

棺材前摆放的镜像正是洋画师的作品。祖父清亮的眼神从棺材黑漆漆的背景里渗出，与棺材上的黑漆泛出的薄光相融，一起在堂屋里挖掘深幽的洞穴。鞭炮、哭号、歌唱、丧鼓、喧闹和落气钵子里的烟火，沸反盈天，却总在不经意的瞬间沉陷于洞穴，似被洞穴吸纳，又影像般在凝视的双眼里不断呈现。

外面的雪花还在纷扬，不动声色地纷扬，天地静默，万物无邪。这透明的世界。我们一身孝衣。黑漆漆的棺材表面浮出一团团飘忽的白光。那究竟是我们的身体，还是我们的魂魄？这最后的，初始的，没有了界限……

等　生

……路会像人一样死去：
静静地或忽然地断裂。
别离开我，我想成为你。
在这个燃烧的土地，
词语得成为荫凉。

　　　　　　　　——耶胡达·阿米亥

1. 冷了自然落散

　　那一天，祖母颠着小脚从庙寺下来，救了我。

　　我在无忧愁潭下面的一块青石边洗手，然后提起双手，交叉着抱在胸前，看恢复平静犹如镜子般光滑的水面。有人（是谁呢？）在后面伸出双手蒙住我眼睛。刹那，我右脚一滑，重心偏移，人就滑到潭水里了。

　　祖母正从庙寺下来到了无忧潭边。庙寺在山林中，山林下就是无忧潭。无忧潭宽广浩渺，一路沿着山林绵延，却又心事重重地裹紧内心，深陷于四围。祖母早已经下来，走到庙寺对面的潭水边。看见我滑进潭水，迅速下坡，伸手给我，而我还在潭水里滑，手臂被绿幽幽的潭水迅疾淹没，只剩下了掌心上的手指。祖母前倾身子，右手朝我手掌搜去。我获救了。浑身湿淋淋的，脸庞也是湿淋淋的，喉咙被一股粗壮的气流充塞，呜咽钝钝，含混不清。祖母抹了把我眼睛，闪开身子，生气地嚷道："看看，是哪个缺德鬼推你下潭的。"

脸庞仍然湿淋淋的，我甩了下双臂，抬起右手也抹把眼睛。眼神飞向无忧潭上，一阵散漫地扫射后再移向我身后的庙寺。庙寺在葱郁的山林中，露出一角飞檐。

静悄悄的。树木、庙寺、台坡房屋、田塍沟垄……偶尔几声狗吠和鸡鸣，也不见个人影。

"是红夭吧……"我收回眼神，喃喃道。

不是她又会是谁？虽然我没看见她，等我从潭水里上来寻找那个蒙住我眼睛的人——早已杳无踪迹。

祖母脸色铁青，用仅存的左眼死死地盯着我。她的右眼已经瞎了，说是哭瞎的，为她那来到世上却没能留住的十个孩子。每去一个，她都号啕一次，而号啕在以后的日子里过渡为暗自淌泪。十个孩子，无尽岁月的泪浸，身体盐分的流落，右眼终于被浸瞎了。她的左眼并未因此清亮多少，相反，看上去混浊昏暗。但此时，我眼睛分明感觉到祖母眼睛里抛出的锐光，便移开眼神，再次喃喃道，她总是这样疯闹，居然在潭水边蒙我的眼睛……我是在为红夭解释，还是在为自己开脱？

"这样的妮子，你玩不起的。祖母伸手，"搜住我右手爬到岸上。她喋喋不休地交代："你和红夭怎么会玩一块呢？你们合不来的，看她那个样子，疯癫又没个正经地，怕是菩萨也拿她没办法……这次长教训了吗？还理不理？"

"她要理我，不管我……"祖母回头，浑浊的左眼又抛射来锐利的钉子。她打断我的话，说："不管不管，那是她的事，她再脸皮硬，还硬得过你的冷落？冷了自然落散了。"

我祖母说完就丢下我颠着小脚走开了。我耳边却还回响着她的话，她的话总是这样，说过一些，在我耳边响一阵，就落到我心里，而后又从我心里冒出来再次响起。这是她的能耐——我是服气的。比如，脸皮硬，还硬得过冷落？冷了自然落散了。许多年后，它成为我处世的一种哲学。

我懵懂着站在原地咀嚼祖母的话，眼神散漫地飘移。

祖母走几步又走回，眨巴左眼，问我："你干什么，刚才在潭上，也不见你洗手啊？好多次看你傻蹲在这块青石上，也不晓得做什么，像——"祖母掉过头，嘴巴止住了。

顺着祖母的视线，我偏头发现，岸上老柚子树下，亚兰笑嘻嘻地坐着，她坐在柚子树裸露在外面的根茎上，眼睛盯着无忧潭水，一番细究似的盯看。

亚兰当然要来的，夕阳西下倦鸟归巢时分，这个满面笑容的女子就坐在柚子树下，先是朝无忧潭一番细究打量，然后右手翘起食指在空中写画——哪里是空中呢？就是隔着空气的潭水。

我明白祖母尚未出口就止住的话，她不过说我像眼前这个亚兰一样在潭水边发痴发呆吧。

"不是，我在看，她在乱画。"我辩解。

"你看什么，问的就是这。"祖母很不耐烦我的辩解，这在她看来就是顶嘴犯上。

我看什么呢？我一时语塞，眯眼回望浩渺而深沉的无忧潭。对面茂密的山林，在潭水上倾倒它铜墙铁壁般的影子，黑而结实，哪怕此时，风过潭水，水起波澜，黑影却如被焊住般纹丝不动。我想，这些影子，要么定力十足，要么是被潭水的磁性吸住了。

"看自己。"

我的回答与其说是敷衍，不如说也是大实话。我蹲在潭水边，端直了上身，眼睛盯着绿幽幽的水面看，我真的只看见了自己。一张青涩不乏秀气的脸庞，大而黑的眼睛有些模糊，却直透我心胸。我的面庞贴在水面，遮盖下面的东西。于是，我伸手拨开再拨开，水面荡浮起层层涟漪，涟漪很快平静，就在平静下来的瞬间，破碎的光影的缝隙中，如同庙寺屋顶的黑影斑驳可见。那传说中的……水纹越来越细小，我的面容迟疑地贴在我眼前，否定我对瞬间的捕捉。

等生

2. 蛇有灵性

晚上，红夭啪啪地拍响我家院门。

谁呀谁呀……我祖母跑去开门，一看是红夭，后面的话便堵在嘴边。红夭却一头跳进青石门槛扎进院子里，抓住我祖母的手，惊恐着眼神回头叫道："蛇，有蛇跟着我。"

蛇？我跑出来，站在红夭旁边朝院外看。院子外就是台坡，台坡旁边是菜园，菜园两侧栽种藤条枸杞树桑树，我家院门口的台坡却是猫猫刺和老柚子树。树木下绿草铺路，蛇扭行其中，太寻常了。

但青白的月光下，夜风轻拂枝叶，黑影抱团飘忽，在地上留下杯盏般的痕迹。哪里有蛇呢？

祖母轻轻拿掉红夭的手，左眼暗示我回去不要理睬红夭。我怎么走得了？红夭居然又抓住我的手，拉我一起寻找外面跟踪她的蛇。

"是一条花斑蛇，胖身子，还左摇右拐的，很吓人，从我爬坡就跟上我了，奇怪，现在不见了，难道是你们家养的家蛇？"

在我止步时，红夭的眼神转向我。

"蛇凭着气味认人，到我们家，它当然就放松了，也就掉头走了。"祖母插话道。

"哦，真是你们家养的啊——"红夭的话马上被我祖母打断，祖母硬着口气问："红夭，你下午推她到潭水里去——"祖母的话也被红夭激动地打断："没有，我没有推，不信问她。"红夭的右手食指指向我，几乎戳到我鼻尖。

"你是没有推我，可蒙住了我眼睛。"

"就是嘛，没有推你到潭水去，说什么说。"红夭丢下我和祖母，跨进大门，向我母亲借缝纫用的线团。说是她母亲晚上缝衣服差线了。她母亲落霞是我们庙村的外人，本质上又是庙村人。怎么说呢？红夭的外公外婆均是我们庙村人，外公参军出去留在了省城，然而某一天却被抓进牢狱，她外婆于是去闹，也被抓进牢狱。红夭母亲落霞疯了般地到处求人，求着求着，红夭外婆出来了，红夭外公也出来了。但红夭外公出来不久却吐血死去，接着红夭外婆带着落霞回到庙村。哪里是她们两个人呢？落霞是怀着身孕回到庙村的。在落霞生红夭的前几天，红夭的外婆落水无忧潭走了路。

落霞，成为红夭母亲的落霞，变了个人似的（当然，是相对刚回到庙村的那些日子而言，而以前她生活在省城，谁知道她以前的样子呢？），好吃懒做，不种田不学手艺不操持家务，整天花枝招展、涂红抹白，在我们庙村整个岛上云游，遇到哪家红白喜丧，就凑去混一天饭吃，说是混——有时也冤枉了她。倒不是落霞会伸手帮忙招待宾客，或者客串厨房事务，在家都不做，何况别家？而是，遇到女儿出嫁的，落霞可就受欢迎了。她有装扮脸面的全套家私，还会梳理各种时髦发式，更重要的是，她有我们庙村甚至整个岛上都难得及时接轨的流行衣服，难得的是，落霞很乐意奉献她所有的饰物和才技。当落霞装扮完一个即将上轿的女子时，会垂着双手在一旁静静打量，由衷地说上一句话：最美的时候最美的人，你都赶上了，真有福气。

我们庙村的都记得她那句话，似乎那是落霞最靠谱的一句话，其他的都是嬉皮笑脸的话，没得正经的，特别是落霞跟男人说的话。大概男人都喜欢那些漂亮的时髦的女子，即便他们都知道落霞在骗他们，可是遇到落霞，他们还会及时送上他们神往的眼神，还会在落霞不知道施展什么魔法的骗术中献出她想要的东西。

落霞难得在家，在家就是描画她的脸，用夹子在火中烧，然后夹卷她的黑发，再则就穿针引线缝制衣服。她的衣服每件都是她自己亲手缝出来的，而女儿红夭的衣服却交给我母亲这个裁缝。现在，红夭来我家借线团，定然是落霞又在为自己缝新衣服了。

红夭接过我母亲的线团转身就走。我祖母还在纠缠刚才的话，指着我喊道："红夭，你看她在潭水上洗手却突然蒙她眼睛，这不是成心想推她下水吗？"

"没有啊。"红夭侧过脸，嬉笑着回应。月光下，她抬起的脸庞生动而俏皮。刚刚停顿几秒，又接着说："她没有洗手，我也没有推她下水……喏，她不是好好的。"

说完，红夭拔腿就走，胸脯如同两个兔子似的腾跃。我祖母愠怒，又奈何不了红夭的狡辩，站着生闷气。我讪讪地看了眼红夭又看祖母。

"呀，你家蛇——快成蟒了，还在下坡等我，你们送送我。"红夭刚迈出院门的右脚又收了回来。

祖母上前拽住我。

红夭呵呵笑了声，折到屋檐阶下，寻到一根木棍子，拿起在地上咚咚地敲两下，说："好，结实。"

祖母还是嘱咐了一下："我家的蛇有灵性，哪里就养一条呢？它们可是凭着气味记东西的。"祖母的话刚刚出口。红夭又站住了。我也惊奇地看着祖母。

祖母缓下语气又说："红夭啊，我可嘱咐你了，你打不死我家的蛇，蛇可就记住你了，只要闻到你气味，就跟上了你。"

红夭的脸庞在月光下凝然霜白。我祖母拽住我右手转身回到堂屋，不过又留下一句话："说来，蛇都是听招呼的，它们听到棍子敲地的声响，知道你礼敬它们，自然就给你让道了。你可清楚了？"

红夭"哦哦"两声，敲着棍子离开。

3. 就一个指标

红夭至少比我大五岁。她是初中生了，可她并不在镇上初中住读，而是留在我们庙村小学里，借我们庙村学校的操场跟着李世界老师练习排球。她整天肩挎装着排球的网兜出入校园，网兜刚好齐腰身。每走一步，网兜在她小蛮腰上欢快地蹦跳，很是威风神气。李世界老师正是我们庙村人，是我们庙村老书记的儿子，一直在岛上的镇中学教体育，组建少年女子排球队参加县级市级甚至省级比赛，多次获得名次，我们岛上也成为省里有名的排球乡。据说，他带出的女队员，有两个分别被选拔进体校和厂矿企业了，一下实现了农村女孩鲤鱼跳农门的愿望，还有一个就是我琴表姐，居然被省级女子排球队借

42

万物无邪

走了。

世界老师正在为明年春上的省级运动会做准备，因为还有近一年的时间，所以世界老师先暂时在家休息。

"哪能就这样休息呢？我肯定是不能，一定要加强训练，只好跟着世界老师回到庙村了，幸好我们是同村人，关系还不错……"红夭的这番话不晓得重复多少遍了，含着沾沾自喜，还有卖弄。

有什么好卖弄的？一些大人，当然是妇女瘪瘪嘴，眼神碰撞，嘴角浮荡着几分笑意。心领神会的嘲笑吧。这是我们庙村人都知道的，红夭所说"关系还不错"，不过就是她母亲落霞与李家的关系。这关系……怎么说呢？咳，在靠工分挣钱的日子，好吃懒做的落霞能够吃喝不愁，靠的是什么？还不是李老书记的一笔工分记录嘛。若单单是这么简单，我们庙村人还不会笑，特别是嘴角翘起、鼻子哼哼的嘲笑了。起码，落霞为我们庙村送走和迎来多少美丽若仙的女子？这笔人情，我们庙村人是记得的。我们庙村人终究瞧不起她了，没得正经的落霞。她不但与李老书记勾搭得热火朝天，还与李老书记儿子李世界老师也黏糊不清。这就太不清白了，没有规矩了。怎么说都说不过去了。

世界老师有时来我们学校、有时不来，而红夭却每天坚持来学校训练。世界老师在学校，她会迎上去，然后在操场上与世界老师隔着一张球网对打训练。这样的时候很少，多半时候是红夭跑步做操——按照她说的是在做体能训练，再就是对着墙壁一个人嘭嘭地练球。

"这么辛苦干什么？又没老师在。"

我们历来认为，我们所有在学校的活动都是老师的要求，而红夭却经常不在老师视野内，多好啊，还这么辛苦简直是自找苦吃。

"我一定要选上去参加省级运动会，一定要，参加了省级运动会，进体校还是其他厂矿企业还是留队，就任我挑选了，反正那时凭我兴趣，我是进城了还怕什么？"红夭满脸绯红、双眼灼灼，是憧憬还是劳累？

"还不是李老师一句话嘛。"我们几个人叽叽喳喳的，嘻哈着笑成一团。是啊，这不是什么犯忌的话，红夭不是自己说过，她们家与李老师家关系还不错嘛。

"你们懂什么？"红夭抓起地上的排球，朝空中抛去，接着，脚尖一踮，双手交叠，送出排球。排球狠狠地被墙壁撞回，红夭右手横扫，排球再次被墙壁撞成直线弹出，却被跳起的红夭抓在手心里。

"你那琴表姐可是世界老师面前的红人，世界老师也正想要她暂时归队。"红夭气喘吁吁地回头看着我说道。

我听出她话里的敌意，想到她前几天险些推我落潭的事情，便很硬气地反击："琴表姐排球就是打得好，再说她一个人也打不了排球，碍你的事了吗？"

嘭，排球滚落在地上，又被红夭右脚踏住。她气呼呼地说道："怎么不会？我们整个岛上这次就一个指标，你小琴表姐归队，可就是占我的指标。"

"要是你排球打得比她好，当然她抢不走你的指标了。"

我转身离开，但红夭接近气愤的喘气声跟踪而至。我加快脚步，喘气声还是甩不掉。我回身看，红夭果然跟着来了。这次她竟然没有带排球。

"嗨，你知道那天我看见你在潭边上发呆，为什么要蒙住你眼睛吗？"

我瞪起眼睛看她。为什么？这个女子总是这样，看见我们这些小女生，就忍不住瞎逗弄，甚至某一天看见一个女同学在路旁棉花田边大便，居然抢走女同学手中的纸张。就是不正经寻着乐吗？还有什么。

"嘿嘿，我告诉你，下次我还要趁你不注意时，蒙死你的眼睛，嘘。"红夭撮起嘴唇吹出一声哨子，得意地转身而去。

你以为我还上你的当？我恨恨的边走边想。到了无忧潭边，遇到扭着腰身的女人，是红夭母亲落霞，她穿着淡绿碎花的长裙子。说实话，很招眼，我因为刚才与红夭争嘴，实在想冷落她们，可一双眼睛却怎么也冷落不了。

"丫头，不认得我了？盯着死看。"落霞眼睛翘起，眼梢朝斜搭下来的刘海飞去，整个人妖媚得就像天边的晚霞。落霞渐渐走近，继续问:"我家红夭又在练排球吧……是她一个人还是……"落霞的眼梢放平,双目炯炯地望向我。

"还是什么?"我不懂她的意思。

落霞收敛微笑,再次靠近我,低头问:"看见李世界老师来没有。"

"没有……我走时反正没有看见李老师来。"我摇头回答。

"哦,你意思是说,世界老师喜欢在你们放学后再到学校来……来教我家红夭练习排球。"落霞双眼放出深长的光芒。

她这么一说,我还真想起来,我昨天放学扫地后离校时,正好遇到李世界老师来到学校。我们学校没有校门,他走到了操场时与我擦肩而过。我走到路边回望,操场已经空无一人,他定是到后面练习室去了。那个练习室嘛,简单得很,一张桌子一把椅子,还有一张做仰卧起坐的绿色垫子,再就是几个起了皮的排球和篮球,还有网兜。是我们学校专门为李世界老师准备的办公室,也是红夭室内练习室。

"是吧,我昨天放学扫地后就遇到李老师来了。"

落霞垂下脸庞,疾步而去。她的背影在余晖下仍然生动抢眼。

4. 菩萨都还低头

亚兰坐在无忧潭边的老柚子树裸露在外的根茎上。她上身朝前倾起,眼睛盯着潭水,右手在空中打开,翘着食指描画。

她在画或者写什么?

没有人知道。那些在她手下诞生又缺乏依附的手迹,谁也看不见,包括她自己。所以她才不厌其烦地描画或者书写。乐此不疲。

她总是这样高兴,笑嘻嘻的。白胖的脸庞瓷器般地反射着余晖,那细绒绒的汗毛竟然照现出金色。其实,亚兰的五官不好看,眼睛小了,一笑上下眼睑就搭在一块,鼻子也不挺直,嘴巴也一般没有什么特色。但亚兰无疑在我们庙村是美丽得无人可比的。她比我母亲小不了多少,却轻易凝固了时间,把十八岁的年华保持到现在,也许……

将来。她的青春似乎无敌，然而我们庙村女人还是一点也不羡慕，甚至充满了惋惜。

这个痴傻女子把容貌停留在十八岁，把心智停留在五六岁。或者这样说，亚兰是因为五六岁的心智才挽留住十八岁的容颜——这有什么羡慕的？

她是退回去的。我母亲说，五六十年代扫盲，想上学的都可以上学读书，一个班上年龄参差不齐。她们在一个班上上学，亚兰是年龄最小的，却成绩最好，到初中就她俩跑镇上读书，后来镇上办起夜校，亚兰在夜校当起老师。夜校里，有一个从市里来的男老师，戴眼镜着灰布长衫，斯文儒雅。我们庙村上年纪的人都看见过那个老师，他来亚兰家里，背个画夹子，住在亚兰家好些天，与亚兰在无忧潭周围转来转去，对着潭水吟诗作画，还到无忧潭上的山林去转，去撞山林中庙寺的破钟。某一天，长衫先生正在无忧潭边画画，我们庙村来了几个人，扔掉长衫老师的画夹，铐上长衫先生双手。长衫老师拔腿狂跑，却又被拽住肩膀。就在拽住肩膀刹那，长衫先生跳进了无忧潭水里。

从那以后亚兰每天来无忧潭水看。看着看着，人就痴傻下来，笑嘻嘻的，只晓得伸手朝着潭水乱写乱画。

长衫先生犯了什么罪？我们庙村猜测不一，有的说他本是畏罪潜逃在外的犯罪分子，有的说他是资产阶级家庭的富少，父母被押，他被送去改造却公然反抗中途逃脱，有的说他是潜伏下来的特务……总之就是怎么也脱逃不了干系的"政治犯"。

这么说来，亚兰是被爱情之火灼伤了神经，在她十八岁那年突然倒回了成长，容貌停留，心智退回五六岁。

一个五六岁的孩子。谁会争究其举止再轻易地搅扰？哪怕以作弄人为乐的红夭也不会。她冷不防地伸手去推去撞还会伸脚去踢人，鼓捣出意外事故，然后转身跑掉，在询问质疑中狡辩胜出，哈哈冲天的快乐表白她不过开玩笑而已。红夭却从不打亚兰的主意。她经过蹲坐老柚子树裸露在外的根茎上的亚兰，眼睛充满狐疑地打量，也只打量而已，而后轻轻走过。

"她的皮肤这么好，一点都不老去。"红夭会这么感叹一句。

哪里是感叹？隔三岔五的感叹，在时间中削弱了力量，变成了疑问——在我们听来就是一种发问了。既然发问，就有人回答："傻子呗，长不大了。"

这根本也不是回答。公认的明摆着的答案，只不过在某种场合，以呼应疑问的方式说了出来。

那个说出来的人，却被红夭伸脚踢倒。红夭这次踢倒不同以往，以往都是笑嘻嘻的，玩笑似的，踢倒就跑，而现在却不是，她涨红了脸圆瞪着大眼，怒气冲天。

"你知道个屁——"红夭骂道，她双手叉腰，眼睛横扫我们，继续骂："你们庙村这些土包子们，就只会做个井底之蛙，还是个没见过世面的癞蛤蟆。"

我们轰的一下散开。庙村的人是不喜欢骂人的，何况红夭还是个少女，何况她也是庙村人，她把她自己撇开骂我们庙村人，这叫我们感觉到难为情。红夭不许我们走，左右手拽住两个小女生，双眼喷火地教训："告诉你们小妮子，心底自由天地宽，人才不会老去，谁能做到？亚兰做到了。再不能认为她痴傻。"

我们陆续跑掉。红夭气呼呼地站在原地，双手交叠，朝柚子树看去。柚子树下，那个倾身于潭水的亚兰，全然不管我们的吵闹，笑嘻嘻的，翘起右手食指，如同戏台上的人儿翘起兰花指在空中写画。

"亚兰……你在干什么呢？"红夭突然问道。

我们齐齐地停止脚步，回头张望。红夭那迟疑又温柔的声音，在我们耳朵边回弹，那是红夭的声音吗？

红夭正一步步走近老柚子树，她的脚步轻缓。而声音在几番回弹后陷入孤寂，最终沉没于潭水中的鱼跃声和风儿拂动枝叶花草的声音中。

嘴巴微微张开的亚兰，头颅微微仰起，眼睛盯着她的兰花指，兰花指在空中虚无地游走。她沉浸于她的世界，始终保持嬉笑模样。余晖下，那近乎透明的脸庞如同染上胭脂，而眯缝的眼睛汇集着投射来的霞光，烁烁有神。

那是一个傻女吗？

我们在那一刻，见证了红夭所说的话：亚兰不是傻子。可我也不同意红夭的话，什么心底自由天地宽，哪里是正经话。自由跑马了，心底还宽个啥。

我回去转述红夭的话。我祖母"呸呸"两声，瘪着缺牙的嘴巴说："这个妮子啊，就是心野得很，她以为聪明人就是天不怕地不怕？人生只有八颗米，走遍天下不满升，晓得不？菩萨都还低头。"

我不明白祖母的话。但我大体知道，我祖母是不喜欢红夭的，主要是因为红夭太占强太霸道了，有悖我们庙村特别是我祖母眼中的女儿观。

还"你们庙村"，看她奔到哪里去。

奔哪里去，她是要跟着世界老师打球……打回城里去。

5. 倒影

我在无忧潭边又止步了。

红彤彤的霞光在潭水上铺陈，又被微澜分割出波光粼粼。绿幽幽的潭水犹如夕阳下的古墓，一点点在风中吸纳再削弱红色。岸那边的山林和山林中庙寺的飞檐翘壁倒映在潭水上，排成一座绵延的城墙。我脚下面的潭水，深碧、幽静、凝然。一阵风过，水面拂起细纹，犹如我祖母额头的皱纹。

我下坡蹲在青石上。青石一半在潭水里一半在水外。它宽阔而厚实的身子插进潭水，直至水底的淤泥。我端直了上身，尽量不把自己的脸庞贴在水面，以免影响我对潭水下面的探究。

这块青石，曾经有人，三五个青壮后生合力去拉去抬，终究徒劳。这些后生是到我们庙村实践的知识青年，他们不相信我们庙村的传说，以为青石不过刚刚插进岸边的淤泥里。他们最终气喘吁吁地跌坐水边。那拔出一截身子的青石，几乎戳到岸上，可是雕刻了多种图案的青石还是拒绝上岸，未知的部分埋没于潭水里，不知道止境。

他们信了我们庙村的传说。

在正对对面山林的岸上，有一幢巨大的庙宇，很早以前矗立于无忧潭边，矗立于我们庙村，有一天不知何故竟然倒塌，然后消弭，它的残垣断壁深深地扎进无忧潭。而收容残身的潭水会在每个夕阳西下的时刻，映现出庙宇的影子。

我睁大眼睛看。石刻的大朵莲花，它蒙上一层水膜，渐渐浮荡于我眼中，而后面有几个端坐云朵上的仙人，吹箫、骑驴、摇扇……隐约闪现。我一激动，倾倒上身，我的面容贴在水面，我伸手去拨，拨开，旋涡般的水流中，黑影矗立于水中，冲天塔般的黑影又在若隐若现。这是庙宇的影子吗？

水面深碧、凝然，我的面容再次贴在上面。只有我自己，还有飘坠的树叶。

"放了我，你把我臂膀都快拽脱臼了，干吗这么心狠……"红夭的声音，急切、愤怒又充满了委屈。

"死妮子，还有脸嚷嚷？你懂事点，挣点脸面，我们回家去说。"落霞拽着红夭的臂膀走来，她哪里拽得动呢？红夭不听不依服，使劲想挣脱母亲落霞。刚刚脱开，又被落霞拽上。两个人打架似的扭拐到无忧潭边。

"放了我，你还好意思说什么脸面？你有脸面吗？到无忧潭瞧瞧你自己，我不争究你，你也省事些，就别管我。"红夭的声音是不管不顾地大。

落霞咬定一个词，先回家。双手拽着红夭的右臂不放松。

"我不，这不是我的家，你有本事就带我回省城去，那才是……"红夭的声音越来越大，却被落霞突然大起来的声音打断。

"红夭，你听清楚，我回不了省城，就只能在庙村，你也只能在庙村……我们天生就是庙村人。"

"不。"红夭使劲，挣脱了她母亲落霞，顿足叫道，"你回不了，我能。"

落霞望着红夭，突然泪水溢出，声音哽咽着说道："回家说，啊？"说着，落霞眼神朝路边拢来的人群扫过，又把眼睛落在岸下张望的我身上。

红夭一个退步，声音放缓和了，一字一顿地说道："你若是真的疼我，你应该知道做什么，而不是和我抢那个男人。"

"疯子。"脸色通红的落霞一个箭步上前，抢起巴掌扇去，却被敏捷的红夭拿住伸出的右掌，又被红夭猛然一推。毫无准备的落霞朝后趔趄，脚步被长裙子绊住，跌倒岸上。幸亏下面正是坡路，而我正站在坡路上，我挡住了滚落的落霞。

红夭愣怔在原地，还在不服气地叫嚷，声音明显小了下来。"你不是不晓得，我的愿望就是要回到城里，而现在我只有一条路，就是打球，又只有一个指标——你却从来不肯为我求他，我只能靠自己。"

落霞在我帮助下，站起来，浑身发抖，伸出右手，嘴唇嚅动。但岸上，红夭已经转身跑掉，只有那些佯装经过的乡邻。

我扶着（就是与落霞的手挽着）落霞上岸。落霞站定，呼出一口气，甩掉我的手，疾走几步，又捂住了胸口。旁边一个妇女关心地问道："怎么啦，落霞？"

落霞挤出微笑，摆手说："被那不听话的妮子气得头晕。"说着，又走几步，靠在老柚子树上。柚子树下，嬉笑着脸庞的亚兰，正倾身在空中翘着手指写画。

落霞靠了一会儿，抬头，望向对面的山林。也许不是看山林，就是茫然就是发怔。

我掉头走时，落霞却叫住了我。

她央求我回学校看看。

"看什么？"我愣怔一会，问道。

落霞也怔住了。好一会儿，才挤出微笑，说："我今天晚上请李世界老师吃饭，这不，天已经晚了，我回家准备去，你帮我请世界老师，好吗？"

"我？"我脸颊发烧。我一个小孩家，再说，和世界老师根本不熟悉，他可是我们庙村整个岛上甚至县城里的大人物。

"这样，你去学校看见红夭，就要红夭请世界老师来，丫头，你带个信就得了。"

这样还差不多。我刚抬步又停下，问："红夭跟你闹翻，知道你会找她算账，还会回学校？再说——世界老师兴许也回家了。我可能一个都碰不到。"

落霞"噢噢"两声，抬脚走掉。她还是往学校方向去了。

6. 招数

小琴表姐回来了。我舅妈专门来我家，很诚心地邀请我们全家去她家吃饭，去作陪世界老师。

我祖母当然不去，她要守家，家里的猪狗鸡羊都等着她伺候。即使没有家畜，她也不会去，她一生除了上庙寺没有出过家门。

我第一次与世界老师在一个桌子上吃饭。他与我父亲同龄，看上去却比我父亲年轻许多，这可能与他始终穿运动服有关。正值初夏，世界老师穿着运动短袖短裤，精神抖擞的样子。小琴表姐挨着世界老师就座，拿出她获得的酒杯奖品给世界老师敬酒。酒水斟满后，小琴表姐要世界老师看酒杯底。世界老师凑近看酒杯，啊地叫道："龚雪——你，一个模样。我们都凑近了看。酒杯底子映现出当时的电影明星龚雪，与小琴表姐长相极似。"

我仰头看表姐，羡慕极了。世界老师眉眼都是笑，看我不住眼地盯看酒杯和表姐，问我："你琴表姐漂亮吧。"

我毫不思索地答道："漂亮。"我父亲敲筷喝令："快吃完了回家，你婆婆还等着你回去腾把手。"

"哦，能婆婆中午……"李世界老师话刚出口又改变成："能婆婆的招数怪得很，不过也好得很，我家媳妇就受惠过，什么时候我也请能婆婆铺个蛇皮扎个银针，哈哈。"

世界老师你这个大能人，可在说笑话了。我舅妈正好上菜，接过话由衷地答道。

"再能，人总免不了病灾的，我婆婆……"

我的话再次被父亲打断。他极不耐烦地用筷子敲击桌面，催促我

51

等

生

赶快吃完了回家。其实，我祖母根本就不指望我能够给她腾把手，再说，中午也没什么事情，我父亲不可能不知道。看来，他似乎不喜欢我小琴表姐。我匆忙扒完了饭，丢下饭碗回家。

刚到无忧潭边，被红夭拽住，向我打探小琴表姐回来与否的消息。

我骄傲地告诉她，我正是刚刚在她家吃饭了回来，他们家请世界老师吃饭。

红夭松开我的手，继续问："你琴表姐准备留下跟着世界老师练球，要跟我争夺这个唯一的指标？"

"这我哪里知道。"我摇头。"不过，我清楚琴表姐而今人在省队，已经是城市人了，她说忙死了，哪里会留下练球呢？"

"可是，她还是要与我争夺这个指标，不然，她回来请李世界吃什么饭。"红夭的声音低沉，眼神迷茫，她看上去整个人都充满了感伤。

我第一次看见红夭这样伤感，甚至充满了无助。一时，我心中居然浮出同情。说实话，红夭也长得不赖，可是与我琴表姐，长相酷似明星龚雪的琴表姐根本无法相比。

"你母亲不是说也要请世界老师吃饭吗？你们请没有？"我突然想起那天落霞母女俩闹翻后请我找红夭和李世界老师的事情。

"她请李世界吃饭？"红夭转过她的眼神，狐疑地看着我。

"还没有请？你们就请世界老师吃饭吧，看他怎么定夺，再说，你排球真的是打得不错，就在平等的条件下，世界老师根据打球水平决定。"我好心地建议，完全是不分亲疏的口吻。

吃饭？平等？红夭重复这两个词，接着呵呵笑了，笑着笑着，她眼睛笑出了泪水，接着，右手指着我上下指点："你说平等就真平等了？他在乎吃喝——你可晓得有多少人接他吃喝过？"右手食指正对着我鼻尖，定格般凝固了，包括她突然瞪圆的眼神。

我叫道："红夭，你怎么了？"

"我怎么啦？嗨，你怎么能够懂？我已经不上学了，都丢了，整天就是跟着他……李世界练习排球，没有别的法子，我只有这条路……"红夭垂下右手，摇头，又笑了起来，哈哈的，响亮却孤独的笑声。

"我一定会争取这个指标打球，一定……"红夭给自己鼓气，眼神炯炯地看着我。我不禁跟着点头。

"你真好，整个庙村我最信任的就是你。"说着，红夭拉住我的手，恳求道，"你帮帮我，跟你表姐说，她差不多已经留在城市了，还是省城，根本不需要再参加我们队打球了，要她把指标让给我，好吗？"

我点头，表示试试看。

红夭眼睛放光，自语道："不行，我不能求她，现在有决定权的只有李世界。"我也附和她的看法。又重复道："请世界老师吃饭。"

"你……真笨，他差饭吃吗？吃饭有屁用……"红夭可能觉得我一直站在她一边，为说我笨而抱歉，接着解释道："你没看出来吗？我妈她在中间捣乱，她不允许我跟着李世界……练球。"

"原来还不是李世界老师的问题。"我恍然大悟似的"哦"了声，说："你妈肯定是舍不得你离开她……你说通她不就解决了。"

"她，你表姐，还有李世界，都是问题。"红夭不耐烦地摆手，否定了我的彻悟。

"我到学校去了。"红夭抬脚走开，又回首朝老柚子树望去。还是中午，亚兰没有来，柚子树婆娑青绿地站在岸边。

"这是柚子树吗？怎么从没见它挂果。"红夭嘟哝道。

是啊，我也没有看见这棵柚子树挂果。可没有挂果就怀疑它不是柚子树？

这个红夭。

黄昏时，我表姐来我家，还提着一些糕点来看我祖母了。她嘴巴很甜，说中午祖母没去他们家吃饭，她没尽到谢意，就专门买了糕点来看望祖母。说着，打开糕点盒子，拿出一块云片糕，掏出一片喂到祖母嘴巴里。我祖母边吃边点头，说，正宗的仙桃云片糕，甜。

祖母接过琴表姐手里的糕点，递给了我。对琴表姐说："谢什么，我一个老婆子没什么好谢的，还是满心谢老天吧。"

表姐脸色泛红，声音轻缓下来，几乎蚊子般地嘟哝："你救我两次咧，你那蛇皮好灵验的。"

两次？我脑海盘算开了。第一次我晓得，是琴表姐半夜打摆子，我舅舅舅妈来我家请我父亲，父亲在镇上医院值班没在家，就顺手请我祖母。祖母拿着蛇皮铺在琴表姐肚皮上，对着脉络扎银针，第二天又在四肢上铺蛇皮扎银针，扎完后，表姐就好了。

还有第二次？

表姐走后，我缠着问祖母。祖母不作声。我不屈不挠地问。"小妮子哪来这么多话，不该晓得的不能问。"祖母威严的训话不仅没喝退我，反而更激发我的兴趣。"你蛇皮都铺了银针都扎好了，还什么不能说——你跟我讲琴表姐。"她去猪圈屋我跟着去猪圈屋。她去菜园我跟去菜园。她拜菩萨天帝，我也跟站后面，但不低首作揖，只仰着脖子到处望。这下，她就忍不住了，要我跟着烧香祭拜。

"行，我烧香拜了菩萨天帝，你告诉我琴表姐的事儿。"

祖母终是没拗不过我，只好说了。原来是表姐一年前怀上孩子，偷偷请人坠了胎，可身体老是血流不止。我祖母只好又给琴表姐铺蛇皮扎银针，还带着表姐去庙寺烧香磕头，表姐身体好起来，离开了庙村到了省排球队。

"唉唉，女子要晓得自重，坏了好身子求前途，求到哪里去？菩萨都还低头。"

我自然是知道祖母会一些怪招的，她在我们庙村老人那里有个绰号，名"能婆"，顾名思义嘛，有些诡异又不乏能耐的招数。不过那时，这种不能用道理解释的能耐，都被划归为迷信糟粕了，"能婆"的称呼限制在很秘密的场合，祖母的能耐施展也控制在不得已而为之的时候。

但祖母的话着实要我吃惊。琴表姐居然堕胎过——这在我们庙村几乎是无法启齿的丑闻，漂亮在这样的丑闻下就是浪荡了。有什么要人羡慕的？我理解我父亲阻止我跟琴表姐亲近的缘故了。难怪啊。

我痛惜完后，又蓦地明白，祖母的招数全在那蛇皮上。

"为什么要铺蛇皮扎银针？"

"不晓得，我老人传下来就这样，不铺蛇皮扎什么银针，没用。"

我没话了。肚子里却全是话，叽咕着拥挤着，一起涌到嗓子眼，争着出口，又互不相让，弄得我嗓门发痒发涩。我倒了杯水，咕哝喝下，又缠上祖母问："上次你对红夭说，那坡下草木中的蛇，真是你养下的？"

"蛇还要养？养的蛇哪还有天地灵气？"祖母被我的话愣住，眨巴着混浊的左眼，以问代答。

"那你是故意吓红夭的，还吓住了我。"

"没吓，我这把年纪吓唬孩子家，多难为情。就是这样嘛，蛇是靠气味来记东西的，它灵性得很，认得人也听招呼，礼待它的，它也礼待。"

7. 罪孽

那天晚上，落霞家里爆发出打闹声。

我在有关庙村的文章中说过，我们孤岛就是长江水流中矗立的沙洲，每年夏汛时都要遭受洪水的袭击，所以建造房屋前要先垒高高的台子才起屋。而我们庙村地形更特殊，台坡上是房屋，台坡下是菜园庄稼地，彼此被大小不等的水塘沟渠相隔。这样，谁家说话大声点，几乎全村人都能听见。

落霞家的打闹声又在晚上，我们不听见真还难。

实际是，在她们家屋外的路上，就有断续的吵闹声传来。

"你……还是孩子……尽不成器……气死我……"是李世界老师老婆赵芬芳的声音。她人长得瘦小，声音也蚊子般的细弱，即使骂人，也把声量极力控制在中音部，磕巴着。这不能怪她，这与我们庙村传统有关，我们庙村历来是要求女性温顺贤淑，否则，大嗓门性子粗鲁，如何做得李老书记的媳妇？

"放了我，好不好？"红夭求饶的声音，也没有往常的爽快干脆，是故意压低嗓门的那种，还带着一丝哭腔。"我跟你保证只有这一次，再也没有……"

发生了什么？我们庙村的在听见的刹那，一边猜测一边开了院子门，站在各家台坡前张望。

那晚的月亮大而圆，又湿漉漉地，刚从无忧潭爬上来，水洗了般铺满我们庙村，路上银亮光光。

快要高出赵芬芳一个脑袋的红夭居然披着赵芬芳的一件衬衣，那衬衣显然小了，如同小褂子搭在红夭丰满的肩膀上，没有搭住的——天啊，我们庙村的女性都捂住了嘴巴，尽是白花花的肉，除了屁股上的短裤外，下身也是赤裸在外。红夭被赵芬芳在后面推攘，她居然乖乖地，也不反抗，只把两条臂膀抱在胸前，缩着脖子。

刹那，我们明白了，她的胸脯……一定也是白花花的，她担心被看见，羞耻的恐惧，使她缩短肉身抱成一个圆团。

但红夭走得慢腾腾的，左逡巡右彷徨。

赵芬芳在后面催促："快……快走……"

"路上有蛇，它咬了我，以后记住了我，碰到一次还会再咬一次。"

"呸，你还怕哈……"

说着，赵芬芳给了红夭一个拳头。不是拳头，而是伸手去抓她搭在红夭肩上的小褂，红夭如同受到雷劈般，惊叫道，不要。然后飞一般地朝前跑去。

到红夭家门的坡路上，赵芬芳逼尖了嗓门喊："落霞，你来接你闺女。"

她这样一喊，我们庙村那些好事的走下自家台子，朝落霞家门前的台坡涌去，剩下的还守在原地，却踮起了脚尖看。

落霞走出院门，看见爬上台子的红夭和赵芬芳，顿时脸色煞白，嘴唇嚅动，嘟哝一声："死妮子。"

红夭一个箭步蹿前，从落霞旁边跨进了院子门，又以迅雷不及耳的速度关闭上院子门，把落霞和赵芬芳留在院子外。

"落霞，你家红夭可是从我的床上回家的……我那床，你也不生疏吧……可你们是母女，红夭的路才开头咧……"

落霞还是煞白着一张脸，也不晓得看哪里，人站着入定般地纹丝不动，只是古怪地冒出一个个饱嗝。

赵芬芳也懒得说了，呆站在原地。

落霞站着打了一会儿嗝，如梦初醒般地抬眼，唔了声，转身去拍院门。

院门紧闭。落霞疯子似的边喊边擂门——开门，开门……

赵芬芳转身走了。落霞擂了一会儿，院门还是紧闭，落霞换成脚踢。

嘭嘭嘭的门声，响了好一会儿，估计落霞也累了，蹲坐在青石门槛上歇息。院门吱呀着打开。

"死妮子，你居然跑李世界那里送上门去，真是不要脸到家了……"落霞的骂声在关闭的院门里面还是完整不落地传出。

"你说话清白些，我都十六岁了，不要你管，你连自己都管不好，也管不了我。"红夭的声音再次理直气壮起来。

"嘴硬，我扇死你。"啪啪的巴掌声，接着是物件倒塌的声音，还有清脆的玻璃落地粉碎的声音。

噼啪——断裂的，还有时间。

落霞家一时安静下来。

但安静没有持续多久，红夭的声音又清脆而蛮横地响起，她几乎是咬着字说的——"都知道了才好，他睡了我清白身，占了好处就必须给个好处我，再说，我的球也打得不赖，我不去打球，搞不成。"

"你不懂呵，这命还有运。"落霞的声音软和了，带着颤音，抖动我们庙村夜晚和夜晚下聆听的心。我祖母竖起双手在胸前，口里念念有词——修罪修心。

"什么运，不自己找路还等着路来找自己？我的路就是回到城里，你等着看吧。"

"他——真答应把那个指标给你？"

8. 回报

　　我表姐在庙村住上三两日就回城里去了。她很忙,省排球队到处打球,她没有时间在家休息,何况,她也在庙村住不习惯了。

　　临走前一天晚上,表姐和我舅妈来我家,与我母亲在房间里嘀咕,她们母女大概知晓了李世界老师与红夭那天晚上被赵芬芳捉住的事情,很不高兴,只说,不是个东西啊。我就偷听上了,她们嘀咕的声音小,却还是被我弄清楚了一个大概。小琴表姐现在仍然只是省排球队暂借的队员,但她目前正在被省里的一个厂矿厂长的儿子追求,如果留不成省队,就可以去省厂矿当工人。如果这次跟着世界老师参加省运动会打球打出名堂来,留省队可能性就大了,即使不留省队,至少可以回到地区排球队。

　　也就是说,摆在琴表姐面前的路,有两个选择,她们征询我母亲意见。我母亲不表态,只重复她们母女那句话:不是个东西啊。

　　我舅妈就表态了,两边都不落实,干脆都不放,重点还是把那个对象要抓牢。

　　琴表姐"哦哦"答应后,溜出房间,正好与我撞上,她的脸刷的一下红了。我想起红夭要我求表姐让她指标的话,嘴巴不由张开,话出口却是:"你们怎么都想打那个球,就是为了打到城里去?"

　　"当然。"琴表姐回答,"不能留城,谁那么辛苦地打球。"

　　"你快成功了,办法也多,不如就把指标让给红夭。"

　　"咦,小妮子你说说,怎么就亲疏不分,帮起外人来了,她给了你什么好处?"

　　"表姐,我当然跟你亲,可你现在好着,红夭呢,你若真是看见她打球,你也会觉得她应该去打球,再说,她也实在没……"

　　琴表姐鼻子一哼,打断我的话。"我让了,红夭也不见得就能得到。"

万物无邪

我错愕茫然，看着表姐："不是只有你们俩跟着世界老师打球吗？"

"哈哈，一个排球队怎么可能只有两个人？我们岛上的指标还可以给县城里的人，说成是岛上的人就是岛上的人，一回事情。"

我没话说了。琴表姐刮刮我鼻子，笑着离开了。

红夭比以往练球更加刻苦了。上午下午都去学校练，也不管李世界老师来不来，来了就与他对练，不来，就跑步做体能训练，然后自己对着墙壁击球。

她的丑事还是被渲染得轰烈热闹。说是但凡世界老师来学校，就被人发现他们两人光着身子在办公室垫子上搂抱在一起。

我看见红夭有一次拖着垫子去学校后面的堰塘里洗刷。好奇得很，问她，你这么勤快啊，还给学校洗垫子，在家没见你洗过衣服？

红夭瞪我一眼。我好没趣，正想离开，却被红夭喊住，要我给她帮忙。

她能不洗垫子吗？一大块血迹，如同僵硬的肌肉在墨绿的垫子上瘫痪，醒不来的休克。水中散发出一股死鱼般的腥臭味道。

"有血……哪里来的？"我的声音几乎发抖。

红夭再瞪我一眼，也不作声。

唰唰哗哗声中，红夭闷头蛮干的样子陡然给我一层不好的想法。我依稀知道，到了一定年龄的女孩子，她们身体隔段时间就会流血。可垫子上大块的血渍，会是红夭在流血中不经意留在垫子上的？如果真是不经意，而这浓厚沉郁的血渍如何说得通？

这休克般的血渍，是红夭的，却不独与她有关。

我和红夭抬着垫子上岸。红夭长长舒了一口气，紧绷的脸色也缓和下来。当我帮她抬回办公室，把垫子竖着斜靠上办公桌晾晒，红夭难得地说了声"谢谢"。又好声气地问，丫头，好多次看见你在无忧潭边发呆，是在找什么东西？

我摇头，告诉红夭那个轰倒庙宇在无忧潭水中映现的传说，以及我偶然看见潭水里居然冒出石刻的莲花与八仙过海。

"哧"，红夭笑道，打断我的话，"你们庙村就是鬼祟，都是这里闹出来的，不正常。"她的右手食指指向她的脑袋。

红夭又恢复成那个霸道任性的女生。我退走离开。

"喂，听说你表姐在省城找到权贵人家了？"红夭喊住我，又问道，眼神盯在我转回的眼睛上。

"她只是……我不晓得。"我嗫嚅下嘴唇后断然否定。

"哈，找就找了，有什么扭捏的，我觉得她应该这样，又不打球还能留在省城，还能一下就爬到权贵里去，恭喜她啊。"

我把红夭的话撇在后面。什么权贵啊，省城啊，恭喜啊，在我听来，都不着边际，起码，出现在我眼前的琴表姐，一点也没有我以前看见的表姐那样让我舒服。

红夭似乎很高兴，在后面跟上来，一起和我回家。她哼起了不知名的歌曲，边走还边做个传球再跳跃扣球的动作。

我看过红夭与世界老师对打排球，说实话，红夭的排球还真打得不错。世界老师的高抛球擦边球霹雳球，红夭似乎都接住了，甚至她有时跳跃扣击时，倒把世界老师杀个措手不及。那时的红夭，身手敏捷，接球扣球的动作流畅完美，正如她那时的人，漂亮潇洒自信，征服围观者的眼睛。她霸道任性，有时称得上粗野不守规矩，还差点把我推进潭水里，我祖母交代我冷落她远离她，我却终究没有做到，一大半原因就是，红夭打球时的魅力让我佩服。

"看来你很爱打排球的。"

"以前不，几乎是咬牙打的，现在是越来越喜欢了，呵，你不知道，那么猛的球却被反击回去，真个痛快。"

我想起琴表姐临走时说的话。冷不丁地问红夭："如果不能进城，你还打排球吗？"

"什么意思，你？"红夭停下来，虎着脸问道。不等我说话，继续问："你是不是又听说了什么？快告诉我。"她的右手捏住我臂膀，我的臂膀顿时生疼。

我慌忙摇头。

红夭放了我，勾起食指敲我脑袋下，说道："你这真与一般人不同……哦，实话告诉你吧，李世界在今天上午把我名字报上去了，还

万
物
无
邪

等半个月或者二十来天吧，我可能就要到镇上去训练，或者是到宜昌参加训练，那时就完全定下来了。"

"刚好是放暑假了。"

"是啊，你们放暑假，我还要参加训练，这就是差别，不过，我认为这种差别是值得的，因为我会获得你想都想不到的回报。"

我想起祖母说她的，"这个妮子啊，就是心野得很，她以为聪明人就是天不怕地不怕？人生只有八颗米，走遍天下不满升，晓得不？菩萨都还低头"。

9. 低头望心

红夭在前，我在后，经过无忧潭。远远的，我们看见，老柚子树下的亚兰，她倾斜着上身，右手在空中翘着兰花指。隔远看，还以为这个女人在舞蹈。

我希望红夭脚步放快点，我不想和她并肩回家。我左看下右望下，脚步几乎是一步挨一步挪动的。

红夭心情似乎特别爽快，成心要和我一起走完无忧潭。她看我落她后面很远，竟然停下来等我，我隔她几步时，她抱起双臂在胸前，煞有兴致地吩咐："带我下去看看潭水中的石莲花和八仙过海。"

我不作声。

"嗨，你听见没有，我们一起下坡看。"红夭伸手。

"不看，看了也是白看。"

"那有何说法？"

"你肯定看不到，有你在身旁，我也看不到。"

我说的是实话，她定然不会安静地端直了身子等待，等待微澜后的平静，没有安静地等待，怎会遇到那样的刹那？她才不懂。像她那样的聪明人不会懂的。

红夭爽朗地哈哈大笑。指着我脑袋说："担心我推你到水里去？

你还是笨啊，我做游戏从来不炒剩饭。"

我脸庞顿时发热，眼睛瞪圆了看她，说："你再挨我下，我就放我家的蛇出来咬你，除非你晚上不走夜路。"

红夭鼻子哼了声，不以为然地笑笑。她的目光从老柚子树下的亚兰扫过，似有所悟的，眼睛放出光亮，转向我，说："对了，你家能婆婆养蛇，听说很有来头，还能用蛇皮银针行巫，是不是？"

"那当然，否则，我们庙村怎么叫她能婆婆。"我得意地答道。

"管用不？"

"嗤，我琴表姐半夜打摆子，浑身都不舒服，就是我祖母在她肚皮上铺了蛇皮扎银针扎好的，你这都不晓得。"

"听说过，还听说前一年，你表姐下身流血不止，也是能婆婆用蛇皮扎银针扎好的。行，还真是个能婆子，既然这么能耐——我跟你说，她这个样子，估计是一根筋堵住了，要能婆子给疏通下。"红夭指着老柚子树下的亚兰说道，双目炯炯。

"回家。"我祖母刚好从庙寺下来绕潭走过来，看见我和红夭，硬着语气招呼道。

"能婆婆，我们可要好了，在庙村我最喜欢的就是她。"红夭亲热地揽住我肩膀，对我祖母示好。

"你不欺负她就拜托了。"祖母拉我的手，小脚也不停地朝前走。

"能婆婆，我们刚才商量了下，想请你给亚兰……用蛇皮扎个银针，你看她多漂亮啊，真是可惜。红夭跟上来，拽住我祖母的另一只手。"

我也附和着说了声"是啊"。祖母眨巴着左眼，转脸看了眼用右手在空中写画的亚兰，瘪着缺牙的嘴唇说："难得你还这样有心……亚兰不合适。"

我和红夭张开了嘴巴。

"蛇皮上扎银针，对热性子刚好，蛇是阴凉的嘛，就是要热性冷了凉了下来，对冷性子的，当然没必要了。"

"什么意思？"我和红夭面面相觑。

"亚兰这妮子，心早静了下来，就是这一潭水了。"

祖母颠着小脚走了。走几步又回头朝我眨巴左眼，喊道："回家。"

　　我"噢噢"两声，跟在了祖母后面。

　　红夭似乎没有动。我好奇地回头看，的确，红夭没有动，她的眼睛却放在那个嬉笑着在空中用手指舞蹈的亚兰身上。

　　她看什么？

　　亚兰在写什么？

　　没有谁知道，恐怕她们自己也不知道。没有人知晓答案而又无时不在呈现的问题，就不是问题了，也没有了悬念和偏锋，逐渐滑落为平常惯有的姿态，从我们眼睛走过。

　　似乎，这是常态，天生就这样。

　　我回家不死心地问祖母："你刚才说的，是不是骗红夭的？"

　　祖母很生气，嗔道："我一把年纪了，骗她小妮子，为啥？"

　　"我以为你就是讨厌她，不喜欢我和她在一块，就故意……"

　　"没得故意的，是啥样就啥样，落个自然，各自顺和，那妮子，也不过省头（庙村土语：鲁莽兼之蛮横之意）了些。"

　　看来，祖母的本事还远在我知道之外。

　　"你那铺蛇皮扎银针的本事，跟谁学的？"

　　"我老人。他们可能了，会看风水预测凶吉会喊魂游通阴阳，啧啧，我算什么啊，菩萨天帝都还没敬到，远着咧。"

　　我弄清楚了，祖母一天三遍香，还去庙寺磕头作揖，就是在敬菩萨和天帝。而敬了他们，是为了修炼出更高超的招数。

　　一个老婆子有何招数，一些怪异之举，说来好笑而已。我却笑不起来，我们庙村就这样，足不出户的，死守旧土老村的，大抵有些过人之举，如收敛师老笑着称呼死者为"往生者"，还可以唤回他走路的老婆；老才子张满口诗词曲赋蕴藉古意；樊医生为抛弃家庭的丈夫整天磨刀霍霍，最终却放下屠刀立地成佛……而正是他们，我祖母、收敛师老笑、老才子张，还有赤脚医生樊医生等等，把我们庙村托举出江湖之外的意蕴。什么意蕴，我也说不出来，只晓得，我们庙村人在我们岛上，独特了些、受尊敬些，令人向往些。

"你老说菩萨还低头，菩萨天帝是个什么样？敬了他们就神通了吗？"

"菩萨和天帝都低头望心，我敬他们就是敬他们的心，心心相通，有路可走，就是神通……妮子，你不懂呵。祖母摇头。"

10. 治病疗伤

世界老师不久就离开了我们庙村。

红夭没有因为世界老师的离开而懈怠，还是不减热情地练球。她的心情开初还好好的，每天精神抖擞，遇到我们这些小丫头，多远也亲热地招呼，偶尔还教我们打排球。上十天过去后，她的脸拉下来，冷着眼斜觑操场，把球踢来踢去，皱眉咬牙，恨恨地发牢骚——"我一个人怎么练球，白耽搁了。"

我们临近期末，平时玩惯了，想临时抱佛脚，空闲时间都耗在了书本上。自然与红夭对面的机会少了起来。红夭那些天烦心得很、懒怠得很，故意找碴也没心思了。

在我考试那天晚上，落霞咚咚咚地敲着一根木棍来到我家。她从进我家堂屋就不自然，脸色讪讪，眼睛在我身上溜来溜去，支吾半天也没说句完整的话。我母亲催促我睡觉去。我晓得，她们不想要我听见落霞的话，而落霞此番举动，肯定是与她女儿红夭有关了。

蹊跷的是，红夭有什么与我家有关？

我站在房门后面，隔着虚掩的门缝，听见落霞不好意思的长吁短叹。

"我那妮子，真是难得调教，说来你们也晓得……唉唉，她就是不懂不服气……心呢，比天还要高……不过，有时静心想，人这命在年轻时还真不服的，我那时在省城好好的，突然父亲被抓进监狱，我母亲想不通去闹，结果也闹进监狱，也真是想不通啊，这命走到这儿突然没有了路，我就豁出去了，想尽一切法子要救他们出来……"

到这里，房间静默，只有隐约的抽鼻子声。落霞伤心了。她在向我母亲和祖母说她自己，这是她来我们家的目的？

"唉。"一声悠长的叹息后，落霞又继续了。"救是救出了父母，可我怀上了红夭，我父亲接受不了我未婚先孕的事实，本来虚弱的身子，一气就走了路。母亲带我回到庙村，是想要我打下孩子的，可孩子已经成形，太迟了，红夭还是来了。我母亲面子薄，受不了，竟然走到了无忧潭里……我就只有红夭这个亲人了，凡事也依顺她，她的性子比我还犟还烈，一个劲地想回城里去，哪里有路？只好拼命地跟李世界捞那个打球的指标。"

房间又静默下来。

祖母咳嗽了声，问："找我为红夭？"

"我那妮子……才十六岁啊……后面的路还长着……"落霞的声音在拥堵的喉咙滑过一丝颤音，抖动出微微的哭腔。

"还看不出来啊，今天下午我在无忧潭边还看见她了。"母亲的声音，"她好像对亚兰倒挺关心地，老是看着。"

"说来，红夭这孩子还有心的，怜着亚兰咧。"祖母居然赞了红夭。我靠近房门，透过门缝望去，昏暗的煤油灯下，三个女人围着方桌就座，还煞有介事的。

"大概才有个把多月……"就是落霞这句莫名其妙的话促使我的兴趣，我的身体完全不听指挥地靠在房门上，房门合上门框发出沉重的吱呀声。

"小妮子，还不睡觉。"

三个女人同时站起来了，我听见她们带动条凳的声音，而祖母还不放心，边说边颠着小脚朝房门走来。

我赶忙跑回床铺上。心中的边鼓敲个不停，落霞说什么呢？一个多月——李世界老师才走了十多天，我掰开指头一算，明天就有整整二十天了，明天我们刚好放暑假。不是说世界老师，不是说他又是谁，而落霞不过搞错了时间。

很快，我知道我想错了事情，她们说的就是红夭。我母亲和祖母几次杞人忧天的相互问，红夭这个样子，怎么能去打球？可麻烦了。

什么样子？我祖母有天在外面撑把破油纸伞晒蛇皮和银针，还在旁边奉上三炷香。我才知道，祖母的蛇皮和银针又派上用场了，居然还是给红夭。

也不晓得是不是还像给琴表姐一样，在肚皮上铺开蛇皮再扎银针。

也不晓得红夭生了什么病。

但我闻到药香味。红夭的家里，那些天都有浓烈的药香味，而她们家门前的坡路边，倒着黑漆漆的药渣。红夭定然病了，千真万确，丝毫不假。

而有意思的是，我祖母上庙寺去不再是孤单一人啦，她后面跟着一个人，落霞，两人一前一后的，从无忧潭边经过上山林下山林。

落霞也敬菩萨天帝了。最有意思的是，她那鹅般的细长脖子，不再仰得高高的，而是微微低下，还有溜来滑去的眼色，也垂下了——我每次看见她那样，就想起祖母说的"菩萨低头望心"的话。

不到一个星期，红夭痊愈了，又背个网兜，欢快地撞着她的蛮腰去学校练打排球去了。我们学校放假是放假了，可本就没有校门，红夭进出都如同没有放假一样。

倒是她母亲落霞不放心地跟在红夭屁股后面，求她还休息几天再去练习排球，说还没有恢复好，身体会吃不消的。红夭不理。落霞有几次跟去学校，可能讨了个没趣，就转回我家，又要我去学校看看，是不是只有红夭一个人，如果看见李世界老师，一定要我帮忙带信，说落霞她要请李世界吃饭。

这下，我明白了，她根本就不是想请李世界老师吃饭，而是担心或者说害怕，李世界突然回到学校，已经放假的学校。

我就不明白了，李世界老师回庙村才是好事，起码红夭可以与他对打练球了，而他这么长时间不露面，如同无忧潭水面消失的水泡，只能说明，他忘记红夭这个指标了。

11. 谁个不拜?

我理解红夭的烦恼了。

她与落霞从学校一直吵回无忧潭,一直吵回家。对一贯要看几眼的亚兰也熟视无睹,专心致意地与落霞吵。

她近乎咆哮般的嚎叫:"我就是铁了心豁出命了要争得指标去打省运动会。"

我们庙村的都听见了。红夭打球就是在打前途,打城市户口。我祖母摇头说:"这妮子还不醒,她根本就不是打球。"

我不同意祖母看法,反驳说,红夭还真是把排球打得上好,她参加排球队,肯定就能为球队争光,为什么她不能去?

祖母气恼地回答:"为么子,为么子——你问那个李世界去?"

我不禁发笑,祖母有时候比我这个小丫头还孩子气,特别是她在发怒的时候。我问世界老师干吗,与我又没有丝毫关系。李世界现在只与我们庙村一个人有关系,就是红夭。

红夭却真的去问了。

不是去问,而是去找李世界老师了。学校放假,肯定是所有学校都放假了,李世界老师没有回到庙村,说明他在组队,或者已经组队正在带队训练。否则,还有什么事情能够充分说明他不回庙村。更白点说,李世界已经近两个月没有和红夭联系了,而红夭曾经说,李世界老师至少是要在放假前就回庙村带红夭出去练习排球的。

落霞哭哭啼啼的,不是送红夭。她肯定不会送红夭出去找李世界,只能会阻止红夭去。但对于一个铁了心豁命般的人,干什么都是白搭,阻止得了?落霞心中比谁都清楚。但落霞似乎又清楚,红夭此去还会受到比第一次生病时更严重的伤害,伤害还未发生,却已经触痛落霞的胸口,要她疼要她闷。她总不能无动于衷。清晨,红夭离家去找李世界老师,她跟在红夭后面,一起经过无忧潭。红夭沿着前面的公路出庙村了,而落霞则朝右拐,去了老李村长的家。

67

等生

落霞哭哭啼啼地去，又哭哭啼啼地回来。唉，她是去问李世界老婆赵芬芳了，关于李世界老师到底在哪里。谁晓得呢？赵芬芳送落霞到路上，很真诚地说："我真不晓得他在哪里，每年寒暑假都在为比赛训练队员，这是他的事情，我问什么。"

赵芬芳肯定没说谎话，尽管落霞曾经被她在床上捉到再赶走，尽管落霞女儿红夭也被她在床上捉到再送走——可是，李世界对她而言，就是庙村外的世界，这个双脚几乎没迈出庙村的赵芬芳，她能知道多少？

落霞哭啼着没有回家，而是上了庙寺。我祖母说，她在庙寺咿咿呀呀地哭了整整一天。

她们一起下庙寺来，已是傍晚。我正蹲在无忧潭水里的那块青石上，端直了上身，打量潭水下面。说来也怪，自从红夭要求与我一起看潭水下面的石莲花和八仙过海，我再看潭水，心中不由会恨恨地念叨：像红夭那样自以为聪明的人才不会看见。哪里只有红夭这样的人看不见？念着这话的我也看不见什么了，只能看见自己虎着的一张脸。

我就怪上红夭了。越怪越看不见，越看不见越不服气。

我心浮气躁地乱拨潭水，凉湿的潭水溅落我身上，有浸骨的寒冷。

她们快走近我了，祖母几乎是喋喋不休地说话。她在劝落霞不要再哭了，哭又哭不回来，老是哭来哭去的，眼泪水里的盐分会烂了眼睛。说着，祖母还停下来，朝落霞指她右眼以示警告。

落霞深深吸了口气，低着脑袋回家了。

祖母喊我上岸，又问我傻蹲在这里看什么。我实话告诉她，在看倒塌的庙宇在潭水里的倒影，前些日子看见了水里有石刻莲花和八仙过海，还有一个寺院的尖顶顶，但现在什么都看不见了。

祖母眨巴左眼，嘟哝道："石莲花，八仙——不就是青石上面刻的嘛，当然你看见了。"

"可现在看不见了。"我叫道，恼怒地虎着脸。

"发火了？看不见也好看得见也好，总之，庙宇就存在了潭水

万物无邪

里，香火要烧，菩萨天帝要拜。"

"你拜我不拜。"

"瞎说，掌嘴——死妮子，谁个没拜？你在这里低头看水就在拜，你看亚兰，每天来潭边写写画画，她比谁都拜得诚心。"

亚兰在拜吗？不，她在乱写乱画，手指在虚空中舞蹈，留下无人知晓的谜。她出了谜面，却不给谜底。难怪，戾气在身的红夭也忍不住看她，一再看她。

祖母颠着小脚回家。我站着不动，表示我的生气。

落霞却返回，向我招手。

她的眼睛烂桃子般红肿，声音也是嘶哑的。她问我，你小琴表姐是不是真的在省城找了个对象，准备进工厂去？

那只是一种假设，哪里能肯定？我老实告诉她："小琴表姐有这种打算，但她还打算跟着李世界老师参加省运动会打球。"

落霞满脸失望。我补充道："不过，琴表姐肯定把心思都花在前一个打算上，再说琴表姐这么漂亮，只要她同意那人处对象，应该……"后面的话我留下了。果然，落霞大大地舒了口气，说道："你琴表姐肯定在处对象，这么好，都好啊。"

我嘴唇嗫嚅下，又无法出声。琴表姐说过，没有她也不见得世界老师会把指标一定给红夭。可这怎么说？都是没根据的话。

落霞晚上又咚咚咚地敲着木棍子来我家了，还带来一块的确良布匹，送给了我母亲。她请我母亲到我舅舅家讨个音信，关于我琴表姐是否找对象。

我母亲很爽快，要落霞坐会儿，她去去就回来，回来就明白了。实际，我母亲心中明白得很，依我小琴表姐的漂亮模样，处不处对象，就是我琴表姐的一句话。

很快，我母亲回来了。我舅舅他们也不晓得琴表姐的情况，只说，反正人在省城，处对象没有，还是未知数，而打球肯定还是在省队。

"哦——"这么说，她起码暂时还没有跟李世界在一块儿。

落霞敲着木棍子，咚咚咚地走了，我祖母送她到院门，她下坡边敲棍子边说——"我走了，我走了。"想必，她来时肯定是说，我来了我来了。

这样的招呼，蛇听见了吗？

12. 等

暑假漫长又匆匆。天气逐渐凉爽了，我们也返回学校，金秋十月来临。

红夭回到了庙村。她晒得黑黑的，却突然长大许多，不再那样无事生非地撩拨逗弄，走路时，眼睛直直地朝前看，遇到熟人，别人不招呼，她当没看见。

当然，亚兰除外。

第一天回来，就是她经过无忧潭看见亚兰，她停下来看，然后闷声问道："你究竟写什么？"于是我们庙村的都知道她回来了。

落霞紧张而欣喜地站在路口等待。等红夭走近，忍不住问道："找到他了？"

红夭仰头沉默经过，然后回家。

那些天，落霞每天晚上来我家。她找我祖母要药，求我母亲找父亲（父亲是镇上医生）弄西药。不晓得红夭又发生了什么。我模糊地听见落霞说什么"预防"，她要预防什么呢？难道红夭一朝被蛇咬她十年怕井绳，所以预防？

我忍不住了，问落霞，红夭弄到指标没有？

"他根本不在镇上，去县城里组队了。"落霞的回答模棱两可，不过她说的"他"我们心中都明白指谁。

我又问了句："红夭弄到指标没有？"

红夭那性格，肯定是到镇上学校去找李世界，没找到就奔县城去了。而红夭去那么长时间没有回来，以她的犟性格来看，估计找到了李世界。

落霞眼睛不看我，又架不住我的追问，答道："反正红夭就跟着他的队在打球，比谁都认真努力，也比谁都打得好。"

落霞的话，要我们不好意思再问下去。一个女孩，这样拼命地打球，又有好技术，怎么来说，也没有错。这是我母亲说的。

"那红夭什么时候再去？"落霞走时，我突然想起一个重要的问题。

"哦，他们说清楚了，休整几天，等天气完全凉爽了，马上进入备战训练。"落霞不假思索地答道。

红夭回庙村后，我琴表姐居然也回家了，她还带回了男朋友，一个比她个头还要矮又是罗圈腿的男子。最高兴的是落霞，她喜笑颜开，不住重复那句话，"这下好，都好了。"

黄昏时，琴表姐来我家，经过无忧潭时，碰到红夭。背着网兜的红夭看着琴表姐他们，目不转睛。但琴表姐不把目光给红夭，很傲然地走过。红夭叫住琴表姐，要与琴表姐对打排球。琴表姐嗤地笑了，说："我省队的，才不乱打球。"红夭一阵脸红，说："你信不信，你接不住我的球，李世界喜欢脸蛋漂亮的更需要球技漂亮的。"

"个板板地（武汉骂人的话），找碴啊？"琴表姐的男朋友大怒，绷直罗圈腿飞起一脚，踢破红夭肩膀上的网兜，排球飞进了潭水里。

琴表姐他们哈哈地笑着走过。留下红夭在潭边捞排球。

我给红夭找来一根长竹竿，帮她捞回排球。红夭坐在潭边的草地上，抱着排球发呆。她的眼神铁焊般停在亚兰身上。我推她，要她回去，养好精神再返回县城去打球。

"你知不知道亚兰在写什么？"

"她乱写乱画的。"

"不，我看清楚了，她在写一个字。"

"什么字？"

"等。"

什么？写'等'——等谁？

红夭摇头，牙齿咬在嘴唇上。马上，她站起来，拍拍屁股说："我也在等，等弄到指标去打球，再返回城市。"

"返回？你就是我们庙村的。"

"不，我在城市孕育，却被城市抛弃，我不服，我就要返回，再

71
等
生

去征服。"

红夭第二天就走了，回到了县城。算来，她在我们庙村只待了三四天，却被她母亲逼着喝了几大罐药，以至她的身上总有一股药味，药味的浸淫下，红夭看上去，眉眼竟然浮荡着有一种要人心生怜惜的忧伤。

红夭走了，我琴表姐也回省城了。但我等琴表姐走后才晓得，我的琴表姐又怀上了孩子，她正着急要和她的对象结婚。

我母亲叹息不止，祖母眨巴着左眼说："那伢子（指表姐的男朋友）看上去……怎么都看不惯。"

不光祖母看不惯，我舅舅舅妈也看不惯，可没有办法，根本由不得他们，琴表姐这次回家就是商议结婚事宜的。我舅舅舅妈的回答是，越快越好。这样说来，他们又是顶顶看得惯我未来的表姐夫了。

落霞知道我表姐要结婚的消息后，激动得双手抬起，在空中祷告，说："我马上去庙寺为他们烧高香去。"

"你还是为红夭多烧高香。"祖母的话听上去有些刺耳，却又正常不过。"那自然，"落霞忙不迭地回答，"红夭这回应该转运了，是吗？"

落霞的目光扫过我们，我和母亲点头称是。祖母似乎没看见，木然着一张脸。

13. 等生

不久，红夭又回到了我们庙村。她看上去瘦弱，皮肤黧黑，比上次回来更加沉默寡言了。

她应该高兴才是，琴表姐那样子不会参加省运动会了，指标就是红夭的。

可哪里是这样？我琴表姐说对，指标确实分给我们庙村一个，可是——只要李世界把人说成是庙村的，谁就是庙村的。李世界报上去的庙村指标，并非红夭，而是县城里的另一个女子。

红夭不管，跟着李世界打球，没有上场机会就坐在旁边看，看着看着，被冷落的她到底还是觉得了无聊，心胸空了，身体也跟着涣散，加上天气凉寒，不禁感冒发烧，只好回到了庙村。

落霞叽里呱啦地，骂着怨着，给红夭弄些补药，还找我祖母又去扎银针。看样子，红夭不仅仅是感冒了，具体还有什么病，我不确定，却万分肯定，红夭的病需要大补。

红夭与我在无忧潭边遇到，我怔怔地看着她。她比我们谁都过早地进入冬天，脑袋上包个方巾，上身穿着蓝格子棉袄。她身上氤氲的中药味，在我眼中弥漫出萧瑟赢弱。

红夭看我一眼，又把目光放在了亚兰身上。

我喊了声红夭，顺着她的目光看亚兰。红夭问我："还能在潭水下看见石莲花和八仙过海吗？"

"能，我又看见过几次，你可以下去看，好神奇的。"

"我想过，你说的是真的，那些倒塌在水里的廊柱，在水静的时候，可能就会倒映出水面——不过，真不是随便能看见的，得等待，等那一刻，天地都静下来了的那个时候。"

红夭果然聪明。我佩服地望着她，她给我的半个侧脸，棱角分明，犹如对面的山林，切近而遥远。

等。我脑海里闪现这个字，不断地放大。看着亚兰凌空舞蹈的手指，我惊讶地发现——正如红夭所说，亚兰这么多年，她在潭水边的手指舞蹈，就是在写一个"等"字。

"亚兰在等那个跳进潭水里的男人重新上岸？"我问聪明的红夭。

红夭点头，接着摇头，说："她在等，那些好时光回来，她认定的路，活生生地被斩断，她也不服，孤注一掷地等，只有"等"，路才会延续，她等的……不是男人，是在等……生。"

"太难懂了。"我又赞同红夭的话。红夭并不管我是否懂得，继续说："我不管别人怎么看，他们不懂。我母亲落霞骂我打我以死威胁我，咳，她是心疼，她自己屈服了我不能……我不过在走她的路，为找一条出路而已。我铁心要返回城里，李世界不给指标，我拼了全力，他想赖肯定赖不掉，我就是要打球——等待去省运动会打球，对我来说，也是等生。"

等生。陌生的词语，从红夭嘴巴里滑出，却轻易地俘获了我的心。

"可是，这是多么残酷地等待。令人生畏。"我轻声地叹息，又说道，"亚兰，她到底没有等来什么，相反，还搭进她的后半生。"

"庸人。"红夭敛起双眉，眼睛瞪圆，红通通的嘴唇嘟起来表示愤怒，她又恢复成那个霸气的自信的红夭。她等来了什么——又是你们所能看见的？她的后半生停止在青春年华，就是对潘愣庸恶的抗拒，她早打败了那些斩断她路途的坏东西，你看她是不是笑到了最后？

红夭掉头而去，留下满脸通红的我。其实，我内心还是觉得，红夭真是一般人不及的聪明人，可是，我又觉得，这个女子走出了我理解的我们庙村甚至在世所有人的正常理解之外，她正在走的路，已经断裂，她还在孤注一掷地继续，何为？

14. 修心

元旦后旧历年前，红夭再次返回我们庙村，如同一只猫样，毫无声息。甚至她经过无忧潭，也不看亚兰一眼。

她回家后肯定就把自己关了起来。我们庙村丝毫不晓得红夭回来了。

李世界的老婆赵芬芳再次闯进落霞家，还在坡路就扯着嗓门哭喊："红夭，你胆子大得包天，竟然敢杀李世界。"

"他霸占一切，根本不讲规矩，要我无路可走，该杀。"红夭跑出来，破着嗓门回敬。

我们才晓得，红夭回来了。

红夭犯下了弥天大罪，她杀了李世界，趁着李世界熟睡之际卡住李世界的脖子，又没有把李世界卡死。在红夭细弱颤抖的手掌中，李世界只不过昏死过去。红夭以为他死了，连夜外逃，在县城躲了一两天，又逃回庙村，却被赵芬芳找上门问罪。赵芬芳的声音嘶哑，问话撕心裂肺。

"你们都睡一起了，为什么还要杀他？为什么啊，你说说？"赵芬芳的质问，哪里有答案？没有答案的哭喊，在我们庙村孤独绝响。

马上，穿制服的公安人员找来，带走了红夭。他们表情威严冷酷，给红夭戴上铁铐，前后拉拽着红夭出村。

经过无忧潭时，正赶上笑嘻嘻的亚兰来做功课。

"亚兰，我晓得你在潭边干什么，在等……生。"红夭突然抬头说道。

亚兰的眼神死死地黏在燎燎的铁铐上。

"快走，别想耍什么花招，否则可有你受的。"三个穿制服的男人很不耐烦。红夭扭着脑袋看亚兰，三个男人左一拳右一脚的，红夭只好避让，越避让，越是无法避让，红夭匍匐在地上。

"她还是个孩子，不过就想打球打回城里，有什么错？这个世道就是李世界说了算吗？他攥着指标玩弄女孩子却逍遥法外，我家红夭努力打球还是争取不到，为什么？你们这么打她……"落霞哭泣着跑来扶红夭，却被一个男子推倒在地。

红夭站起来，朝踢倒落霞的男人冷起眼睛，马上挨了一个巴掌。

愣怔一旁的亚兰受到刺激般苏醒过来，冲上去，发疯一般，抓打几个男人，却被其中一个卡住手臂。

"呼啊——"亚兰一声长啸，闷头朝那个人的右手咬去。被亚兰咬住的男人疼得不禁松手，蹲伏地上。"疯婆娘，找死着急。"旁边的男人飞起右腿，踢向亚兰。毫无防备的亚兰身子腾空，又飞速地落下，落在了无忧潭。

我们庙村围观的人全张大了嘴巴，又同时爆发一声："救人。"

几个壮实的后生下水，他们不敢放开手脚，谁也不晓得无忧潭的历史和深浅，后生们只能小心地在水中试探。

"啊……哇……"红夭上气不接下气地哭喊，乱打乱踢，而她脚边有鲜红的血液滴淌。红夭的手腕在铁铐旁血肉绽开。

"阿飞真不得了，还真想翻天不成？"啪啪，旁边的男人轮番扇红夭巴掌，架扭而去。

"这要人怎么活啊。"睡在地上的落霞，右拳上下擂着。

落水的亚兰再也没有找到，如同曾经消失的戴眼镜着长衫的男子。她以死亡，彻底地终结了等待。是在等生吗？这个词语多么陌生，如此生僻，根本只是红夭的创造。

落霞哭了好多天后，沉默下来，每天晚上往我家跑，她说一个人待着受不了，总感觉有双大手掐她脖子，她呼不了气。她哽咽着倾诉——"你们不晓得，走到哪里那双铁手就跟到哪里，我难受死了。"她在我家赖着不走，失魂落魄般坐立不安，老捂着心胸大口喘气。我祖母只好建议，要她跟着学习用蛇皮扎银针。扎着扎着，落霞安静许多，白天就上庙寺。

半个多月后，赵芬芳某天来我家，请我祖母到她家去，为李世界老师铺蛇皮扎银针。

"李世界老师不是好过来了吗？"我惊诧地问道。

"是啊，幸亏当时发现早，送医院抢救及时，缓了口气，命是捡回来了。"赵芬芳嘴唇嗫嚅，眼神从我祖母身上又滑到落霞身上。她说的情况，我们都知道，因为不久李世界老师就从县医院送回岛上镇医院我父亲那里，我们怎么不晓得呢？李世界老师不是还在医院静养调息吗？

"三天前，他就回家了，反正是静养，只不过……"赵芬芳又啰嗦起来。我们抬眼看她，只有落霞脸色冷寂，眼神仍旧放在屋外，仿佛她晓得赵芬芳要说什么。

"只不过，他总是呼吸不畅，胸口和喉咙像是被什么堵住了，还有……他脖子……歪了，老是扳正不了。"

"呸。"落霞吐了口痰水。冷着口气说："这个能人还有今天？我是不去扎针了，你请动能婆婆，就是李世界的造化。"

我突然想起，我与李世界老师在琴表姐家一起吃饭，李世界老师开玩笑说，要请我婆婆扎银针的话，现在真的请来了。

修罪修心……我婆婆低头在春台前烧完香后，跟着赵芬芳去了。我很想看看能人李世界老师模样，也跟去了。

那个精神抖擞、满面春风的李世界老师，蓦地换了个模样，脖子上有一条明显的勒印，成为他歪脖子的分水岭，整个脑袋朝肩膀侧去，眼神斜睨。

"能婆婆……我这……呼哧……"李世界老师双手捂住胸口，大口喘气，又呼哧一声，接着说，"我这模样……苦着……劳烦……"李世界老师呼哧声后，抱起双拳，抵在歪下巴上。

"咳，你这是心口的问题，慢慢调息。"我祖母叹口气。

李世界老师耸起肩膀，右手捂了下胸口又无奈地放下，不自然地笑笑。可呈现我眼前的半个笑脸古怪滑稽。

以后半个月，我祖母每天去给李世界老师铺蛇皮扎银针。李世界老师的脖子仍旧歪着，却不那么歪了，只不过，呼吸之间，仍旧是大口喘气样。他等不及我祖母的调息，又离开我们庙村到县城带队训练去了。

赵芬芳晚上来我家感谢，碰见落霞在我家，连同落霞一起谢过。

"谢我不如多敬拜菩萨天帝。"落霞说道，"你要告诉李世界，菩萨都还低头，修身就是修心。"

15. 哀呀江南

落霞出师的日子，竟然是跟着我祖母给我琴表姐扎银针的日子。

第二年阳春三月。我琴表姐拖着一身病体回到庙村，是我舅舅舅妈两人接回来的，他们两人左右搀扶我琴表姐回家。琴表姐病恹恹的，浑身虚弱，面色灰黄，眼神涣散，连我叫她她也没注意。

她能不回来吗？

她怀孕在身，却没有做成新娘。那个小个子罗圈腿男人，省城某工厂厂长的公子，又看上了更漂亮的姑娘，嫌弃不是处女身的表姐，拒绝与我表姐结婚。而表姐以为，只要肚子里的孩子在，结婚就有希望。她要生下肚子里的孩子，这是她唯一的出路。

结婚，进工厂，留省城。琴表姐的梦想天真又现实，与红天多么相似。

可是命运却狠心无情，统统掐断她们的出路。红夭被抓走送进了少管所，我长相酷似龚雪的琴表姐挺着大肚子等待生育。表姐冒了多大的险啊，未婚女子孤身一人在省城大着肚子，在冷言冷语中煎熬，抓住一根莫须有的救命稻草一天天等待，等待生育，却兀地流产出一摊血水。无止境的血水，从她的身体流出，带走她身体的热量，带走她所有的希冀，还差点带走她的命。

葡萄胎，彻底地阻断了出路。"怎么就那么背时呢？"我舅妈喃喃自语。她还存有希冀，如果不是葡萄胎，是正常的胎儿，表姐的命运可能就被改写了，至少她根本就不会回到庙村。

我祖母瘪瘪嘴巴，话不出口，只不停地眨巴左眼。落霞摸着我琴表姐的手，说："手多凉啊，失血过多，可要大补。"

我祖母和落霞每天上我舅舅家，给小琴表姐铺蛇皮扎银针。祖母回家后，我迎上去问琴表姐的情况，祖母眨巴左眼说："这妮子嘴巴都不晓得动，心凉了，魂也丢了，要些时候。"

"要些时候呵啊。"我祖母回家就唱歌般地咕哝，翻来覆去地咕哝这句话。仿佛，那些棘手的病症，正在时间某处，等待被终结，而那个时段，正好被我祖母她们带着表姐赶上。

"要多长时间，表姐才会好起来？"

"要等她跑掉的魂回来，就差不多了。"

"魂怎么就跑掉了？"

"心凉了心力散了，魂当然跑掉。"

"魂要怎么才会回来？"

"帮她喊喊吧。"

一个月色朦胧的晚上，我祖母和落霞两人提个纸灯笼，沿着无忧潭给我小琴表姐招魂，她们唱道：

皋兰披径呵，斯路渐。

湛湛江水呵，上有枫。

目极千里呵，伤春心。

魂兮归来，哀呀江南。

我上高中后，读到屈原的《招魂曲》，蓦然惊觉，我们庙村我祖母老早就会唱这个曲子，她逼窄喉咙，抬高了声腔，发出少女般清亮的脆声，为曾经的罪孽忏悔，为路断失魂的人招回魂魄。这曲子是人在与天地神灵沟通，求得一条生路啊。

　　我琴表姐红夭甚至亚兰她们，她们的祈愿、挫折、反叛、罪孽或者解脱，不同却又相同，不过都是为等待一条好路，终被荆棘折断。令人哀叹。

　　魂兮归来，哀呀江南。我祖母在我上初中时走路后，无忧潭边招魂的只有落霞了。她清脆若银的唱声在夜晚响彻我们庙村时，我几度认为是红夭回来了。

　　六月，天气热起来了。我忙着准备小学毕业考试，扎进书海作业堆里。但琴表姐离家的消息还是传到我耳朵里，她走了，离开了我们庙村孤岛。我舅舅舅妈去省城找，失望而归。表姐没有再去省城，她去了哪里？他们不知道，我们庙村的谁也不知道。

　　许多年后，我在梦里突然看见表姐，喊她一声，她慌忙躲了起来。我惊醒过来，顿悟，她是故意要消失自己的，在我们跟前。而她消失，是在她消失的日子里等待，等——生。

楚门在望

1. 坼巴

庙村有三个漂亮女子，一个是我小琴表姐，长相酷似当时的影星龚雪，她打排球被选拔借到省队，去省城了。另一个是生长在省城的落霞，父亲去世后跟着母亲回到庙村，她用加热的铁夹子夹出波浪长发，自己缝制凸显身材的衣裙，时髦洋气。还有一个小昭，模样温婉，可明明笑着，眼神却在与你碰撞的刹那滑向远处，你分明感觉，这薄冰一样的光亮，有说不出的凉寒。

真是好看的女子，我们庙村的人前背后地赞道。我们女孩子不免以她们为标准，偷偷比量模仿。照镜子，对着水面照看自己。不过，大多隐蔽。显露的就是吴芳菲，漂亮、美、好看……叽咕不停，还掏出了小圆镜子比看，一个人看还不够，拉过旁边的，不管是大人还是小孩，边看边问："我好看吗？瞧我嘴唇，比鸡冠花还红。"显露到不管不顾，不免充当了出头鸟。

"瞧那德行……"讥诮中满含了鄙夷。

比讥诮厉害的是叱责："小妮子，难怪学习是熟南瓜和面一碗糊涂啊，原来一门心思地寻着坼巴（岛上土语：张扬显摆虚荣妖媚的混合意思），丢不丢人。"

这意思明摆着，"坼巴"的女孩子往往为虚荣舍本逐末。骂的不是我们，可我们却在叱骂中规避了某些行径。于是，隐蔽的更加隐蔽了。挨骂的吴芳菲却眯眼一笑了之，有时还回敬——"管得宽，就要坼巴。"说着，还掏出一面小镜子照看。

"我要比落霞、小昭她们，特别是你琴表姐更好看。"吴芳菲充满了自信，每天拜佛似的念叨不停。本来都追求美丽，我们偷摸着欲罢不能，芳菲呢，光明正大不管不顾，我还是佩服的。但……撇开学习不谈单说相貌吧，也比不上我琴表姐。怎么比？她那黑得发亮的皮肤在我们崇尚古典美的庙村，基本就是笑话。

"抹了锅灰吧。"我讥笑。"告诉你，我琴表姐白瓷般的皮肤，天生一半，后天养成一半，她的诀窍是从不接近生灰的锅炉灶之类，哪怕是扫帚也甩得远远的。"

等到她婆婆颠着小脚追打她时，我明白她把我的话当了真。她不仅不帮忙做家事，还偷偷扔了炉子和扫帚。

她婆婆瘦得皮包骨，又是小脚，却跑得两腋生风，脸不红气不喘，一直追赶到我们学校。也是，他们家在秋千坪的高台子上，下了台坡过一个堰塘就是学校。不过，吴芳菲径直跑向堰塘边角上的她婶子家去了。

早来学校的学生踮起了脚尖看，还有的跟着芳菲婆婆跑去看。要上课了，吴芳菲马上会跑来，但愿……内疚心虚的我把脚步止于操场。

不等上课铃响，揪着芳菲耳朵的婆婆已经出现在眼前。是芳菲婶子月桂把芳菲送出时，芳菲婆婆趁机抓住了芳菲肩膀。

"看你坼巴，你坼……我打死你。"估计芳菲婆婆下手重了，只听见吴芳菲叽里呱啦地尖叫还嘴"我就要坼巴"，又泥鳅般地逃脱，朝月桂婶子家回跑。

"算了，都算了，要上课了，再闹会耽搁正事。"月桂婶子拦住吴芳菲劝慰。

"你晓得什么正事？"芳菲婆婆又抓上来。

芳菲挨了一拳，恼火地吼月桂："你就喜欢乱管闲事，厌恶头。"

说着，肩膀一滑又跑掉。叮当——上课铃响起，吴芳菲跑进教室。

芳菲的婆婆连连失手，脸面丢尽，一股脑地把气撒在小媳妇月桂身上，伸出的右手食指上下乱点："你看你，你看你，这些年，白吃粮食肚子没隆起过，有什么说头。"

2. 棺材佬

月桂婶子的身高海拔比庙村一些男性还高，比她丈夫吴海元还高大半个脑袋。

吴海元个头矮，却长得魁梧，身板劲头十足，俯身长砍板来回推动大刨，脚下立马开遍白花花的刨叶。他这个木匠犟得奇怪，除了棺材什么都不打。哪怕你出再好的价钱，哪怕他老娘等不及了需要个小板凳，他也会硬撅撅地回应："不，是，棺材，我，不打。"他是结巴，结巴擅长吐短句，短句因了海元的倔强而冷酷无情。

"你这个二蹶子，不是棺材你不打——狠到底（这里念 du）。"他老娘说的。我们只好送他一个称号，棺材佬。

自然，他打的棺材结实厚重，又宽敞光滑。他打的木板子屋，往后闭眼了躺着舒服。我们庙村老人说的。木板子屋就是寿木。庙村老人不说棺材，也不说寿木，却说木板子屋，满含了情意。有生之年备下合适满意的木板子屋，就定下后世宿地，人生大抵高枕无忧了。这是他们毕生奢望的幸福。这奢求寄托在打棺材的吴海元身上，棺材佬呢，不负众望，出手的木板子屋没有不满意的。

棺材佬在庙村的威望可想而知。老者遇到他，会停下来寒暄几句，即使棺材佬不过哼笑两声，他们也会殷勤地补上：棺材佬好走。连清高傲慢的老才子张遇见棺材佬，也会声气温和地招呼两句。特别是有段时间，他隔三岔五地跑棺材佬的家。那可是大稀奇事，从来只有我们请老才子张的，请饱读诗书的老才子张为新生儿取名，起屋嫁娶寿筵时请他书写对联……他写不写还要取决他的心情。哪想，老才子张跑棺材佬家却被我撞见。

我跑棺材佬家菜园上厕所救急，遇到了老才子张。一个村的人，遇到就遇到了，低头不见抬头见，不值一提。可遇到的是老才子张，人家请都请不来的老才子张。我就留意了。瞧吧，他手提一包点心，大虾般地哈腰，对俯身长砍板的棺材佬求说："劳驾棺材佬上我家。"

"上，你家，做什么？"

"为木板子屋补白。"

"补……什么？"棺材佬瞪起双眼，满是诧异。

老才子那时就一点不像老才子张了，哈着腰涎着脸皮，说："上回我跟你说过的，刻两个字呗，就两个字。"

"木板子屋，就是棺材，刻，什么字？"棺材佬断然拒绝。

"棺材也是家，留两个字有别其他嘛。"老才子张脸上挤出笑容，却挤出一堆菊花皱纹。

"那就，不是棺……材了。"

"咋不是棺材？"

"棺材就是，铺板……围拢的屋，上下，太平，你说，刻了……字像个啥？我，不刻。"

"好，那我自己刻。"

"你自己，刻，也不行，要不，我，棺材佬的……名声，就毁了，我只能，砸了……它。"

"谁？砸谁？"

"你的……木板子屋。"

老才子张那么清高猖狂的人，临到头还是慢慢地敛起怒火，站在原地逡巡一会儿，放下点心怏怏离开。边走边回头，磨出好声气对棺材佬说："以后再议，以后再议。"

定是再议了，那些天老才子张不停地跑棺材佬的家。老才子张是不死心啊，总想说服了棺材佬，总也落得棺材佬固执拒绝的境地。棺材佬的名望又抬高了。

比老婆矮半个脑袋就是矮整个脑袋有什么要紧？月桂身高海拔再高，在棺材佬面前，也看不出丁点优势，相反，敛声屏气缩手缩脚的。正如芳菲婆婆说的"这些年白吃粮食肚子没隆起过，有什么说头"。

不把棺材佬当回事的是芳菲一家。她婆婆是棺材佬老娘，父母是棺材佬的哥嫂，年长就是优势吧。芳菲虽是晚辈侄女，却跟着家人长了声势，再加上她张扬的性格，哪里怕了去？一个打棺材的，说白了，就是跟走路的人打交道，真是——芳菲的嘟囔包含了她的不满，或者说轻视。尽管棺材佬在庙村有地位声望，可她不高兴有人把棺材佬与自己联系在一起。说起他们叔侄关系，吴芳菲的脸庞会不由得浮现红晕。

这是吴芳菲唯独脸红的事情。哪怕学期期末老师发完试卷，当众宣布吴芳菲又要留级，全班同学哈哈呵呵地大笑，吴芳菲也只是扭捏两下后，挤出一个白眼，然后揉了试卷扔在脚下。哪怕吴芳菲被女同学惊讶地小声告知：不得了，你屁股在流血，裤子都流湿了。吴芳菲毫不躲避，一手提起裤子扭着脑袋看，一手翘起食指说："大惊小怪的，不就是月经来了。"这一说，我们全部鸟兽般散开，她还不知羞地提着裤子扭过脑袋看。

她这样的人还脸红？偏偏脸红，为叔叔是棺材佬，仿佛那是唯一伤她自尊的事情。

棺材佬却把芳菲当成稀罕宝贝，对她露出难得的笑容，左一声右一声地喊着"芳，菲，芳……菲"。多数时候吴芳菲嗯都不嗯声，敛着一张黑脸走过。有时也嗯啊声，却瞪起双眼尖着嗓门回敬，"喊什么喊"——头一低，人跑了。

棺材佬稀罕吴芳菲，我们都清楚缘由，他没有孩子，当然把亲侄女当稀罕宝贝了。不过，这一稀罕，月桂婶子在我们眼中越发瑟瑟了。

万物无邪

3. 秋千坪

腊月是秋千坪最热闹的时节。尽管秋千坪小学放了寒假，可我们这些学生和还未上学的孩子，每天跟着大人跑秋千坪捕鱼挖藕。

秋千坪在庙村北面，是一排高台坡和山林之间的小谷地。谷地上有秋千坪小学。若干住户人家紧紧地直线列队于高台子上。高台坡下是一条长港渠，港渠后又有堰塘。堰塘后是棺材佬的家。是庙村唯一不在高台上筑屋的一家。

棺材佬家除了屋后菜园连着学校，其他方向都是堰塘。堰塘接上前面的港渠。阔豁的水面倒映着站成直线的高台、绿茵茵的树林、树梢林梢上的飞檐翘壁、檐壁上空流动的白云和振翅欲飞的飞鸟……僻静幽雅。

棺材佬家却一年四季都热闹。来找棺材佬打棺材的，还有学生跑他家菜园上厕所。谁叫我们学校厕所就只有两个蹲坑？其实，他们家菜园的厕所，不过一口大坑，储满了粪水，为浇灌蔬菜而备。我们一些学生来不及去厕所了，就跑进菜园围着坑边蹲下救急。月桂婶子在周围拢上一床破席，就急之所不那么露天了，看上去还挺像厕所。

吴芳菲不上菜园厕所，要么早早占好学校的，占不到才去叔婶家。棺材佬或者月桂婶子瞧见，赶忙招手——"芳菲，那里去。"那里是哪里？当然是他们自家厕所，而非菜园里稀糊淌流的。那时，芳菲径直跑向"那里"，有几个女生跟在她屁股后面，棺材佬会不客气地喝令跟跑的女生。芳菲闷声一句"我喊她们的"，棺材佬就说："最多……三，个哦。"倒是月桂婶子懒得计较，还殷勤地跟来，手捏一叠草纸。芳菲又没好声气地喊："解手都这么磨人。"

除了找棺材佬打棺材和我们学生上厕所，庙村女人也喜欢上他家，那是月桂婶子喊来的。本来，庙村女人来秋千坪是赶事的，剪青艾割蒲草，哪有闲暇落脚？但，总有这样的时候，劳作时差了某个东西，划破了手，或者口渴内急什么的，三两个女子就上月桂家了。接着庙村的女子差不多都去了她家。

她家香气萦绕，是存放在偏阁屋里的木头香。那些木头，已经从一棵树剥离生命，浸泡于前面的堰塘。树皮发胀腐烂后被拖上岸剥掉，只剩下光滑的端直的骨头。它们接受阳光的炙烤，一再抽出血水，树木真正死亡，木头诞生。可作为一块木头，不过是树木的后世，曾经吸纳的自然精华，储存于缝隙纹理，将被木头经久不息地释放。

庙村女人喜欢上月桂家也在情理中。连小昭也去过。

年底腊月，棺材佬上我家请我母亲出工裁缝衣服。他本是绷着黑脸扛铺板和缝纫机的，没走几步又侧过了脸，晃出半张笑脸说："我请，小昭，作，陪啊。"

他请小昭——如何讲？小昭会接受邀请去他家？

会画一手好图的小昭，被她公爹老才子张扒灰的流言一直在庙村潜流暗行，而丈夫张子恒不在人世后，她本来清寒的一张脸越发冷酷了，几乎难得听见她的声音，更不论走门串户。她却接受棺材佬邀请，来了他家。

那些天，我们庙村的在秋千坪捕鱼挖泥藕。我捡了小节泥藕跑到月桂家洗藕吃，遇到小昭在堂屋里铺纸作画。她画什么？青荷白莲，饱饱满满的。白莲中间黄色的蕊心楚楚颤抖，于笔尖纸上。

小昭画得慢而细，重复了几张画。废弃的画纸，均是在白莲花上停笔，未开圆满的白莲卧躺在画纸上，又跟着画纸躺在旁边的藤椅上，接着，被棺材佬收拾进屋。

来棺材佬家的人多起来。棺材佬不像往常专注木材，而是跑进跑出，跟着看小昭作画，又仰起脸庞对旁人说："这，莲花……我，喜欢。"

小昭也不作声，静静地画完，收拾好画笔颜料。棺材佬中间进来看了几次，脑袋伸几下，双手交握搓来搓去，重复一句话——"我明，天，就请……人，装裱。"

看来，画作是要挂起来的，中堂吗？还是……

小昭收拾好画笔，跑到厨房拉来月桂，说："月桂，我献丑到底，干脆书上两句……"棺材佬一句"那好"打断。小昭脸色泛红，看了眼月桂，继续说："我多事，送月桂的，不晓得……"月桂点头，只说："小昭给我写的，我感谢还来不及。"

隔了几天我寻来，看见中堂的白莲图，两侧隶书笔墨：绿水洗骨田园静；白莲修心天地清。我逐字逐句地读完，回家感叹小昭的聪慧清明。我母亲却叹道："看来，小昭去意已定，棺材佬想留也留不住。"

4. 转身

小昭在棺材佬家画完白莲图上十天后，就是正月了，也到了旧历年底。白莲图成为棺材佬家辞旧迎新的中堂挂件，也是小昭留给庙村的作别姿势。果然，她离开了家，收拾好庙村曾经废弃多年的一个清风庵，住了下来。她再次提笔，在庵堂大门两侧挂上对联，左侧笔墨：一别两宽；右侧笔墨：各生欢喜。

她说是告别就是告别。犹如一个转身，从今后，她脱胎换骨了，欢喜油然而生。

我们庙村不是不懂，可还是忍不住摇头轻叹。

只有一个人无法抑制心中的纳闷和遗憾，不住地嘟囔："小昭，她……何，苦呢？"

这人以急促而钝重的断句不断重复，点燃他的焦躁。火苗扑扑地腾越，朝着聆听的耳朵、打量的眼睛，聚焦出不曾耀眼却明了的光斑。这个结巴棺材佬为小昭上心了。我们旁人又无法找出丁点离轨的行径，只能说，棺材佬是暗暗喜欢着小昭。

这没什么。那么好的女子，庙村没有不喜欢的。

可棺材佬的焦躁有些不管不顾了。脸色铁青，嘴巴不住地念着小昭。心中大概是又气又怜吧。月桂似乎嗅到一股不好的刺激味道，忘了卑微，小着声音说道："小昭才不苦。"

"难道，她，还……甜着？"

"她说了嘛，欢喜。"

"你，蠢妇……就盼着，人，家，苦……是不，是？"棺材佬偏着脑袋，勾出右手食指。食指正对着月桂斜睨来的眼神。但眼神根本不理睬食指，望向地面，仿佛那食指狗屁不值。

"你，翻……筋。"

"没。"

"好，还，作怪。"棺材佬怒火冲天，勾腰，抓起地上一块削成
榫头的木片。那是为庵堂的桌椅准备的。月桂斜瞟来的眼神，正看
见榫头被棺材佬抓在手里，不由站直了身体，直直射出挑衅的
眼神。

"你不是只打棺材吗？给自家都不打桌子椅子凳子，却……"

榫头从棺材佬手中飞出，瞬间扎向月桂右眼梢。"我的眼——"
月桂尖利地吐出三个字，双手捂眼坐在地上。

那天已是腊月三十。庙村的一些人还在秋千坪堰塘捕鱼，当然是
男人，女人呢，在捡鱼，还在清洗衣物橱具什么的。还有落霞，跟在
我祖母后面，刚在无忧潭周围挂了灯笼，又在秋千坪水塘边挂灯笼，
准备团年时招呼先人回家。

月桂的尖锐声，惹来旁人。

落霞看见月桂捂眼的右手指缝有血不断渗出，责备棺材佬打瞎了
月桂眼睛。要棺材佬赶快领月桂去村卫生所瞧瞧。

"不，我，忙着。"棺材佬蹲身捡拾榫头，忙乎他的活计去了。

"你这棺材佬，不是打棺材，在打桌子嘛。"落霞嚷道。

"给小昭准备的。"

月桂的补充，让全场安静下来。只有锯子锯过木头的声音。单
调、枯燥。

"哈，这团年时辰的，安好才是，桌子椅子的放几天打，看眼睛
是大事。"落霞啊哈着打圆场。

棺材佬不听，边锯木头边说："这，时辰，小昭……一个人，什
么……都没，我，要……赶，时间。"

"赶吧，我自个有数。"月桂捂眼转身进屋，边走边回摇左手，
要大家忙去。

月桂的右眼没瞎，可眼梢落下一块疤痕，蜈蚣般覆在眼角。看上
去怪怪的。事实是，她右眼视力弱得很，聊胜于无吧。

而棺材佬那个新年都在忙木头，做了桌子椅子凳子供儿，还有
祭台柜子，甚至床铺。这些木头，活过来的生命，俯在棺材佬的肩

膀和他的板车上，在庵堂里站稳了脚跟，陪伴小昭共度漫长的时光。

棺材佬又只打棺材了。吴芳菲跑来传达她婆婆的话，要棺材佬打个新踏板，换掉那个残了的。放在床铺前面的踏板，就是旧的，即使残也残不了哪里去。可棺材佬的老娘却要换新的，近乎撒娇，或者刁蛮。

"不……打，我只……打，棺材。"

"你骗人，过年还打那么多家具，要你打个踏板就翻翘说'只打棺材'，太不孝顺了。"

棺材佬摆手道："芳……菲，你，莫学，他们，啊？我给，你打，个新……凳子——"吴芳菲却不领情，冷硬着声音拒绝："我不要。"

说罢，拔腿就跑。

"芳……菲。"棺材佬还在后面喊。

秋千坪传来棺材佬的结巴喊声："芳……菲。"

"又学，我，棺材，佬。"棺材佬朝港渠上的林子呸了声。

"你莫呸呸的。"月桂嘟哝了声，马上噤口，吞回后面的话。她的话尽管不是白说，可在棺材佬那里就是白说。

"果不其然，吴芳菲噔噔地跑来问罪，你不给婆婆打踏板，还呸呸咒骂我。"

"没，骂。"棺材佬摇头。

"是啊，你叔叔是呸那个学舌鸟。"月桂解释。

"没跟你说话，多嘴，你们晓得就好，学舌鸟能传话我们。"

吴芳菲转身跑时，又丢下一句话："以后少喊我名字。"

"芳……菲。"棺材佬在后面伸长喊。

秋千坪传来喊声——"芳……菲。"

"呸——"港渠上的林子里传来呸呸声。

棺材佬咧开嘴巴笑了。

5. 学舌鸟

我琴表姐为留在省城，与省城某厂厂长的公子哥儿谈恋爱，未婚先孕却又遭受流产大出血、被公子哥儿抛弃的命运。她回我们庙村慢慢调息好身体，最终却离家出走了。

怎么会呢？

最想不通的人不是我表姐爹妈我舅舅舅妈他们，也不是我们这些连着血脉的亲戚，而是吴芳菲。她屡次问我，你琴表姐比银幕上的女主角都漂亮，怎么会……这样呢？

我瞪着眼睛，脑海中一一过滤她话中各种可能的信息：比如我琴表姐的美丽，任是何人都该臣服。比如我琴表姐一心想留省城虽不得，但只要她活着，她能走到哪里去？再比如我琴表姐这个无人可比的美人儿，追求者应该是排队成列的，不至于在一棵树上吊死吧。再比如……

"你说真话，你琴表姐怎么会这样？"

我摇头。我回答不了吴芳菲的问题，她话里的头绪太多。尽管她问话有中心词：美丽。可美丽对应了悲剧，中间的曲折，我哪里了解。

"怎么会？哦，我想起来了，你表姐后来回到我们庙村，皮肤比以前黑多了，也是，整天待在球场上练习排球，哪能不晒黑？可惜了。"

吴芳菲的解释有些可笑。她把我表姐的悲剧归结为晒黑了皮肤——可我那时太同意吴芳菲的观点了，她的解释合情合理，而且再也没有比这个更加得体的解释了。我不由跟着点头附和。

"肤色一黑，人就土气了，我琴表姐以前白净水灵的样子，走到哪都会引人注目。"我还打了个比方，说表姐白净得就像镜子，耀眼泛光。

轮到芳菲瞪眼了。她嘟哝三四遍"耀眼泛光"，而后愣愣地盯着我嘴巴。随即，眼睛兀地放出一阵亮光，右手啪地拍到我肩膀上，说："你说的对，你表姐的好皮肤就是后天养出来的……真是这样，你表姐在我们庙村时，喜欢到秋千坪的堰塘里游水，还有几次，居然趁着打雷闪电跑到堰塘去。"

我表姐的确喜欢游泳。无忧潭她是不敢去的，只好选中秋千坪的堰塘，趁着我舅舅舅妈不注意，就扎进了堰塘。我舅妈闻讯跑来，心急火燎地央求表姐上岸。一个女孩子家泡池塘，总归不受说。

琴表姐才不管，想游就扎进池塘，被我舅舅拖回去大骂一顿。还是不记教训，趁着中午天热人少或者傍晚光线晦暗时分下水，还有几次，是顶着月光下水。我舅舅舅妈把我表姐关在家里惩罚，估计用了武。表姐那时上初中了，很倔强，不说话也不哭，安静几天，又在一个打雷扯闪的闷热晚上，跑去秋千坪堰塘游泳。

青白的电光中，月桂婶子看见屋前堰塘中的琴表姐，失口喊道：小琴——我琴表姐侧过脸，竟然递给月桂一个微笑，而此时，一个响雷轰隆炸开。

月桂跑到堰塘边，颤抖着声喉，喊小琴上来，说："马上要下暴雨了，这雷电恐怕会炸到水里……小琴，你快上岸快上岸。"她这一喊，秋千坪的人大概都听见了。我舅妈也听见了，一路跑来，边哭边喊。虽然雷电轰隆，但秋千坪一些爱热闹的人，还是想着法子朝堰塘里看。小琴表姐在众目睽睽中上岸，她浑身湿淋，周身泛白，玉瓷般的光芒在雷电交歇的黑暗中，照亮那些观望的眼睛。那时，我们庙村的人一下意识到，我小琴表姐经过水塘的润泽，已经出落得天仙般美丽了。

不是吗？庙村的风水好，全由着水好而来的。而庙村每一处水域，均有来历。无忧潭大而深，据说与外面的长江在底下连着。秋千坪的堰塘呢，不过堰塘而已，却终年清幽幽的，不见干涸，还会在起雾的时候冒出水沸的咕咕声。

"我明白了。"吴芳菲兴奋得两颊绯红，眼神灼亮。

我琴表姐跑秋千坪堰塘洗澡，在吴芳菲看来有特殊意义。芳菲圆润的脸庞堆满了欣喜。她拿回放在我肩膀上的右手，与左手拍在一起，啪的一声巴掌声后，她兴奋地叫道："我也可以变白的。"

难道……我没说出口。这用问吗？她为了白皙若玉，要下水到池塘里游水。

可我表姐天生就是游水好将，她呢？旱鸭子一个。

"笨，我游什么泳，洗澡不行吗？"

芳菲递给我一个白眼，撇撇嘴唇说道。她被人多次骂过的"笨"，如此轻易地转给了我，我不禁一阵脸热。嘴巴回敬道："谁笨？谁又有你笨？"

"哼，你晓得你琴表姐为什么走投无路吗，你不晓得，还不笨？"

吴芳菲带着自鸣得意的喜悦跑了。当天傍晚放学后就泡在堰塘里。那时还是春天，堰塘的水冷凉砭肌。芳菲刚下水，就被月桂发现了，在月桂的喊声中，芳菲只好上岸，把不能畅快泡堰塘的遗憾归摞给月桂。上岸后指责月桂害人。

月桂说，这水温凉寒人容易感冒，再说女孩子家，泡在池塘里如何受说？好名声还是要珍惜——芳菲生气了，回敬："你才没好名声，有什么资格教训我？"一路说一路回家。

林子里学舌鸟跟着叽咕，没好名声，没好名声。芳菲的母亲和婆婆听见了，还被芳菲哭啼着告状，一时气愤，前后下了台子，跑月桂家问罪。

月桂先是吃了婆婆一个耳刮子，后又被嫂子扑倒于地。月桂骂了句"泼妇"，又回手拉嫂子。芳菲婆婆和母亲被激怒，一个按月桂的手，一个骑坐于月桂身上行凶。

"你这个扯能婆，没有一点女子能耐，还信口胡诌芳菲'没好名声'，早该挨打了。"芳菲母亲的左右手抢成拳头，朝月桂脸上乱捶。芳菲的婆婆按住月桂右手，看见月桂的左手跑到大媳妇身上，只好又去按月桂的左手。月桂右手得空，配合右脚反抗。

"犯上啊，你还——"芳菲母亲越发愤怒，双手插进月桂嘴巴，使劲地撕扯，我撕烂你这臭丫子。

月桂脸庞滑腻而甜腥，满是液体。热乎乎的液体黏糊了眼睛鼻子直至耳朵。月桂也许感觉呼吸困难，鼻子冒出呼哧声。一阵呼哧后，她铆足力气，双脚蹬起，没有蹬翻骑坐的嫂子，倒把婆婆蹬翻在地。

婆婆俯在地上嘤嘤哭泣。棺材佬回来了，他一把扯开嫂子，拉起月桂，一手拽住头发，一手抡上了巴掌。

月桂倒在地上，又被拽起，又倒在地上……木偶般。赶来劝架的乡邻怎么也劝不住疯了般的棺材佬。

"叔，你别打了。"芳菲挤上前，拉住棺材佬的手。棺材佬就此住手。芳菲低头说道："叔，你下手太重了——"说着眼神滑到她母亲身上，声音尖利起来："有什么不能好好说，非得出手打人呢？"

她母亲"呸呸"骂月桂嘴长，又被芳菲拦住："你不嘴长就带婆婆回家吧。"

"这学舌鸟，尽惹麻烦。"芳菲丢下一句话，跟着走了。

6. 胎骨 1

春末夏初时，秋千坪港渠里挨挨挤挤的，绿意盎然，莲叶田田。蒲草和青艾寻着空隙挺拔出坚韧的身躯。不过蒲草在水里，而青艾在港渠边上，在港渠上的台坡林子中，在港渠和池塘交接的旱地上，氤氲着风声水汽，慢慢地蒸腾出一股苦寒的药香。

端午到了。吴家也忙碌起来。庙村主要种棉花，一年四季都忙，分不出彼此，可吴家除了忙棉花还做艾绒，整个夏天就是做艾绒的时节，从割艾、洗艾、晒艾、再到搓艾、抽艾、捻绒，一步跟着一步，抢太阳抢时辰，这忙不是一般的忙了。

艾绒是艾蒿经脉中抽出的丝绒，精华中的精华，用它做什么？做印泥。艾绒是做印泥的主材料，我们庙村不说艾绒，而说胎骨。

这称呼有意思。怎么说？我在有关庙村的小说中多次说过，我们庙村人是楚室后裔，庙村曾是楚怀王逃脱秦军后居住的隐居地。许多楚王室的习俗在飞逝的时光中延续了下来，比如招魂，比如对鬼神的敬重，比如庙村老人脱口就是诗词曲赋，而家家都有砚台笔墨印章印泥，闲暇挥毫泼墨，再普通不过了。章走印泥落痕纸张，类似雁过留声人过留名，活着的存据。印泥呢，却从艾绒来——胎骨，又哪里只是书法之事的源头？

吴家做艾绒，芳菲家和棺材佬家都做，也是我们庙村整个孤岛多年来唯一坚持做艾绒的。整个夏初白天黑夜地忙。棺材佬呢，割完了青艾，其他事情一概撒手不管，一门心思地扑在打棺材上。月桂忙得晕头转向，一人分成两人，不分白天黑夜。

今年端午，月桂从挑着青艾到堰塘里洗，芳菲就跟来，她包揽自家洗青艾的事，还难得地向月桂邀事。"我帮你洗"，芳菲抢过青艾，踏进了堰塘，站稳脚跟后蹲身洗艾。

"读书是你正事，你洗什么艾？上来。"月桂几次拉芳菲上岸，均被芳菲拒绝。芳菲脚踏水中，俯下上身洗艾，洗着洗着就把整个身体滑进水里，吓得月桂矢口惊叫。芳菲回头蹬一眼，说："大惊小怪的，我不就是趁机泡泡身体？"

月桂洗艾，多半是在有月亮的晚上，洗好后，摊在秸秆席子上淌干水滴，白天再搬到户外抢太阳晒。芳菲却趁着晚上帮婶子洗艾的机会泡水塘，在水塘里滑来滑去，太危险了。月桂又拦不住，生怕有什么闪失，改到白天洗艾。

总算洗完了，又接着晒干了水分，用草叶包上。三伏天也就来了。从草包里拿出艾叶，摊在烈日下暴晒。热烘烘的暑气中，一股清淡的药香袭来，仿若清风拂过。尽管棺材佬的家里这么忙，还是不断有乡邻进进出出。我也跟着跑去几次，看月桂跑进跑出，而棺材佬俯身长砍板，他哪里只是打棺材呢？凳子和长案几，散乱地摆放着，等待上油漆吧。

谁也不问，也不用问。这些东西肯定是准备送去清风庵的。只有小昭才有这么大的面子。不过，那个长案几，简单是简单，但够长的，小昭用这个长案几做什么？

问棺材佬。开始这样问："这么长的案几做什么用？"

棺材佬不理我。

我想了想，改口又问："小昭需要这么长的案几吗？"

"怎么，不要？她要，写字……画画啊？"棺材佬果然回答了。

"噢，"我点头。又说，"写那么多画那么多，放哪里啊？"

"哪里——我，不是，在给……她，打，打柜子……吗？"

说着，棺材佬朝我挥手，嘟哝："找，芳菲，玩去，我……忙着。"

我伸手捻了下晒着的青艾。青艾一下脆了，在我指头间酥成碎片。月桂心疼地拉回我手，给青艾微微翻身，只说，明天就要搓艾了。

"都酥成那样了，还等明天？"我蛮有经验地抬头望天。这一望，我的话止不住了，说："婶子，太阳时不时就阴下脸，又闷得人心胸发慌，恐怕明天没有太阳，说不准……今天下午就要变天啊。"

我这算什么经验。这大热天，连续几个大太阳后，突然没了太阳，还紧绷绷的，就是山雨欲来风满楼的架势，任谁都晓得。

月桂当然晓得，也许正因为晓得，才贪这最后的太阳吧。她的手轻轻走过秸秆席子，手指挑动青艾，说："没晒匀实。"说着，转身回屋拿出白纸覆在青艾上。白纸上没有盛开圆满的白莲含蓄端庄。

芳菲一阵风地跑来，手指上绿茵茵的。看来，她家已经在搓艾了。她是来借搓衣板的。月桂正提着搓板去洗，却被芳菲抢过。月桂手紧，朝后一拉，带着芳菲的人，芳菲扑在月桂身上。月桂稳住芳菲，只说："我马上用，这艾早脆了。"

"脆了你还晒——呀，用纸盖上了可多晒一会儿，还是小昭的画……给我，我下午给你还来。"芳菲再次夺过。

"芳……菲，"棺材佬走来，朝月桂吼道，给，"给她。又急忙去拿白莲图，接着嚷，这是，小昭的，画，你拿……"

"小昭送她的，她想怎么样就怎么样。"芳菲递给棺材佬一个白眼，提着搓衣板跑掉，边跑边回头朝我笑道，"看我的脸是不是白了许多？明天保准像玉瓷一样白。"

"下午给我还来啊。"月桂踮起脚尖喊道，"芳菲别忘记。"

"芳菲，忘记。"林子里马上传来学舌鸟的回应。

月桂还在原地愣站。棺材佬招手道："站，站着，干吗？帮，帮我，上榫头。"

"我给它们再翻个身就来。"月桂俯身秸秆席上，收拾好白纸。

"小昭，她，她等着，用，先帮……我。"

俯身席子的月桂没作声，也没抬头。棺材佬急了，声音大起来："你，听见……没有？我，我喊你……"月桂转身，眼色悄悄地滑向旁人。旁人怕他们吵架，调解道："出胎骨也这几天的事情，清风庵那里也不急等这几天。"

这是公道话吧，我跟着点头。

棺材佬不依，摆手，说了个"去"字。眼睛滑向白莲图盖着的秸秆席，又滑向月桂。

"反正下午才能搓艾，我这也空着……"说着，月桂的脸突然红了。她勾下脑袋，拿回白纸进屋帮棺材佬去了。

7. 欢喜

傍晚时，紧绷着脸庞的天在黯淡下来的光线中一下崩溃。轰隆的雷声跑过，青白的闪电扯出天堑地壑。雷声有些闷，犹如火候欠缺，炸不出它的干脆脾性。闪电倒是威风凛凛地跟在闷雷后面，爆出亮白的青筋，挖掘越来越黑暗的夜色。

吴家人在这个雷雨天也是忙着。棺材佬背着他打好的家具送去清风庵，下午就送去了，人留下，客串起漆匠给家具上漆。外面的雷电轰隆阵阵，也乱不了他的手脚。看来，他决心要尽快地给小昭准备日常所用。

抢时间出胎骨也没什么要紧。

外面黑夜已至也不要紧。

雷声轰隆闪电阵阵，更不在话下。

他当时去清风庵，往返了好几次。他不用板车一起推去，却一件件地背在背上，一件一件地送去。当然，我们庙村的都看见了。

我还帮着棺材佬提了油漆刷子，一直跟着棺材佬送进清风庵里面。我没这么好心，觉得棺材佬忙得可怜才去帮他一把，而是我真的想去看看，小昭和清风庵。

那么一个破庵堂，小昭却大书特书她"欢喜"。

而，欢喜于小昭，又是什么样子？

刚到清风庵，棺材佬停了下来。背上的案几仍在他背上。停下来的是他的脚步，接着他把低下看地的眼睛抬起，望向庵堂。

"庵，风，清。"棺材佬一字一顿地读道。

"错了，你念倒了顺序，应该是'清，风，庵'。"我纠正道。

"你们，读……'清，风，庵'，我，我就，读……'庵，风，清'。"

棺材佬说完，低头迈开了脚，跨进庵堂喊道："小……昭，我，我送，案几，来了。"

清风庵的确变了个样子。以前里面残垣断壁，到处都是蜘蛛网，灰尘积垢，现在呢，干净了有序了。庵堂院子里还种了一些花草。破窗破门也修补好了。估计多半是棺材佬的功劳。

小昭还是那个样，却又不是那个样子了。她眼睛看着你又没看着你，以前如此现在如此。可她那张脸上的微笑，清淡隐约，却充沛在她干净的脸上，盈盈满满的。这就是她说的"欢喜"了，越发衬托她的清爽干净。我一踏进清风庵，分明感觉刚才的燥热消失了，清爽袭身，嘴巴多余，脚步多余。我在原地打了转转，坐在一棵桂花树下的台阶上。棺材佬径直进一个厢房，放下案几，说："做，做好了，以后……写画，方便了。"

枯坐一会儿，走出庵堂，我浑身又燥热起来。里外两重天，而里外不过一木板门之隔。我仰起脑袋，学棺材佬倒着念庵堂大门顶上的字：庵，风，清。

棺材佬没念错。看来，倒与正，有时没有定规，定规的只是自己的一颗心，一颗心的感觉。譬如，我踏进清风庵后，感觉的"清"，包裹了我周身，再出来，"清"的消失，越发加重我的感觉。

棺材佬当然没有念倒。

倒着常规的念法，有时会更有趣，更合乎心意。

天色暗沉，空气紧绷绷的。我返回学校关上掉了栓子的窗户，不是关，而是竖起凳子挡住。不挡不行，我的课桌就在这扇破窗户下。

从教室出来，听见学舌鸟的叫声——"芳菲……搓艾。"一声一声的，我在心中辨别开了。不是棺材佬的喊法，再说棺材佬此时还在清风庵。是月桂婶子的喊声，可她哪里敢吩咐芳菲事情？不是她又是谁呢？想必，学舌鸟到底是禽鸟，比不了人，只能学说短句子。这个学舌鸟，估计省略了中间的话。

什么话？

我懒得猜，绕到月桂婶子家瞧看。她正在搓衣板上搓艾，满头大汗的，手却一刻不停。搓衣板下的青艾经脉才一小堆，看来，刚刚开始。

芳菲……搓艾。

芳菲……搓艾。

……

学舌鸟这个鸟来疯还在给自己逗乐。我笑道，这鸟……

"哎，我喊芳菲还搓衣板，我好搓艾，它喊不来这么长，喊成'芳菲搓艾'。"月桂婶子解释道。她不解释我也明白了。

天色开始黯淡，黄昏将至，而昏黄的天际，隐隐有雷声滚来。雷雨天要来了。我拔腿跑回家。月桂婶子嘟哝："雷雨不雷雨，今晚都要把白天的工赶出来。"

"等棺材佬在小昭那里忙完，要他帮你。"我插嘴道，也不晓得月桂是否听见。

"我自个忙得完。"月桂的嘟哝声传到我耳朵。

万物无邪

8. 胎骨2

雷声在我回家后，滚到庙村来了。青白的闪电慢慢登场，黄昏到来，傍晚的风也慢慢摇曳起来。

应该说，这是一个清寂的夜晚。闷热的天气突然解凉，亮堂多天的太阳导致的干旱也将得到缓解。而这个晚上的闲暇甚至惬意的睡眠都会如期而至。

但这个晚上，在庙村秋千坪注定不会安静。

芳菲在雷电之际，偷跑出来，下岸走进堰塘里洗澡。她不断地朝堰塘深处滑去。她坚持认为，雷电夜晚在堰塘泡水必将泡出洁白若玉的肤色，我琴表姐的漂亮正是她经常在秋千坪堰塘游水的结果，是在有月光的夜晚泡水的结果，更是雷电夜晚泡水洗澡的结果。她不得不泡堰塘，不得不抓住雷电轰隆的夜晚跳进堰塘里洗澡。那一身黑皮肤，是漂亮中的大缺憾。芳菲可以不问学习，可以无视嘲笑与轻蔑，还可以省略少女的尊严，因为在她看来，那些相比漂亮不值一提。

我有些理解她对我琴表姐的叹息了。她问："你琴表姐比银幕上的女主角都漂亮，怎么会……这样呢？"

"你琴表姐……怎么会？"

她不信。她不信我琴表姐的命运。与其这样说，不如说是，她相信，美丽与悲剧从来就不会交叉合拢。

她希望自己拥有无与伦比的美丽。美丽于她，正如，学习于我，打棺材于棺材佬，欢喜于小昭，艾绒于月桂……一切之上。而黑皮肤的遗憾，她寄托于雷电，希冀雷电带给她脱胎换骨的重生。

芳菲把自己一点点埋进水中，双脚慢慢朝远处滑去，而双手船桨般划开，送出她这艘尚美之舟。闷雷轰轰，在水面炸开，又被吞没。青白的闪电扯开一条条口子，豁亮，镜子般照耀出水面的波纹，波纹上的小舟。

这澄澈得近乎透明的夜晚。

也许芳菲看见了自己——皎洁若月，果真啊。这样的美丽，寻常人不及也不明白，因为不曾经历不曾体验。芳菲加大双臂力量，朝着堰塘中心滑去。

庙村人都这样说，一个人看见了自己，不在睡梦中，却无意中看见了自己，那么，他或她离死不远了。

芳菲肯定看见了自己。她看见雷电中濯水的自己，如此洁白通透，庙村的三个美丽女子，落霞、小昭、我琴表姐皆无法类比。她没有理由放弃。或许，她想赌一把。死与美之间，美可以战胜一切。

月桂一直赶着搓艾。她想把白天浪费的时间赶回来。

她半天没有动身。

外面一个耀眼的闪电兀地扯亮她的眼睛。接着，一声微弱而惨烈的"啊"声惊呆她搓艾的手。

"啊。"

"啊。"

学舌鸟跟着不断叫唤。

月桂没有起身，双手撑在洗衣板上来回搓擦。呲呲呲，艾叶碎成一团，经脉连着碎渣片末，丝缕绒毛浮起。月桂捧起碎团团，捻出经脉，随手丢进旁边的水桶。

还要再次清洗漂色脱水，脱尽艾叶的绿色，丝丝缕缕洁白无瑕，放到太阳下暴晒，再揉搓直至松软纤细若丝绒，真正的胎骨才算大功告成。繁缛却丝毫不能打马虎的程序。月桂不由加快手里的动作。

"啊。"

"啊。"

学舌鸟还在跟着不断叫唤。又一轮的雷电跑过。

学舌鸟没有吓住，居然在惨白的闪电擦过眼睑的刹那，又发出痛楚的啊声。是学舌鸟的声音吗，这次？

月桂腾地站起来，拍手去渣，推门而出，疾步跑向堰塘边。黑乎乎的堰塘里，有风过水面的呼啦声，还有嗡嗡的水流声。

黑漆漆的夜晚。伸手不见五指。

月桂跑回家，拿了手电筒，照向堰塘。

堰塘边的田埂上，走来棺材佬，他扛着行头，急匆匆地赶路，走进月桂手电筒铺来的光亮中。

轰隆——闷雷再次滚过。接着，惨白的闪电扯出万千光亮，秋千坪瞬间亮如白昼。

"芳菲。芳菲。"高台上传来芳菲母亲着急的喊声。

学舌鸟改口，叫起了芳菲。又不忘刚才学到的啊啊，一遍遍重复。

月桂心中一惊，似乎明白了什么。朝棺材佬喊："芳菲……芳菲她肯定下堰塘洗澡去了。"

棺材佬放下行头，边喊"芳……菲"边跑跳到月桂跟前，夺过手电筒，朝堰塘照去。堰塘上白亮若镜，镜面却破碎出大小不等的裂痕。

"你，你坏得很，见死，不救……"棺材佬说着，人踏进了堰塘里。

9. 补白

清高的老才子张对棺材佬的巴结毫无效果。

他似乎孤独得很，又不甘死水般的孤独。每天反剪着双手沿着无忧潭迎风诵诗。以前，他吟诵"举头旭日白云低，四海五湖皆一望"。稀疏的白发在风中颤抖，荒草般的瑟瑟。现在呢，在一个拍楠管唱《卜居》的艺人死于我们庙村后，老才子张改成吟诵："天高地远不知老之将至，悠然乐哉维系楚门在望。"

芳菲每次听见，都笑话老才子张发神经病。她自然是偷偷说的。她的笑话起初让我惊奇——庙村人人敬佩满腹诗书出口成章的老才子张，芳菲却……当然，我理解错了。她的话不是谴责或嘲笑类的坏话，而是……

芳菲笑话完后，哼着鼻孔又说："我那叔又要翘尾巴了。"她那叔就是棺材佬。她说的掐头去尾的话，到底何意？

"老才子张嘛，大才子一个，在我们庙村活得好看，还想走路后也好看……人都走路了，好看不好看的，不过人家的看法，怎么晓得？我只晓得，凡事都要现在好看，比如我要比庙村三个漂亮女子都好看，特别要超过你琴表姐，以后的事情——天晓得。老才子张，操心多了，累。"

芳菲的话不是没有道理，可我还是无法肯定她的话。

这样的女子，大张旗鼓地追求坭巴，学习上却一塌糊涂。她的话有无道理，都可不在意。我虽这么想，有时又做不到。就说芳菲的坭巴吧，她不过把我之流胆小者的秘密推诸公众。这还不够，她不管不顾地、彻底地翻牌于前，几近透明。直至她雷电夜踏进堰塘……说实话，我内心万分佩服。

芳菲不止勇敢，还聪慧，且均在我们之上。她一眼就看穿了老才子张。

老才子张频繁地去棺材佬的家，一天跑几次，看棺材佬做棺材，反剪着双手走走停停，偶尔插话问几句。

除了那次我遇见老才子张礼请，还有一次，也是我内急跟芳菲跑棺材佬家的厕所，听到棺材佬的嚷嚷声——"你个，老，老才子，问我，做什么？"

我们庙村几乎无人能这样反问老才子张。棺材佬能够。

棺材佬问了。只听见老才子张呵呵的自嘲笑声，接着是笑声带来的咳嗽。想必，是干笑吧，不好意思嘛。

他来棺材佬家看棺材佬打棺材？肯定不是，还是那事，他想求棺材佬为他的木板子屋补白。就是在棺材前端镂刻上两个字。哪两个字？老才子张没有说，也就没有人知道。没有人知道，却也没有谁去问。那样的事情除非一个人问，谁问都不合适。哪个人？当然是老才子张有求的人，棺材佬。

可在棺材佬看来，木板子屋就是棺材，无须累赘，刻字不仅是多

万物无邪

此一举，而且还不合规矩，起码，他打棺材以来，还没有出现在棺材上刻字的例子。

要我看来，老才子张被严厉拒绝多次，却又不甘罢休，不如自己偷着刻上算了。可他能偷着刻吗？

棺材佬居然到他家来了。

来了也不说话，径直跑进旁边偏阁屋里看那口漆黑如夜的棺材。怎么看的？眼睛都凑到棺材上面了。看都不说，还用手摸来摸去。老才子张心中窝火，脸膛黑红，胸口烦闷。可除了几声粗重的叹息，他终究没有说什么。

棺材佬可不是空手来的，手里提着斧头。明晃晃的钝重的斧头从秋千坪晃到老才子张家，庙村不少人看见了。

这个棺材佬的意思明摆着。要是老才子张真的偷刻了字，在棺材上，棺材可就保不住了。棺材佬打的棺材，他想收回去，老才子张奈何？

"补白，不过补白而已，还是木板子屋啊。"老才子张跟在棺材佬的后面，喋喋不休地建议。

"补……什么？"

"两个字。"

"木板子屋，就是棺材，刻，什么字？"

"棺材也是家，留两个字有别其他嘛。"

"那，不是棺……材了。"

"咋不是？"

"棺材就是，铺板……围拢的屋，上下，太平，你说，刻了……字像个啥？我，不刻。"

"好，那我自己刻。"

你自己，刻，我，棺材佬的……名声，就毁了，我只能，砸了它。

谁？砸谁？

你的……木板子屋。

我们庙村的几乎会背诵他俩的对话。他俩说来说去地，不晓得重复多少遍了，可每次彼此都耐着性子对话完，也不曾见中途断掉任何环节。结果呢，谁也没服谁。对话如同录音，在不经意间播放。播放。没完没了。

而老才子张所说的补白棺材，是什么？

10. 楚门在望

我可是庙村最孤独的人。

老才子张搓手叹息。曾经颀长的身板明显弓成了大虾，即使伸长脖子抬起脑袋，那后背犹如扛负了包袱，难以直起，而山峰在上，日益耸立。

一个孤单的老人，迅疾走入暮年。

小昭去清风庵后，棺材佬忙着给清风庵补充修葺，可以说是我们庙村去清风庵次数最多的，也可以说，清风庵里的脚印，除了小昭，几乎是棺材佬的。

老才子张去棺材佬家，遇到棺材佬忙着给清风庵准备什么，或者在路上遇到来去清风庵的棺材佬。他会怔怔地看着棺材佬，极力思索什么，随即捂嘴咳嗽声，不再把"补白"什么的拿出来问。他不问，棺材佬就不说。

两人相对无言，或者擦肩而过。

老才子张还是要去棺材佬的家。还是在路上遇到棺材佬。还是，彼此相顾，终究无话。

我是庙村最孤独的人。

老才子张的叹息本来够要我们心中惶惶的，而他从秋千坪出来，一路踉跄，仿佛风吹即倒。我遇见几次，心中纳闷几次，老才子张一次比一次看上去苍老衰败几分。孤单、暮年、失意……是紧密联合一起的？还是，只要沾染一个，另外的就会相继扑来？

可孤单和寂寞，似乎无孔不入，暮年于我尚远不及，孤独于我却并不陌生。

而且它如此强势，具有传染性和破坏性。看见迎面而来的老才子张，长吁短叹左跟右跄，我的心不禁悲伤。我停住脚，眼睛迎上老才子张。

"老才子张，我请教你下。"

老才子张肯定听见了，但他不理睬我。这是他的惯常姿态，我已习惯，我们庙村的早也习惯。

"这个问题问你最合适，但你会怎么解释才要我服气？"我伸手拦住即将擦身而过的老才子张。

"你这妮子，我还答不了你？"

他果然站住，尽力挺起山峰耸立的背脊，瞪眼看我。

"你评评，是'清，风，庵'好听还是'庵，风，清'好听？"

老才子张愣愣地盯着我的眼睛。他是觉得奇怪，还是——这根本不是问题，却拿来请教他，可笑可恨？

我感觉到他眼中的怒火，于是，解释道："棺材佬倒着念'清风庵'，我说他念错了，可我跑去清风庵再出来，发现他倒着念也不错，你说呢？"

"什么话。"老才子张保持他瞪眼姿态，嘴巴半晌吐出三个字。毫无感情色彩的三个字，干巴巴的。

"你去过清风庵吗？"

老才子张眼睛铜铃般瞪起，炯炯冒火。我兀地明白——我触到他与小昭之间的恩怨，他和小昭都不愿在自己面前听见对方什么。我慌忙摆手，解释："我不是那个意思，我是说，只有到清风庵后，才能知道倒着念的好处，没有去过，就只能顺着念了。"

"噢。"老才子张平静下来，颇有兴致地听我说。

"不过我觉得两者不分上下，你——你觉得哪个念法合乎你心意？"

"你刚才不回答了吗？只有去过才晓得，我又没去过……你这妮子说倒着念，就是玩游戏略，好玩吗——我试下，'望、在、门、楚'，呀，有意思有意思……"

老才子张哈哈着走过，丢下了我。他还是若风的影子，却与先前断然不同，他的失意孤独暂时消失了，他觉得快乐了。

快乐也是能传染人的。我边走边重复老才子张的"望、在、门、楚"，暗暗发笑。他说的"楚门在望"，我晓得——他现在吟来诵去的"天高地远不知老之将至，悠然乐哉维系楚门在望"，我耳朵都听起茧了。芳菲说他想生前死后都好看，那在望的"楚门"可就是他的想望和心愿啰。可"望在门楚"，我不懂，他却觉得蛮有意思。

或许，别人不懂，他才觉得有意思吧。

我笑出了声。一会儿"棺材"，一会儿"补白"，一会儿"楚门"，他还喊他孤独。

"张，子，才，老。"我倒着念老才子张的称呼，一惊，倒着念似更合乎他。不是吗？姓在前，状况在后。接着，我倒着念：菲，芳，吴。菲，芳，吴。菲，芳，吴。我念几遍，发觉拗口极了，三个字孤零零的，连不了一块儿，每次念都要我想一会儿。这个没有任何意思。

清风庵——庵风清。

楚门在望——望在门楚。

老才子张——张子才老。

而吴芳菲呢？念出却是：菲芳吴。真没意思。

我心中揣摩下，随即挑出症结，没意思主要是她名字里没有形容词或者动词。喊不起来，三个静物嘛。

这样一想，我根据谐音，给她换了个姓，无。无芳菲——菲芳无。哈，有意思了。

11. 菲芳无

倒着念的名字，因为偷改了芳菲的姓，我始终没告诉她。

如果告诉了她，大声念给她听，就在秋千坪，那学舌鸟一定会跟着学舌喊菲芳无，整个秋千坪都是学舌鸟的"菲芳无"喊声，吴芳菲会是什么反应？

她会发怒吗？不会。似乎，除非说她不漂亮，她发怒的理由尚未看到。

她会不好意思闷闷不乐吗？也不会。她那性格，即使不乐，也不会闷着。

她会反击，然后送我一个难听的诨号？这个……也不大可能。她一再留级被嘲笑被捉弄，她反击了吗？至多撇撇嘴巴而已。再说，我们喊她坏巴，她又如何？还不是呵嘿一笑了之。

我实在想不出她会有什么反应。我的玩笑犹如学舌鸟，不过自我逗乐而已。

换而言之，我毫无捉弄打击贬斥甚至诅咒之意。但那个雷电后，残酷的事实摆在面前，我为偷改芳菲的名字不仅满怀内疚而且自责恐惧。

真的。正如我逗乐的结果，我倒着念她的名字：菲芳无。无，没有了，消失了，不再存在了。吴芳菲——死亡，他们如此轻易地画上等号。还是被雷电击中，淤血在身，然后沉没堰塘里。这个追求美丽的女子，菲芳也好，芳菲也好，总之是在词语上散发花朵般香美的女子，却中了词语的埋伏。她自己给自己的，我给她的，还有我们庙村三个美丽的女子和她叔叔棺材佬（不是吗，倒念词句的玩法不是棺材佬教会我的？）给她的……埋伏。

但我的确没有诅咒她死的意思，一点也没有。

雷电夜过去，庙村一派清明。我看见吴芳菲僵直地躺在一块硬木板上，我的心瞬间被恐惧攥住。其实，我根本没有看见她，她被裹在白布中，只露出一个脑袋，脸庞蒙着黄纸，直挺着身体睡去，睡死在她十四岁的人生旅途。

我脑海划过雷电在堰塘劈出千万波痕的画面，其中，一道电流在照亮芳菲白皙身体的刹那却又重重地焊住了她，魔鬼般吸走芳菲的血液和呼吸……我的身体不住发颤，喉咙里滑出怪异的哭声。

一瞬间，我厌恨自己看似天真实则近乎残酷的逗乐。我用手背擦揩眼睛，泪水却怎么也止不住，喉咙里的声音赶集似的，挨挨挤挤，却又贯不成气。

我的哭嚎没坚持多久。不是我忍住了泪水，也不是我为自己开脱了什么。而是棺材佬家，棺材佬痛打月桂，月桂的哇哇乱嚎声，彻底转移了我们的目光和兴趣。

"狗，狗日的，坏得很，故意……"

"没有，我真没看见啊。"

"还，嘴硬，狡，狡辩，芳菲……下堰塘，游水，你会，看，看不见？芳菲……啊啊地求救，学舌鸟……都，都听见，你，听不见？"

啪，啪啪……

"我，打死，你，你这，害人精……"

啪，啪啪，啪啪……

"我，我要，你给，给芳菲，偿命，打死，你……"

啪，啪啪，啪啪……

"你，你个孤老，心，容不得，芳菲。"

棺材佬手持一根结实的长木头，赶着月桂打。月桂早已经被棺材佬打趴在地上，从家里滚到了门外，又滚到了院场。她抱着脑袋，唯一只能护着脑袋吧，在地上滚爬。木头棍子跟着追赶，啪啪声不断。棍子裂开又断掉。棺材佬换了一根新的。月桂浑身是血和口子。腥甜得近乎恶心的血液打乱秋千坪清明的空气，爬行在风中，一个劲地朝我鼻孔里钻。

棺材佬认定月桂早看见芳菲下堰塘游水，又听见她的求救声，却一再不伸手阻拦相救，导致芳菲惨死。

是这样吗？

血水味道甜腻得翻胃，越来越浓烈，顽固地凝结了清晨的风。这是死亡的气息。浑身颤抖的我跌跌撞撞地跑到人群前，跟着他们劝喊，别打了，再打，会死人的。

"棺材佬住手吧，住手吧，再打真要把月桂打死的。"刚才没拦住的几个男人又去拦棺材佬，却被棺材佬打回了双手。

"容，容不下，芳菲，背后，捣鬼，作乱。"棺材佬的吼声中，我心胸一阵虚空。那冥冥中的巧合。当我倒念她的名字"菲芳无"，芳菲真的消失了。而棺材佬却认定月桂处心积虑地害死了芳菲。是的，就是巧合——我没有诅咒，不过自我逗乐，而这个倒念名字的逗乐，还不是你棺材佬的功劳？

我牙齿打战，一个劲地乞求棺材佬住手，嘴巴却发不出丁点声音。

"棺材佬，棺材佬，你打死月桂就是杀人害命了，她不就是没给你生孩子吗？你骂她打她，还要当众害死她，天理不容。"

老才子张什么时候来的？大虾般弓着背脊，一步试着一步地靠近棺材佬。边靠近边说，涎水沫子挂在嘴角。月桂被人拖住，两个男人拉住棺材佬手里的木头棍子。老才子张站在棺材佬面前，伸开双臂，双手分别搭在棺材佬的双肩上。

"棺材佬，我家有根小楠木，你有心，拿去给你侄女做个好木板子屋，给她安个好去处，也不枉费你的爱心了。"

12. 楚门 1

月桂当天没躺下，也没去我们庙村赤脚医生樊医生那里，而是忙开了。她没受伤吗？没伤筋动骨吗？棺材佬手里那么粗壮的木头棍子，那么不管不顾地打在她身上，她哪能全都躲过？事实，她后来瘸了右腿，左手背上留下大伤疤，且再也伸不直了。

月桂没当回事，擦擦嘴角手上身上的血痕和泥土，就瘸拐着右腿跑去找落霞了。估计她有些恍惚，经过无忧潭时，看见无忧潭上的山林屏障般耸立，而混沌的太阳正从云层里挣扎而起，新鲜娇嫩的红晕犹如少女脸庞的胭脂。月桂沉重的眼皮跳动不止。她伸手揉了揉，眯起了右眼。山林脚下无忧潭边，芳菲侧身而坐，眼睛妩媚而专注地盯看手中的小镜子。

"芳菲。"月桂叫道。随即，她记起，芳菲昨天晚上已经走路了。于是，再狠狠眨巴下眼睛，眯起右眼打量，哪里还有芳菲。月桂的心胸一阵虚空，她停下脚步，倚着一棵柚子树大口喘气。

不得不找落霞了。我祖母那年夏天病恹恹的，把招魂之类的事交给了落霞。落霞虽是省城人，可回到庙村，女儿红夭进少管所后，跟着我祖母学了些招数，与庙村人无二。看见满身伤痕的月桂，她摇头叹息："何苦？"

月桂不回答她的叹息，只说："我家侄女芳菲走路了，还是在堰塘里遭了雷电，又沉落水塘里，不晓得魂魄跑哪里去了。"

落霞还在坚持她的问题："棺材佬又打你了，芳菲走路，他打你……能把芳菲打回来吗？"

"我刚才在无忧潭看见芳菲了，真的，她在照镜子，可眨眼间她就不见了，她的魂魄散了。"

"一切群生，不知常住真心，性净明体，用诸妄想，故有轮回转生。"这话我在庙寺听净了师傅说过，听我祖母说过。落霞又说给月桂听。

"芳菲这样好看的妮子，你为她招魂，她就会轮回转生了。"

血还在滴落。太阳簇新簇新，在酝酿一个早晨后，慢悠着挂在天上。亮煌煌的光亮刺痛月桂肿胀的双眼。她抬起右臂，用力去挡太阳。

落霞被月桂身上滴淌的血液弄得心烦意乱，继续说："哪个看不出来？棺材佬一家人都欺负你……欺负你不能生育小孩，而现在吴家老大的女儿芳菲走路了，吴家就断后……"说到"断后"两个字，月桂"哇"地哭嚎一声，人就歪倒在了地上。

落霞喊人送月桂回家，又亲自喊赤脚医生樊医生来。晕过去的月桂被冰冷的听诊器冰醒，赶走了赤脚医生。

"何苦啊。"落霞摇头。

吴家老大家里传来悲伤的痛哭声。男的女的老的小的。学舌鸟难得学舌这波涛汹涌的哭声，又不甘示弱，居然重复昨天雷雨夜晚的喊声：

"芳菲——回家，芳菲——回家。"

啊，啊。

月桂再次晕倒过去。

落霞晚上忙碌起来了。她挑个灯笼，游走在秋千坪堰塘和无忧潭，为失落的魂魄招魂。她学着我祖母，逼尖了喉咙，抬高声调门，细柔地吐出清新若诗的句子：

> 皋兰披径呵，斯路渐。
> 湛湛江水呵，上有枫。
> 目极千里呵，伤春心。
> 魂兮归来，哀呀江南。

当然，这是屈原的《招魂曲》，却一直在庙村传唱，至今。我读高中后才明白，屈原的《招魂曲》不是随便唱的，是有身份有地位的贵族，楚王室后裔才有资格吟唱。他们面对天地自然、楚国的山山水水，敞开胸怀，亮堂声喉喊道：魂兮归来。这是楚人尚灵的呼唤。为曾经的罪孽忏悔，为路断失魂人招回魂魄。这曲子是尊崇神秘主义的人在与天地神灵沟通。

而招魂地，延续这古朴神秘风俗的地盘，我们庙村，曾有楚国王室生活的足迹。老才子张吟诵——"天高地远不知老之将至，悠然乐哉维系楚门在望。"楚门，就是楚国的都城啊。

难怪他说"望、在、门、楚"有意思，而他的意思，恐怕不仅着眼都城，他延拓到楚地疆域——在我经历许多后，我才明白。

落霞那晚喊完魂，没有把灯笼挂在堰塘边，而是挂在了月桂家门前的柴扉壁子上。她径直去了月桂家。只有月桂一个人在家。棺材佬白天忙着给芳菲打好楠木棺材，晚上送去，帮忙设置灵堂，准备黄夜出灵。这是庙村规矩，芳菲十四岁，不能算作成年，少年走路就是夭折，而夭折的孩子，只能在黄夜出灵。

月桂也去了，却被吴家一家人赶出来。

她伤心欲绝地坐在家里。既没有躺下养伤，也没有愣怔发呆，而是继续搓艾，搓昨天晚上没有搓完的青艾，一边搓一边抽出经脉放进水中浸泡。手中不停地忙碌，泪水时不时地溢出，啪啪地溅落在青艾上。沾染泪液的青艾在手指头洇出发黑的墨绿。

落霞跨进月桂大门，说道："你看你左手，肿胀成大馒头了，还不停下来休歇。"

"他们……看都不要我看下芳菲，那是我侄女啊。"月桂呜咽道。

"芳菲是个好妮子，嘴巴不甜，可心中是把我当亲人的。"月桂双手停住，撑在搓衣板上，俯下的上身不住抽动。

"魂兮，归来。"远处，学舌鸟的叫声隐约而清晰。

月桂站起来，谢过落霞为芳菲招魂。落霞没作声，跟着月桂走到大门口。门口铺着一层红光，是柴扉壁子上的灯笼映照来的。我们几个看热闹的，正左右看玩灯笼，还用手捻着灯笼下面的金色流苏。

"这灯笼……你怎么不挂在堰塘边？"

"就挂你家柴扉上了，你别动。"落霞丢下一句话，走了。

"她走了，我们这些看热闹的也回家了。"月桂闷在门口，回家的我们许久也闷闷的，陪着月桂揣想落霞的举动。落霞招魂，定是为非正常走路的芳菲招魂，可她把灯笼挂在月桂家门前的柴扉上，难道还有它意？

13．楚门 2

老才子张劝住狂怒中的棺材佬，转身回家。棺材佬虽然住手了，可还站在原地，结巴着叱责月桂。

他老娘，芳菲的婆婆颠着小脚摇晃而来。

"芳菲……命苦啊。"他老娘抹开了眼泪，手指指月桂，又转向棺材佬，上下颤抖，"我这白发人要送黑发人，无异于刀剜我心，唉。"

棺材佬上前扶住周身发颤的老娘。

他老娘轻轻推开棺材佬，呜咽道："你这二蹶子，还要我来请你吗？"棺材佬眼眶红了，半天挤不出一句话。

"好好准备一副木板子屋吧。"老娘转身，颠着小脚离开。

“我，我要给，芳菲，打，最好的，楠木，棺材。”

棺材佬拔腿就跑，跑向老才子张家。在半路撵上老才子张，问道：“你真，真的愿意，把你家的，楠木送，送给……芳菲？”

老才子张吐口痰水，润润嗓子，朗声说道：“我老才子张，说过的话泼出的水，岂有收回的道理？否则，惹来天下人笑话，我一生清名岂不毁于一旦？”

“谢，谢赠送，我，我恭敬……不如，从命了。”棺材佬拱手谢过，众目睽睽中跟在老才子张屁股后面，朝老才子张的家走去。

老才子张真的把自己家的一根楠木给了棺材佬。棺材佬背回楠木，劈开做成了棺材，送走了吴芳菲。

老才子张这么慷慨？还是真的是怜悯那可怜的月桂？还是……他那个人，狷介轻狂，有时又很搞笑，难得要人揣摩他真正的动机。

实际是，跟去老才子张家的棺材佬，马上又跑回自家，扛来木匠工具，在老才子张家哐哐唧唧地忙乎一会儿后，才背着一根楠木再回家。

他在老才子张家忙什么？

我们庙村的喜欢串门，却也懂得规矩。老才子张家的门，不比别人家，不能随便就串，可以说，他家啊，难得有庙村乡邻走动。除非他——老才子张亲自请。

可能是帮老才子张修补下什么吧，比如坏了腿脚的椅子凳子桌子。

也许是那根楠木，背在棺材佬后背上的楠木，光溜溜的，乖乖地躺在棺材佬的后背上，难不成出门前没被修理过？

也许就是紧了紧疏松的榫头，表示下棺材佬的谢意。

总之，棺材佬关于他只打棺材不涉足其他木匠手艺的诺言，不独在小昭面前破例了。这次，享受破例特权的是小昭的公爹老才子张。

老才子张在棺材佬走出他家大门许久后，跑到院门上，破着喉咙感谢：“谢谢你棺材佬啊，为我这老朽破例，咱们谁也不欠谁，两清了。”

我在有关庙村的文字中多次提到，庙村乃至整个孤岛，是长江水流中耸立起来的洲岛，每年夏天都要受洪水考验，于是，建筑房屋，但凡有点家底的，都要先起高台，再在高台上起屋建房。而高台下是菜园和堰塘。这样，哪家说话声音大点，几乎能听见。而闪个人影在房前屋后，踮起脚尖，大致也能看见。

　　老才子张在他家院门前"啊啊"地感谢时，庙村的一些人就看见，他双手黑乎乎的，还沾些木屑。看来，这个老才子张在棺材佬走后，为棺材佬刚才的活计善后。

　　究竟是什么活计？

　　从老才子张黑乎乎的指头看来，是黑色的木匠活，似与棺材有关。

　　一个细雨淋淋的黄昏，我在无忧潭边遇到沐雨诵诗的老才子张。他彷徨在雨水淋漓的无忧潭边，反剪双手，眼睛眯缝，脑袋微仰，嘴巴幽幽吐词：

　　天高地远不知老之将至，

　　悠然乐哉维系楚门在望。

　　这次雨中吟诵，与往昔有别。以往，是惆怅满腹忧思盘结，那伤感氤氲于水气风声中，传播浸淫到我们身上，我们不由得跟着伤感。而这次呢？怅惘依旧，却分明又不止怅惘了。

　　老才子张接着又玩我教他的把戏，倒念"楚门在望"，一个字一个字地念道："望，在，门，楚。"

　　"哈啊，真有意思。"老才子张"哈哈"几声，微张眼睛，透过细雨霏霏的无忧潭，朝无忧潭上的山林看去。

　　那哪里是在看，而是呆愣着，灵魂出窍般。

　　蓦地，我脑海滑过他倒念的句子：望，在，门，楚。又给他恢复正常的顺序，念出了声：楚门在望。

　　我有种感觉，棺材佬去老才子张家扛楠木，他给老才子张忙活的就是棺材，在棺材上为老才子张补白。

　　补白什么？

　　就两个字。

万物无邪

老才子张梦寐以求的两个字，要随着棺材和他身体，化灰成泥，相融不分——哪两个字？

14. 最美

月桂的艾绒一点也没有耽搁。丝丝缕缕的，洁白、柔软、纤细，堆在挑篓里，跟着月桂从庙村来到孤岛镇上。镇上以前有多家生产印泥的店铺，再朝前面追溯，可有一条街专门从事印泥生产和买卖。可那是以前的光景了。现在呢，街道翻新，门面扩宽，卖起了衣服鞋子水泥家具，而印泥慢慢地退隐，只剩下一家店铺独撑。这家店铺开始还自己用艾绒做印泥，做着做着，人懒了，没有了闲心，生产的事情兴致兀起才动手做做，一门心思地收购印泥胎骨。

而提供胎骨的，是老主顾，庙村吴氏两兄弟家。他们的胎骨质量过关，颜色纯正，干净清爽。可以说，细若绒毛的丝缕一一过了他们双手，放心。

胎骨到，过个秤转个窝而已。检查验收均可省去，彼此落个乐和轻闲。

月桂是下午挑去的，照例得到店铺赠送的好印泥，鲜红水润的印泥，闻着还有一股清香。"麻烦再送我一个。"月桂再要了一个印泥，心情莫名愉快了，她挑起两个空篓，没有直接回家，而是转到街上去了。

夕阳西垂时，月桂打道回府。她回到庙村，天色黯淡，黄昏已至。她不时伸手摸摸两块印泥。一块留在家里，另一块……

月桂瘸拐着右腿走向清风庵，遇到棺材佬，还有庙村几个男人扛着行头正从清风庵里出来。

自然他们都是棺材佬约来的，为清风庵修缮房屋。那房屋……月桂仰头看去，旧是旧了，以前的破败颓毁却一扫而光。旧下来的屋子，现在看来，仿佛更有一种蕴含了时光味道却又说不清的魅力，吸引人的脚步。

我仅仅是想送小昭一块印泥吗？月桂问自己。她不晓得答案，因为她又接着问了自己，以前，店铺也送过自己印泥的，没转送小昭一块，而今天却专门要了一块送她？

这样一问，月桂本来轻松的心情又烦闷了。

她放下挑篓，等着棺材佬他们离开。

棺材佬，他这个二蹶子，看着好似他手里的木头，其实，他心中柔软着，可他的柔软……月桂的嘴角苦而涩，她伸出舌头在嘴角两边转了下，挑起挑篓。

就这么转身走了？

月桂刚迈开的脚又有了迟疑。脑海里闪过小昭说送她的中堂对联：绿水洗骨田园静；白莲修心天地清。

小昭真是好女子，她在对话自己。月桂轻轻叹口气。

月桂挑着挑篓走到庵堂门前。庵堂门还开着，里面影影绰绰的，树木、花草、台阶、护栏，交叠在黯淡的天色中，分不清彼此。而小昭她人，也许就在这影子里，也许在影子外。

她在哪里都会被人记挂的。这样的人儿，果真应了她所说的"欢喜"。她却说"一别两宽"，那别后的宽豁，其实就是衍生啊，不断的留恋，胎骨般，尽管去掉粗大的叶片，漂洗净青色，还蒸腾完汁液，可它不过换个方式活了下来，而精髓不去。

多聪慧的人儿。

不看了。月桂放下挑篓，掏出一块印泥，放到大门后。

也就眨眼的工夫，天完全黑了。月桂挑起挑篓，心中的苦涩又泛起，一阵阵的。月桂想起落霞的问话，何苦？那棺材佬不是在小昭刚去清风庵时也咕哝"何苦"吗？何苦何其多。

不想了。月桂迈大脚步，走进秋千坪。堰塘和港渠上波泽着粼粼灯火，微暗却锐利。月桂眼睛有些恍惚，还有些疼痛。她伸手揉揉那模糊的右眼，努力配合左眼看去。

那幽暗而锐利的水面上，一个女孩正侧着身子洗濯，她白皙的皮肤集中了堰塘所有的光亮，再次刺痛了月桂的眼睛。

"芳菲。"月桂失声叫道。

女孩子侧过脸，送给月桂一个灿烂而调皮的笑容。她嘴角微微翘起，仿佛得意不已，忍不住地宣告："看看我的皮肤，白皙若玉瓷，我们庙村三个漂亮女子，哪怕世上所有的女子都比不过我。"

真是芳菲。

"是啊，芳菲，你最美。"月桂答道。

芳菲朝月桂吞个舌头扮个鬼脸，竟然又朝堰塘深处走去。

"你最美，芳菲，快上来。"月桂着急地喊道。但喊声刚刚出口，女孩子消失了，水面只有幽暗破碎的粼光。

林子里传来学舌鸟的呼喊——"最美，芳菲。最美，芳菲。"

月桂丢了挑篓。挑篓滚进堰塘。通咚的响声后，是月桂嘶哑的呜咽。她下岸，踏进堰塘，边走边说："芳菲，我对不起你，那天晚上，我早听见了响声，可我……是我害了你，你从来就是最美的，芳菲。"

棺材佬跑来，一些乡邻也跑到堰塘边。

黑暗的林子里，学舌鸟一遍遍地重复月桂的话——"最美，芳菲。"

月桂被救起，浑身哆嗦，手指门外，口齿不清地说道："我看见芳菲了，她还在朝堰塘深处游，你们快救她上来。"

哪里有芳菲？堰塘水面平静幽暗，什么都没有。

"你，你疯了，满口，胡话。"棺材佬嚷道。

"没疯。"月桂眯缝起右眼，慢悠着声调从她挑着挑篓到镇上说起。又说到去清风庵送印泥，还念出小昭送自己的中堂对联……返回秋千坪看见了堰塘中的芳菲。

月桂比画着芳菲刚才洗濯的模样，还有她回头微笑时的调皮样子。月桂细致的描绘，引起芳菲母亲的将信将疑，她手指月桂，道："你说的还真像芳菲，莫非……芳菲真没有走路，还是你在糊弄我们？"

说着，跑到堰塘边，喊起芳菲。

喊了一阵，跑回月桂身边，刚扬起右手，却被月桂一把抓住。

高个子的月桂腾地下床，站起来，大树一般在身前笼罩浓重的黑影。她眯起右眼，眼睑上的疤痕挤出可怕的蜈蚣影。蜈蚣黑影下一道锐利的寒光打在芳菲母亲眼上。芳菲母亲不由后退一步。月桂敛起神色，凛声说道："你当然看不见，称能逞强惯了，心暗眼瞎，你懂吗？'一切群生，不知常住真心，性净明体，用诸妄想，故有轮回转生'——只怕芳菲站在眼前你也看不见……还不及那饶舌的鸟。"

歇了一阵的学舌鸟又开始聒噪——"最美，芳菲。最美，芳菲。"月桂家顿时安静下来。听着学舌鸟的叫唤，他们恐怕在想，学舌鸟这回不是学舌，而是说了真话。跟着看热闹的我，那时真想捉住那学舌鸟，看看它的模样。

怎么可能？那鸟离开了秋千坪的林子，于众目睽睽中，硬是闭紧了嘴壳子，直愣愣地盯着我们，不发出一点声音。它根本不是学舌鸟了。

遁走曲

当我正在梦中想起你，
你来了，夜便开始回响，
像传说中那样轻柔。

——里尔克

1

我梦见了呼天抢地、火钵、火钵中突突烧腾的黄纸，黄纸消失后的灰烬。然后是漫天的风尘，呛鼻的烟火味……

有人死在我梦里。醒来的我先是发愣，不久释然。按照我母亲的说法，梦总是相反的，有人死在梦里，那个人必然活得好好的。

可我只梦见了死亡的场景，却没有梦见亡者。种在梦境里的死亡由此虚缥若云。注定瞬间被我淡忘。

但不到半天的时间，我想起了它——梦境中的死亡。

我祖父死了。他死在凌晨。他打牌熬夜后回家，爬上家门前的台坡，一屁股坐在一棵老柚子树下，靠着粗壮的树干睡着了。

那天，霜雪铺地，祖父头顶和眉毛，还有双肩都落下清寒凉薄的霜雪。我母亲起床后，一推门看见祖父靠躺在柚子树底下，以为我祖父真的是睡着了，又喊又推，却无济于事，伸手朝祖父鼻尖一试，便惊叫起来。住宿在学校的我得知消息后，瞬间，晚上死亡的梦境浮现心胸。

赶回家后，我对母亲说："我昨晚就梦见了……"后面的话没有出口。怎么说呢？我只梦见死亡，并没有梦见我的祖父死去。那么我的梦境是提前告诉我，有人正要离去。

说到底，就是我的预感。

母亲看我几眼，便和我祖母忙开了。祖母出门去扯布料。而母亲也出门去请收殓师老笑和老笑儿子笑哑巴了，请老笑自然是请他来收殓，而笑哑巴呢，却是请他来做白事裁缝，给过世的祖父缝衣做帽。

我一个人被丢在家，恐惧突然汹涌漫来，我拔腿就跑。

我跟在母亲后面跑，跑到半路，遇到挎着藤条箱子的老笑。老笑那个藤条箱子，黑红犹如泥污般的颜色，被藤条左绞右缠地堆叠成的一个长方形箱子，箱子上面是提带，也是黑红色，重重地压在行走的老笑的肩膀上。老笑苍老矮小的身子越发不经看了。他永远风尘仆仆的，奔赴在宽窄不一远近不一的路上，在我们的视线里渐行渐远。

"老笑走过的路是抵达奈何桥的路途。"我们庙村人甚至岛上人都这样说。是啊，只要老笑，挎着藤条箱子的老笑灰尘仆仆地出现在路上，定然又是走了一个人。这样说吧，与其说是老笑在奔赴路途，不如说是他在送走亡者。

在请老笑为过世的祖父收殓的路上，我们竟然遇到挎着藤条箱子一路奔赴的老笑。看来，我们庙村今天过世走路的人不止我祖父一人，还有别人。也就是说，死在我梦里的，我预感到的不仅仅是我祖父。

"还有谁也死了？"我脱口问道。

老笑瞪大他干涩的眼眶，眼眶周围的面皮爆出青筋，那永远缺少血色的瘦狭面庞，刹那敛紧，散发出一股暴戾的硬铁气息。我不禁抓住母亲的手，怔怔地看着老笑不动。

"谁死了？瞎说。"老笑一声顿喝，我身子颤了颤。

"没有人死，他们只不过换了活法而已，到我们不晓得的地方讨生去了。"老笑顿了顿,面皮松弛下来,慢了语气,接着说:"在我们不晓得的地方讨生的人,是往生者。"

"往生者——"我和母亲都跟着轻声叫道。

死了就是不在了,不在了还说什么往生?净没道理。我偏头瞧母亲。母亲却不住地点下巴,显然,她同意并欣赏老笑对亡者的称呼。

依照老笑的叫法,我祖父才刚成为往生者。另一个往生者是龚家的东生。

龚东生是个豁嘴孩子,白白的,瘦瘦的,睁着一双惊恐的眼睛看人,眼神刚刚落在你眼中,却小鸟般倏地一下飞走。他不过五六岁,却也……我似乎看见东生投射来的凉薄若冰碴的眼神。心中顿时讨厌起自己来。要不是梦见那些该死的东西,东生这孩子,还有我的祖父可能不会撒手而去。

不容我胡思乱想,老笑和我母亲已经大步朝我家奔去,我撒腿赶上。老笑回头给母亲说了什么,我没听清楚。母亲"哦哦"两声,马上吩咐我去龚家,请笑哑巴到我家做丧服。

2

我朝龚东生家跑去,到龚家门口时,脚步慢了下来,心突突地跳跃,胸中似乎漫上一波又一波的水,虚浮的水汽膨胀出白茫空洞的雾感。

东生母亲和他奶奶哀哀的哭腔,在被她们极力克制的喉咙里游走,细碎弯绕,简直是不好意思。我想得出,她们是为频繁夭折的豁嘴孩子伤心,这已经是第三个夭折的豁嘴孩子了,又正因为如此,她们的伤心不能理直气壮,只能遮遮掩掩偷偷摸摸。

我倚着院门,虚弱着声音喊道:"笑哑巴,我祖父过世了,成为往生者,你快给我祖父做丧服去。"哀哀的哭声有几秒的中断,却很快通畅。笑哑巴看都没有看我一眼。我才想起来,笑哑巴不能听见我的话。

我鼓足勇气跨进龚家大门，看见一个坐在堂屋里抹泪哀泣的老妇，那是东生的奶奶。还有一个在里面房间，自然是停放东生小身体的房间，东生母亲以泪陪坐。我上去拍笑哑巴肩膀，然后伸手指指我家。笑哑巴点头。东生奶奶突然问道："驼背爷子走路了？"

我祖父是驼背，驼背爷子是我们岛上人对我祖父的称呼。也不容我回答，老妇大放悲声，埋怨阎王不长眼，老是在她家带走小的，不收走老的。号啕几声后，又问："驼背爷子怎么就走路了？不是昨天还好好的。"

我回答："他是打了一夜牌，回家就靠着柚子树睡过去了。"老妇站起来，抹把泪水，说："驼背爷子走的舒心，真有福气——你先回去，笑哑巴给我东生忙完，就去给驼背爷子忙。"

我没走几步，又折回东生家。

在院门，我与一个人碰个满怀，不，我一头撞在一对高耸的胸脯上。是龚进容。龚家的幺女，东生的小姑。出走了三年，却突然出现，被我一头撞见。

龚进容摸摸我脑袋，挎个布包迈进她家院门。她比以前更胖了，简直肥嘟嘟的，尤其是腰身和肚子，重重地拽着她的身体。行走的龚进容左右脚步高低不一，她右腿本来就比左腿略微短些，现在身体如此发福，看上去就是在岸上扑哧摇摆的鸭子。

这么些年，她跑到哪里去了？不管去了哪里，反正回来了，去了哪里也就无所谓了。

"死妮子，你跑哪里野去了，还记得回来？真是没有脸皮，还回家丢人现眼……你这个没有良心的，心中还记得这个家……呜呜，我打死你，你这个狼心狗肺的妮子，呜哇……"

叫骂声后是呜呜哇哇的哭泣声。老妇的，龚进容的，接着是东生母亲的。哭声中，打闹声夹杂进来，喧闹沸腾的小院里，悲痛顿时理直气壮了。

我折回去，站在院门口。老妇抓着龚进容的衣服，伸手拍打，龚进容左躲右避，拽着悲伤的老妇一路踉跄。

你还有脸皮回来。龚东生的父亲突然从堂屋闯出来，一把拽住他妹妹龚进容头发，噼啪左右开弓。清脆的巴掌声中，龚进容蹲在地上。东生父亲又提起右脚狠踹，踹向在地上翻滚的妹妹。"不长眼的老天啊……"老妇的哭泣哀切痛楚，简直是痛彻心扉，她伸手去拉怀着一肚子怨气的儿子。哪里拉得住，反被踢到手臂，歪在地上。东生父亲更怒了，红着双眼，再次扬腿。

笑哑巴冲了出来，抱住扬腿的东生父亲，又把他推在一边，弯腰去扶地上的龚进容。

东生父亲又要冲来，被笑哑巴伸开双臂拦住。他呀呀地指着里面的铺板，又指指龚进容。意思明显得很，他们再打骂龚进容，就不给东生做衣服了。

小院再次安静下来。但单一的号啕声此起彼伏，把我送走很远，直送我到家门。我坐在门槛上，她们的号啕还在我耳边回响。

老笑在我祖父房间，他正在为我祖父净身。祖母坐在后门边，系个包袱，双手笼在包袱里，眼睛盯着地上某处。母亲在厨房里忙，小姑已经回家，抱着三岁的孩子在院子里穿梭，不时地，她轻轻抽着鼻子。她还不能哭，她必须在老笑为祖父净身完了穿戴整齐之后，才能正正规规地表达她的悲伤，哪怕她正在悲伤，却不能。只能用喉咙极力压制，然后扇动鼻子缓和。

凉寒的风穿透我的衣服，刮着我的皮肤，我身体发冷。而哀切的哭泣却经久不息。死亡的气息在幽静的缥缈的哭泣声中靠近了我。

祖父永远走了。他死在我梦里，被我梦死，提前托梦，我却没有告诉他。我泪水滚滚而下，喉咙抽动，哀切的哭声从胸膛奔出。

祖母颠着小脚走近我，拍我的肩膀，朝我摆手。母亲也走来，抹去我脸上的泪水。我还是止不住，泪水一个劲地朝外涌。母亲贴着我耳朵说："往生者不会离开的，他们去了另一个地方生活，没有任何烦恼，比我们活得还好。"

是的，老笑收敛过多少往生者的身体，他双脚就是为送往生者而存在，长期游走在阴阳两界的老笑，他的话不能不信。

我的泪水神奇般地止住了。如果亲人没有离开，只是去往另一个地方，还没有烦恼地生活，这又有什么伤心呢？相反，应该高兴才对。我听见自己长长的舒气声。

3

笑哑巴很快就来了我家。

但他带来了蹊跷。他不是一个人来的，他还带来了红肿着脸庞的龚进容。也许是龚进容跟着来的，她一直尾随在笑哑巴的后面。

我这次才看清楚，龚进容居然挺着大肚子，根本就不是长胖发福了。她鸭子般蹒跚进我的家门后，一屁股歪倒在一把椅子上，右手在肚子上摸来摸去，不住咕哝："我好饿。"

笑哑巴显然知道龚进容肚子饿，放下他的裁剪工具，直奔我家厨房。很快又跑出来，伸手朝龚进容比画，然后拿起皮尺奔进我祖父房间，又很快埋首于铺板裁剪衣服。

我母亲端着刚热过的剩饭和剩菜，递给龚进容。

龚进容接过，大口大口地挑菜吞饭。我从来没有看见谁这样吃饭，一点余地都没有，腮帮子鼓得紧紧地，上下跳动，咀嚼和吞咽声一度冲淡我家接近晦暗颜色的安静。不出五分钟，龚进容干掉了满满的一海碗剩饭，还有剩菜。她轻轻地"嗨"了声，站起来，端着饭碗直奔我家厨房。接着，又空手回来坐在刚才的椅子上，看着笑哑巴裁剪衣服。

"我……前天晚上做梦，梦见我家东生死了，所以就赶回了岛上。"龚进容突然张嘴解释她的归来。她的话语声刚刚收尾，房间气氛立马绷紧若弦，稍微一点触动就会奏鸣出脆声。

天，她也梦见了死亡。我站起来，嘴唇嚅动，却无法说出什么。

我祖母颠着小脚过来，拉起龚进容的双手，建议龚进容马上回家，理由很简单——因为她的侄子过世了，她应该回去帮帮忙，送侄子入土。龚进容还是坐着不动，只说："我不走，除非笑哑巴送我回去，否则，我哥他们会打死我的，我好累，就坐一会儿，等笑哑巴忙完，我就走。"

祖母没办法，又坐回后门边的椅子上呆看地上某处。龚进容开始坐了一会儿，看见我小姑的儿子，又站起来鸭子般踱到院子里逗弄孩子去了。孩子咯咯地笑出了声。

　　小姑抢过孩子，推龚进容走。龚进容不走，又坐回刚才的椅子上，看着笑哑巴裁剪衣服。

　　我几次欲靠近龚进容，想说说我的梦，与她交换下梦的意见。但龚进容根本就不看我，她的眼神在我家任何一个地方，就不在我身上，我只好作罢。

　　老笑从祖父房间佝偻着腰背出来，他已经为祖父净了身，等笑哑巴把丧服做好，再进去为祖父穿上。

　　从房间出来的老笑带出一身寒气，他没有按照祖母意思坐下休息会儿，也没有接过小姑递来的旱烟。眼睛扫过笑哑巴后，破陋如熬药的沙罐的喉咙吐出两个字：快了。

　　我小姑的孩子突然蒙住了脸，哇哇啼哭起来，小姑抱着孩子匆忙走开。一直坐在大门口的龚进容站起来，朝里面闪了闪身子。老笑勾腰跨出门槛，吩咐：烧衣物。

　　浓浓的黑烟中，火光腾起，老笑捂着嘴巴咳嗽。

　　天光黯淡，夜晚黑锅般扣了下来。

　　晚饭时，我父亲回家了，大姑一家人也赶来一起吃饭。龚进容也和我小姑一样端个饭碗站在一边吃。笑哑巴倒是心疼她，不时站起来给龚进容夹菜。龚进容大口扒饭嚼菜的声音成为饭桌上唯一的声响。

　　晚饭后，笑哑巴才做好丧服，他把做好的丧服叠好，交到老笑手中，就开始收拾他的裁剪工具。龚进容紧紧挨着笑哑巴，似乎没有笑哑巴，她就会有大难临头。

　　笑哑巴带着龚进容走了。具体是送龚进容回家，还是带龚进容回到他的家，我们都不知道。这根本就是没意思的话题。

　　老笑再次从祖父房间出来，房门大开。他扬起右手，做了一个请进的姿势后，挎上他的藤条箱子转身离开。

　　我大姑搀扶着祖母，小姑与我母亲父亲跟在后面，走进祖父的房间。我站在斜对着房门的堂屋里，一眼瞥见睡在窗户下一张木板上的祖父，这个往生者一身黄色衣服，头戴黄色帽子，面无表情，陌生至极。

哭声冲天而起。我眼泪似乎受到感召，奔涌而出。在号啕和哭唱的声音中，我听见我只有蝉般的"啊啊"鸣叫声。但我的泪水，却成为刺痛我脸颊的锐利刀片，轻易地反复地滑过。我感觉到这个夜晚的疼痛。

我靠着墙壁，一边哭泣，一边安慰自己，往生者就是去过没有哭泣的也没有烦恼和疼痛的生活，他们享受福气去了。这是多么好。如此安慰着，我的哭声居然弱小下来，也停止了抽噎。

奇怪的是，我这个晚上又做了梦，梦见一个穿黄衣服的人儿，骑在一条大鱼上在我们庙村游弋行走，从我们身旁无数次地擦身而过。就在我们齐齐伸手想拽住大鱼时，大鱼驮着黄缟在身的人儿一刺冲天而去。

这定然是好梦。我的睡眠安稳而舒服，如同这样的夜晚。

4

事实是，那个夜晚并非安稳，也说不上舒服。

我们家为我祖父搭起灵堂守灵，而超度是第三天夜晚的事情。也就是说，前两个夜晚是以心灵祭奠，超度的夜晚是以声音祭奠。可当天庙村的夜晚因为龚东生，声音太闹了，闹出声响的夜晚，一度冲击我家的肃穆。

龚东生这个夭折的豁嘴孩子，在当天晚上被下葬在大堤下面的树林里。我所知道的庙村规矩，丧事应该是在青天白日下进行的，必须锣鼓喧嚣、鞭炮轰鸣、唱哭绵延，总之越是热闹越是规矩。哪怕小孩子家。他或她毕竟是在我们庙村存在过，给我们庙村留下他们的声音和气息，他们走了，到另一个世界去，我们庙村说什么也要按照规矩送走他们。

龚东生是个例外。先龚东生而去的两个豁嘴哥哥也是例外。

例外也出在他们的豁嘴上。每一个庙村人都心存良愿——走路的人，在白天入土才能记住回家的路，不管他们是以什么方式回家，重新投胎也好。可豁嘴呢，不独龚家，所有庙村人都不希望他再回来，特别是重新投胎。

　　只好选择夜晚下葬，只好找江水上堤岸下的树林下葬。

　　下葬也是沉默的，没有锣鼓、没有鞭炮、没有哭泣。只有铁锹挖土的声音，只有江水拍打的声音，只有风过林梢的声音。

　　可是，哭泣还是响亮地在我们庙村回荡。那是龚进容的哭泣声，但她不是为下葬的永远再无法见面的侄子哭泣。她先是被拒绝送龚东生入土，被赶出家门。龚进容挺着大肚子尾随着送葬侄子的队伍来到树林里，一直躲在人群后面，看见最后一锹土即将淹没侄子小棺材时，突然记起回家的目的，于是闪身于前，握起铁锹要加土，被龚东生父亲龚进容的大哥发现。百般恼怒、心情郁闷的男人，一把揪住龚进容的头发，一个巴掌扇去。龚进容及时举起铁锹挡住，却被迅疾有力的巴掌弹回，倒在地上，刚好倒在龚东生的坟墓上，那是刚刚掩埋了棺材还没有堆起来的坟墓。

　　挺着大肚子的龚进容跌坐在泥土里，想站起来可不容易。不容易的当儿，她的三个哥哥纷纷扬起铁锹挖土，朝着坟墓送土，土块一个跟着一个地堆在龚进容的身上。龚进容就开始哭了，不是哭泣，而是哭喊，破开了喉咙，歇斯底里地哭喊，一边哭喊一边拼尽全力地挣扎爬出。

　　"我给侄子加把土不行吗……你们……你们要活埋我……我是你们的亲妹妹啊……我还怀着孩子……天理难容……"

　　哭声不只有龚进容的，还有她的老妈的。她的老妈本来不想哭的，可是泪水根本就不听她的指挥，急急地跑到眼眶外，热热地淌着，又凉寒着脸颊。泪水都出来了，还憋着声音干什么——事后，她对我们庙村人如此解释，她解释为，那晚江边的哭喊声都是她一个人的，她这个白发人送走了三个孙子，怎么想得通怎么能够承受？所以，她破喉哭了，她在哭请老天爷公道些，有什么想法不要找小的要找老的。

她这么说，我们庙村人都跟着唉唉叹息。尽管，我们都知道，她说的是假话，可是，这样的假话却比真话更令人信服，我们揭穿有必要吗？那个龚进容的哭喊声震破我们耳朵，相比她老妈，也不值得争究了。

不争究并非等于忽视。我们忽视不了。

在龚进容老妈挡住哥哥们的拳头当儿，她从坟堆上爬起跑开，一路哭喊着跑开。家是不能回了，而挺着大肚子满腹伤心还有伤痕的龚进容，在这个漆黑的夜晚能够去往哪里？

这根本就不是问题。我们听见一路风声般呼啸的哭喊，直直地安稳地落户于笑哑巴和敛师老笑的家里，然后呼啸般的哭喊过渡为有气无力的抽噎，直至消失。

我们庙村就是这样，所有房屋都建筑在高高的土台子上，建筑在土台子上的房屋，谁个声音大点，我们全村人都能听见。同样，高分贝的哭喊声一下减弱，更能引起大家的注意。

龚进容呼啸般的哭喊能够平复下来，只能说明一个问题，她被笑哑巴收容了，笑哑巴的家成为龚进容的避难所。

我们都竖起耳朵听，希望能够听见什么。毕竟，笑家不是普通人家，笑哑巴肯定能无条件地接受龚进容，而敛师老笑呢？敛师老笑多不寻常啊，他那样古怪几乎称得上不通人情的人，他是怎样的态度？

想想吧，突然间，一个莫名其妙出走三年的女人，挺着大肚子回来被家人逐走的同村女人，在月黑风高的夜晚跑到了笑家，一个只有父子两人的男人家庭，他能够接受？

约莫一壶茶的工夫，我们听见敛师老笑的咳嗽声。于是，我们刚刚软塌下去的耳朵又支棱起来。

"咳，就一晚吧，明早就得离开。"

老笑干巴巴的声音，与平常没多大区别，同样要我们心头一凛。起码，我听见老笑的声音后，眼前马上浮现出他疹人的脸色和眼神。这样的人，还会说出什么？我们支棱的耳朵许久也没放松，却终于徒劳。庙村夜晚的安静，不亚于一口干枯的老井，越往下越黑沉。黑沉中，我陷入飞鱼的梦中。

5

第二天，我们庙村是鸡飞狗跳的一天。

龚进容在笑哑巴的护送下，又回到了家里。她的胖身子，鸭子般地左颠右晃，深一脚浅一脚的，跟在笑哑巴后面走走停停。这哪里是她在求回家？分明就是跟着笑哑巴走亲戚。瞧，她的脸庞、额头和鼻子沁出了汗珠，在太阳下，汗珠亮晶晶的，而面颊竟然微微发红，与晶亮的汗珠彼此映射。还有那眼眶里，莫名地浮荡着一层水色。

更要人愕然的是，鸭子般颠簸的龚进容，走着走着，就把双手放在坟墓般隆起的肚皮上来回摩挲。

她这一举动，要我们庙村人下意识地感觉，她幸福着，作为一个怀孕的即将生产的母亲，尽管肚子里的孩子百分之百的就是一个野种。可是，这个野种为这个女子带来了巨大的不可名状的幸福。

有时候，幸福是能感染人的。笑哑巴就被感染了，他在前，也是走走停停，停下来当然就是等待龚进容，而停下来的笑哑巴，面颊居然堆满了笑意，还有那眼神，柔柔的。我从来没有看见笑哑巴那样温柔过。

我都看在眼里。我去龚家借蒸笼和筲箕，刚好在路上遇见他们俩前后颠簸而来。我忍不住也笑了，由衷而无声地，看着他们俩，跟在他们俩身后，一起走进了龚家。

后面不用说了，自然又是鸡飞狗跳似的武斗。龚家三个男人一起驱赶龚进容，还要给她这个丢尽龚家脸面的女子教训。操家伙的，举拳抬腿的，叉腰辱骂的，龚家顿时热闹起来。

龚进容又哭开了，从幸福到无助的距离只能由伤心的哭泣来弥补，龚进容是最好的实践者。她的哭声大而绵长，委屈感十足，有些撕心裂肺的味道。

那一刻，倚靠在院门一角的我，对哭泣着的女子充满了怜惜。我哀哀地叫道："别打了，她肚子里还有孩子。"

"打的就是这个怀着野种的不要脸的骚货……"我脸热了，后悔自己的多话为可怜的龚进容惹来更大的羞辱。

可我无能为力修补。有些场合，修补不过是更大的错误，避免错误延续的最好办法就是不修补，甚至割裂。笑哑巴就是这样做的。他冲上前去，挡在龚进容前面，抡起歪倒在旁边的椅子左右横扫，逼退三个男人。

笑哑巴放下椅子，拍拍巴掌，转身拉起哭泣的龚进容就走。他似乎很生气，脸膛发红，呼吸急促，走得迅疾，几乎把站在院门旁的我挤倒。而臃肿的龚进容居然轻捷地跟着笑哑巴而去。

不晓得老笑的态度。反正，跟着笑哑巴回家的龚进容又没有了哭声，而笑家安静得没有一点声音。直到下午。

下午，笑家也热闹起来。龚家三个男人齐齐闯进笑家，他们不是要请龚进容回家，而是不仅不许龚进容回家，还不许她留在我们庙村。

"赶走这个带来霉运的女人，让她从此消失于庙村。"

我们都明白了三个男人来笑家的目的。即使不是笑家，是我们庙村任何一家，只要龚进容进了人家的屋，他们都会寻来宣战。

笑哑巴才不管，他根本就听不见。也许由老笑转达，他弄懂了龚家男人的意思，可对于笑哑巴而言，根本就与不懂一样。他只晓得，龚进容不能受到打骂，藏身在他身后的这个女人，哭泣得声音已经嘶哑的女人，已经用所有的行为证明，她把他看成了保护神，他就必须把这样的看法或者说信任无条件地建立起来并延续下去。

笑家的热闹，除了龚家人，还有我们庙村看热闹的人。看热闹的人目睹了笑哑巴的力大无穷。他一个转身就撸倒一个男人，一次伸臂就挡回一次进攻，一抬腿就引来对方的龇牙咧嘴。

可这样的人，他有软肋，就是老笑。老笑很长时间消失于众多眼神外，在龚家三个男人均挂彩后，老笑不晓得从哪里冒了出来，咳嗽一声，眼神凌厉地滑过笑哑巴。笑哑巴就安静下来了。

安静下来的笑哑巴，也不是蔫蔫的，而是眼睛定定地看着老笑。老笑也还他几眼，还有点头。他们在以眼睛交换他们各自的意见。

老笑轻易不说话，一旦他说话，可就是一语千金。他说："请看热闹的乡邻回家，与你们无关，看多无关的事情会乱操心，言行就会偏颇，以后，做往生者可就难了。"这话难听，简直恶毒。

庙村人却习惯老笑的恶毒，又信任他的恶毒。在老笑话音刚落的瞬间，庙村人立马转身离开。

笑家只剩下龚家的人。热闹减半，再减半，随着天色的黯淡，枯井般的寂静笼罩而来，并在庙村迅速蔓延。

那一晚，龚进容没有留在笑家，更没有离开我们庙村，而是跟着她三个哥哥回到了龚家。归家后的龚进容也再没有放声哭泣，龚家在那晚也没有传出打骂声。

而那一晚，月色正好。月亮是下弦月，清亮，清冷冷地在地上铺上了一层水银，并摇曳着风声流淌。我们庙村在流淌的水银上轻悄地落下寂静的影子。同时，又是意味深厚的影子。龚家的寂静是我们庙村夜晚枯井般寂静中的一分子。

难道，龚家被收敛师老笑做通工作，留下了龚进容？

是夜，我的心头浮出一个浅浅的想法，龚进容终于回家了，而龚家在丧失一个孩子后，又会收获另一个孩子。

按说，龚家应该高兴啊。

6

下弦月清冷的夜晚，我们庙村有人听见老笑家有女人的笑声，即老笑老婆笑哑巴母亲的笑声。准确地说，在月色清明若水的夜晚，有人再一次听见老笑召回了故人相聚。

我说过，敛师老笑是一个怪人，怪就怪在他生命中的大多数时间是在与亡者打交道。就拿他的面貌来说吧，整个脸庞瘦狭，毫无血色，灰蒙蒙的泥土般颜色。一看，就是长期奔赴于路途的人。而路途——我前面介绍过，就是为亡者送行，在老笑自己看来，是送往生者上路。

大概，在这个世界，只有老笑知道往生者生活得不同于我们的另一个世界的，尽管他从没有对我们描述，从没有对我们透露那个世界的半点消息，可他用他多年的凌厉，近乎热忱般的凌厉，把他的想法强加给我们。我们无条件地接受，有那样一个世界存在，与我们的生活并存却并非雷同。否则，流传于我们庙村的天堂与地狱之说如何解释？没有了地狱，我们庙村人依靠什么约束他们的行为？没有了约束，某一天他或她即将成为往生者的刹那，又有谁来超度灵魂？灵魂不能超度，当然就不能够重新行走，又如何成为一个往生者？

与其说收敛师老笑强加给我们一些想法，不如说是他促成我们一致的认识。我们庙村相信，相对于“活”，只有“死”的存在，才能协调，构成平衡。那么“活”与“死”，其实都是同等分量的存在，能构成彼此照应的存在，只有好“活”，才获得舒服的“死”——按照老笑的说法，往生者的称呼最能说明问题。这么说来，老笑的怪反而是一种震慑了。

老笑那人有能耐，他还能召回他走路的老婆。

这是流传我们庙村多年的一个说法。不止一两个人说起，三五个吧，都一致地表达，他们曾经听见，老笑家里，老笑与他女人的说笑声。当然，都是夜晚，还是月色清明若水的夜晚。

他老婆的声音，这么多年了，一点也没有改变，还娇滴滴的。

说这话的，是上了年纪的庙村人。他或她说着这话时，眼神收减直至自己的眼眶，仿佛沉浸于记忆，在极力回味往昔的细枝末节。这样的表情根本就不是炫耀卖弄，不是故弄玄虚，而是以专注的姿态增加了真实感。听者也会受到感染，不由得去想象那凭空而来的声音，在将信将疑中，注入会心一笑。

隔些时间，老笑就召回他女人并与女人相聚……我们庙村几乎都知道这样的传闻，但没有谁真正看见。可有人听见啊，听见那娇滴滴的女声回响在孤寂的老笑家里。

现在，又有一个人听见。

这个听见的人不是别人，是我的祖母。还是在我祖父走后的尚未超度灵魂的夜晚。月色若水，声音凋敝的夤夜。她说她自己一直睡得很好，却在后半夜醒来，醒来后坐在床上，听见外面有谁走动的声音，于是，她披衣下床，换掉守夜的大姑小姑她们。

祖母枯坐了一会儿，又听见逐渐远去的悉索脚步声。她走到屋外，溜达一会儿，迈脚走出院门。院子外面，月色白银般流泻一地，而房屋和树木跌倒的黑影轻飘飘的，一会儿短、一会儿长、一会儿胖、一会儿瘦。祖母靠着院门，看黑影变着戏法长短胖瘦地在水银地上飘浮。这时，她听见女人娇滴滴的声音，还有老笑哈哈的笑声。

祖母不由迈开脚步，朝老笑的家走去。老笑家只与我家隔一个堰塘。也就是说，下了我家的高台子，折一个百步小路，再过一个堰塘，就是老笑的家。

祖母刚刚到堰塘边，她听见老笑送别他女人带痰的声音：趁月色浓，走好啊，我们再约……祖母说，我就站住懒得走了，人家相聚，我看什么看？何况他女人都要走了。

祖母的说法里有赌气的意思，而这赌气恰恰给我这样的听者再次增添了兴趣。在我父亲不耐烦地纠正祖母是幻听时，我语气肯定地打断了父亲的话，说："不是，肯定不是。"

父亲瞪我一眼，走了。他是个医生，是不相信有关老笑召回女人相聚的传闻的，更不许我尚未成年也相信。

这是封建迷信，是糟粕……父亲言辞激烈地否定。他很不耐烦祖母的絮叨，认为祖母是因为走路的祖父伤神而出现了幻听。这些天劳力劳心了，要好好休息……他扶祖母进房屋休息。在进祖母房屋门时，父亲回头再次给我一个凌厉的眼神，警告我此事到此为止，不要再缠搅这样的话题。

他不信，还不许我信。我胸口堵上一层油腻，慌得很，也躁得很。总有一天，你会相信的，我的父亲。

正如，我那熬夜牌战一个通宵，然后在柚子树下睡去的祖父，他哪里是不存在了？他是你们所说的走路了，去做往生者了，而在某一天，感应了心灵的召唤，他会重新回到家里，即使我们不能亲眼看见他，可我们一定能够感受到他的存在。甚至他还会走回我们梦里——谁说这不是相聚？现在，我们所有的祭奠，包括脱掉孝衣后的日子里的怀念，不过都是召唤，于往生者，恰如奏响了他逃离那个世界的遁走曲。

已经是停放祖父的第三天。

和尚道士请来了，丧鼓班子请来了，客人们也来了。白绫扎就的灵堂早在院子里搭建起来了。穿着一身白色孝服的我，混沌着眼皮，坐在后门门槛边，任霜风吹来，细针般扎在我裸露在外的肌肤上。

这算不了什么，太阳还在树梢上面晃着胖脸蛋，虽然虚浮，可也是亮堂堂的，毫无保留地把光热抛洒在我身上。

我感觉到自己又陷入一个梦里，一个面红齿白的女子翘起兰花指，戏子般地轻移莲步，飘到一个黑影后面。那个佝偻腰身的黑影突然挺直了脊梁，静静站住。女子咯咯轻笑，然后踮起脚尖，双手伸出，蒙住黑影的眼睛，娇滴滴地问道：我是谁，猜猜？

7

你能想象，第三个夜晚，在我们庙村有多热闹。

而这热闹，仅仅在我家里。我家因为祖父的走路而为我们庙村支撑起夜晚的奢华殿堂。以纯白和金黄为主的颜色，把我家包裹、充塞，而粗壮的红烛坐守于灯笼前，哗哗地朝四围流淌出团团红火，又慷慨大方地在黑暗中辐射，漫无目的地辐射，见者有份。我家地上、房顶上攒集出比白昼更加动人的光芒。

这个夜晚，在我们庙村的夜晚由此不同凡响。

我家正在为我祖父超度，超度这个正在起步的往生者。歌声、哭泣声、诵经声、倾诉声、笑声、唢呐小号声，还有跳舞声，应有尽有。

万物无邪

堂屋里停放着黑漆漆的棺材。我祖父一身黄绸躺在棺材里，继续他的睡眠。棺材外面扎着白绫，白绫头尾挽出纯白布花，是大朵的盛放的莲花，雍容华贵，安然恬静。棺材正对着大门，下面是烟雾缭绕的落气钵子，钵子里火光缤纷。院子就是灵堂。身着袈裟的胖和尚端坐一旁，左手竖在鼻梁上，右手敲着木鱼，口中念念有词。

披麻戴孝的亲戚们排着队磕头作揖，而我却打头阵，跪在队伍最前最中间。唢呐阵阵，丧鼓敲起。一个黑脸汉子跳出，跳到门槛前，扯开喉咙唱道：

日吉时良，天地开张，
亡者升故，停在中堂
……
引魂童子穿身黄，
接引亡者到天堂
……

我被黑脸汉子扶起，跨过门槛，跪在落气钵子前磕头烧纸。我是在充当黑脸汉子歌唱中的引魂童子吗？我心生疑惑，因为我已经是初中生了，不再是儿童，还一身白色孝服，与他唱的“引魂童子穿身黄”格格不入。但我还是在心中认定，黑脸汉子有此意——要我客串下引魂童子，接引亡者到天堂。

我想起老笑的“往生者”的称呼，他说的另一个世界，是不是黑脸汉子所唱的“天堂”？也许是，也许不是。天堂与我们庙村太遥远，而另一个世界虽然再模糊，可接近我们的想象。起码，到了天堂的人都是身心俱空的仙人，固然没有伤心疼痛，可也没有了记忆也没有了想念，而另一个世界里生活的往生者就是与我们庙村一样的普通人，会念旧会以心感应。

瞬间，我心中浮腾出一个想法——老笑来超度亡魂，也许更有意思。

想归想，还是老实地配合黑脸汉子完成跳丧。也是奇怪，那晚，我除了疲倦，丝毫没有伤心。仿佛，明天就要入土的祖父已经与我没有关系，他走路成为往生者早已经被我意料，一个摆在我眼前的事实而已。

父亲倒是流了泪，眼眶红红的。他哽咽着说起，爹一生太苦，左躲右藏的，从水灾到抓壮丁，到处折腾，没过多少舒心日子，刚刚安身下来，却……我两个姑姑就在旁边尖着嗓门哭开了，一边哭一边唱，从我祖父儿时丧母的经历慢慢唱起，此起彼伏，抑扬顿挫，细节丰满，结构完整。祖父一生充满苦难充满传奇，但他以牌战和睡过去的姿态结束了他动荡的一生，总算要我们安慰。

我从父亲眼红的时刻，就站在父亲旁边。在我两个姑姑唱哭暂停喝水歇息的刹那，我拉父亲衣角。父亲抬眼看我，我凑近嘴巴轻声说："在爷爷走路前的晚上我就梦见了。"

父亲开始根本就没搭理我。许久，在姑姑们又开始唱哭时，他抬起脑袋，惊讶地问我："梦见什么？"

"梦见有人死了。"我为父亲的怠慢不满意，把"走路"换成了"死"，口气硬邦邦地答道。

"你爷爷？"父亲继续问。

"不止他，还有豁嘴龚东生。他们都托梦告诉我了。"

父亲继续保持他仰着脖子询问的姿势，眼睛里满是陌生的疑惑。而漫漶于红肿眼眶里的疑惑，有比不信更多的相信。

我的父亲，你在将信将疑中，信比疑显然要多，我看出来了。我不问不求证，你的眼睛比语言更有说服力。

"那又怎么样？巧合。唉，他们还是都走了。"

父亲低下脑袋，满是沮丧和悲痛。他以成年男子应有的哀悼，愣愣地陷入沉思和缅怀中，周围一切如同虚设，包括我。

我不服气，跳到他跟前，双目紧盯父亲的脸庞，在姑姑们的唱哭声中，字正腔圆地说道："那说明，他们可能知道他们要去——你知道吗？龚进容也梦见了死亡，这就是龚东生给她托的梦。"

"你——是不是在发烧？"父亲愕然半晌，伸出右手摸我额头。

我没有跳开，由他摸去。我清凉的额头会告诉他，我丝毫没有说胡话，我很正常。

"我跟你说过，不要缠搅这些迷信事情，搞得像神经病。"父亲生气地站起来走开。我愣在原地。鼻子一酸，泪水夺眶而出。

我没有拭擦，在这个超度亲人亡魂的夜晚，没有比流泪更正当更令人信服的事情。

8

在第四天送我祖父入土为安后，我才听说，第三个夜晚的确热闹，超出我想象的热闹。

第三个夜晚的热闹，并非只是我家。我家超度成为往生者的祖父灵魂，固然热闹了些，但龚家也不甘落后。龚家虽然在同一天有人走路了，走路的虽然还是一个未成年的孩子，但毕竟都是丧事。因为是说不出口的丧事，相对于我家，他家是悲丧，而我家是喜丧。喜丧嘛，皆大欢喜。而悲丧，则近于羞耻，当然低调些为好，越是没有声音越能够遮掩它浮荡出来的耻辱。何况，当天晚上，龚家就送走了走路的龚东生，龚家的热闹自然与丧事无关了。

说来有意思的是，龚家竟然有了喜事，在我们庙村近段时间来最热闹的夜晚，奉献了一桩好事情。于龚家名正言顺，使他们大舒一口气，于我们庙村也说得过去，看上去真还是一桩功德圆满的事情。

当然是与龚进容有关了。

龚进容，这个怀揣着已经成型、不久将降临人世的孩子的未婚母亲，还是跑出去三年后突然返乡的名节污秽的女子，她总算有了一个名头。此后安居于我们庙村的名头。这个夜晚注定是热闹的，于她。

龚进容出嫁了，在第三个夜晚，我们庙村热闹异常的夜晚。因为她的出嫁，我们庙村那个夜晚就是热闹非凡了。

她和笑哑巴怎么选择晚上成婚？白天不行吗？

这是我们庙村人都疑惑的地方。但，很快我们都了然了。龚家的三个哥哥是一天也不愿意龚进容待在家里的。他们口气强硬，建议笑哑巴白天就接走——必须接走龚进容。一天怎么来得及？笑哑巴要拾掇房屋，还要去镇上准备一些东西，包括吃喝用穿床上用品等等，他要把笑家装扮得焕然一新后再接进新娘子，一天当然来不及，两天三天都来不及。但没有办法，龚家哥哥实在厌恶了妹妹龚进容，口辞一致地决定，龚家只能留宿龚进容一晚，否则开赶。她在三年前就走了，现在跑回来还是她吗？那样名节污秽身体肮脏的女人，龚家承受不起留不起。龚家承受的还少吗？走吧，赶快走，走了就不要回来。

绝情到无法通融的地步。笑哑巴只好答应马上接来龚进容。

笑哑巴匆忙拾掇一气，特别是把晚上安身的房屋收拾整齐后，就推出自行车迎亲了。此时，夜色正浓，庙村因为我家热闹得近乎沸腾。笑哑巴推一辆永久牌自行车，自行车龙头扎着鲜红的红绸子，红绸子正中亮着炽白的手电筒，而车杠和车座也用红绸子包裹个严实。手电筒亮出一条洁白如霜雪的路，牵引着笑哑巴一步步走来。

是的，虽然是崭新的自行车，但笑哑巴根本就没有骑，他舍不得骑还是因为庄重？我们不得而知。笑哑巴双手把住自行车龙头两端，推着自行车来到龚家。到龚家后，叮铃铃地按响车铃。按车铃纯粹是多余的，于他，他根本就无法听见。但他按得欢畅彻底——那肯定不是想要他自己听见，是为了要龚家甚至我们庙村的人听见。

推着自行车的笑哑巴站在院门前，不住地按车铃，一遍遍，丁零零的声音响彻好久。

龚进容奔出，一头扎进手电筒亮出的光柱里。出现在笑哑巴眼前的龚进容看上去很有喜气。她头发挽成了一个髻，髻上插一个鱼形的碧玉簪子（据说，那是她老妈送她的），碧玉簪子旁又插一朵红色绒布折成的花朵。其余，与平时没有两样。衣服鞋子，都是她回家时穿的，因为多次被追打，衣服和鞋子都沾上了泥圬。

龚进容朝笑哑巴伸出了右手。笑哑巴停止按车铃，推自行车走进院子后，腾出右手拍拍自行车后座。龚进容大踏步奔向自行车，把屁股提起，靠在后面的座椅上。

龚家三个哥哥站在屋檐台阶上，一律双手抱肩，冷眼看着。龚家老母亲弓着身子出来，拉下龚进容，闪在一边，又上前以丈母娘的口吻提醒笑哑巴——无论如何，还是要放鞭炮的。随即醒悟，笑哑巴根本听不清楚，马上伸出双手打手势。又张开嘴巴不住地发出"鞭炮"的口型。

笑哑巴回应了"鞭炮"的口型，不住点头。并伸出右手指指龚家，又转身指向他们笑家。意思很明显：鞭炮肯定要放的，不仅在你们龚家放，回到笑家还要放。

龚家老母咧嘴笑了，笑着笑着，眼泪溢了出来。站在一旁的龚进容上前拽扯笑哑巴的胳膊，示意他马上放鞭炮。龚家老母耷耷鼻子，朝笑哑巴示意，别在院子里放，要在院子外面放。

笑哑巴停好自行车，从挎包里掏出鞭炮，在院子外摆放好，划火柴点上。火星子哧的一下，火光腾起，轰隆声接二连三地响炸。天晓得，笑哑巴准备了多少鞭炮，噼里啪啦的，轰隆若霹雳，星星火火的鞭炮炸了好半天。一时压倒我家的热闹气氛。

龚家放那么响的鞭炮干什么？在我家做客的亲戚乡邻都跑出来看，一时又不明白缘由。不明白又各自心知肚明了，还不是为那个夭折的孩子。随即，马上气愤地议论：化生者（庙村称呼夭折的孩子）不是早入土了嘛，还放这么大的鞭炮，是什么意思？不服气啊，不服谁的气，还能不服老天爷的气？难怪龚家就没好日子，看那个跛脚女子，一身晦气回来，没法说了……

亲戚乡邻因为这些一致的想法，懒得关心龚家的热闹了。鞭炮再响，却响得没有由头，不看也罢。

龚家轰隆隆的鞭炮炸响声中，我家的鞭炮声、乐器声、唱哭声也闹腾起来。声响中的庙村夜晚，欲说还休似的，低俯下它满腹心事，朝着更深沉的黑暗走去。声响在外，庙村夜晚向内再向内，却由此单纯起来。对亡者的超度遮盖了龚进容与笑哑巴的连理之喜。

而后，笑家绵长的轰隆作响的鞭炮，虽然也引起我们一度猜想。可是，这些猜想在我们为一个走路亡者的超度中再次失却意义。这毕竟没有用。管它什么，明天就会显山露水真相大白。

龚进容第二天头戴红花第三天换上笑哑巴为她缝纫的红色对襟棉袄，以标准的庙村新媳妇模样出现在我们眼前，昨晚龚家笑家轰隆隆的鞭炮声再次在我们心中轮番炸响。

连理之喜，好事。我们不论男女老少，均送上由衷的祝福。

我说的是——"你真漂亮，你肚子的孩子一定也好看。"

龚进容乐得嘴巴都合不拢，双颊浮荡起一层红晕。眼睛左右瞅瞅，悠着声调告诉我："顶多一二十天后，他（或她）就要来了。"

"那好嘛，笑家可是要喜事逢双了。"我想都没想，出口说道。

龚进容眼睛眯成了一条缝，手拍肚皮点头说："可不是吗，笑哑巴说了，我肚子里的孩子肯定就是他笑哑巴的孩子。"

"他肯定会喜欢的。"我的话似乎有安慰之意。

龚进容捕捉到，面露不悦之色，眼神瞟了我一眼，以极其轻泛的语气回应："那还用说吗？"

9

我们庙村有个习俗，凡是乡邻有嫁娶喜事的，都会邀请一对新人来自家做客，算是恭贺祝福。

我们家办完祖父丧事，并过了头七后，邀请笑哑巴和龚进容来我家做客。按说，应该在五七后才能邀请新人，但我祖父走路走得特殊，激情牌战后睡了过去，不仅毫无伤痛，还是心满意足，这分明是不折不扣的喜丧，接近喜事。头七后邀请新人做客，自然不过。

笑哑巴与龚进容上我家做客，正是我遇见龚进容并夸奖她与她肚子里的孩子后的第七天，也就是标准的一个星期后，我刚好放了寒假。

龚进容是笑哑巴用自行车推来的。自行车仍然头戴红花，裹着红绸子。龚进容一身红色长袍，喜气得很。她的肚子大得吓人，撑得长袍子都快裂开了。

我母亲问："快了吧？"

"快了，估计刚好过年时生，好家伙，会赶趟啊。"龚进容笑着回答，双手轮回在肚子上摩挲。

"准备好没有？尿布啊小衣服啊被褥啊什么的，都要早先准备好。我这里还有小孩子的东西，你不嫌弃的话……"母亲递过我儿时的戴帽披风。那是我舅舅从云南买回的小披风，红色金丝绒的，用白绒毛再绲边，洋气又温暖。哪怕在我们庙村再放个十年甚至二十年，仍然不过时。

龚进容眼睛一亮，双手接过，口中忙不迭地致谢，并递与旁边的笑哑巴看。笑哑巴接过抖开，竖起大拇指，嘴巴裂成一个碗口形状，眼睛弯成月牙形，不时与龚进容交换喜悦。

母亲祖母到厨房里忙碌去了，我回到房间研磨写书法。龚进容在堂屋坐了一会儿，可能觉得没有意思，便踱到我房间看我写书法。我那天特不静心，写一张揉一张。龚进容就笑开了："呵呵，这样毛躁不如不写，何必？"

不等我答话，她又张开双臂伸了一个大懒腰，哈欠声悠长又韵味十足，惹得我不禁也跟着张嘴打了一个小哈欠。

"喏，听说驼背老爹走路前，你梦见了？"龚进容靠着房门问道，眼睛盯着我，满是询问。

"梦是梦见了，但我梦见的是凄惨惨的丧事，不是……"我一边收拾笔墨纸张，一边回答。

"什么意思？"龚进容走近，眼神钉子般钉在我眼睛上。

"我是说我梦见有人走路了，却不晓得是谁，反正是有人走路了，不是吗？不仅仅有我爷爷，还有你家侄子龚东生啊——哦，听说你也是梦见了丧事才赶回来的？"我迎接的目光也满是询问。

"我梦见我家侄子东生，他走了，小狗一样裹在一个纸箱子里面，埋在了土下。嗨，就是那么一回事情，就像我前两个侄子一样，我这哪里是梦呢？不过是自己告诉自己，我要回家了……再说，我挺个大肚子在外面太不容易了，干脆回家生孩子，总不会饿着冷着，保险啊。"

龚进容说着说着，眼睛从我身上移开，朝着房屋打量，而后把眼神投向木格子窗户上。窗户不大，玻璃是小块的，紧闭，却承接了外面犹如霜雪般的天光。龚进容的眼神一定穿越了窗户玻璃，并朝着玻璃外面的世界蔓延。这样，她看上去显得出神了，似乎陷入了漫无边际的沉思。

房间一时静默。

我脑袋混沌一片，纠结于龚进容的话语中。她明明梦见了龚东生的噩耗，却归结不是梦，说是自己给自己的一个提醒，简直是比现实还要真实的预告，又说自己回家还因为是回来生孩子保险——而事实

141

遁走曲

是，回家后的龚进容根本就进不了家，不断地被三个哥哥追着暴打，她保险吗？

转而又想，龚进容进不了她龚家，却有了新家，真正实现了她说的"不会饿着冷着"的愿望，而且笑哑巴多疼爱她啊，任谁都看得出来，笑哑巴就是她的保护神。

这个女子。

我眼神投向龚进容。龚进容早从沉思中醒来，转身离开了房间。她先回到堂屋抓了一把葵花子，然后鸭子般蹒到厨房去，参与我母亲和祖母的唠嗑中，她哈哈的笑声，夹杂着葵花子的绵软甜蜜，一阵阵从厨房里飘出。

吃饭时，我又说起了梦，慨叹无法解释的神奇。"我们怎么就梦见即将发生的事情呢？这一定是他们托梦告诉我们，要引起我们的注意，也可能是在与我们依依惜别吧，可我却没当一回事情……梦真不是无缘无故的……"我把眼睛投向餐桌上的父亲。

父亲不看我。他根本就不相信这类空虚无边际的东西，在他眼里，不过是无稽之谈。

"……你说，你怎么就梦到了你家侄子东生？"一时气恼，又不愿就此服输，我转头问龚进容。

"唔——"龚进容吞下一口饭团后，张嘴说，"怎么梦见东生？还用说吗，我前两个侄子不都是在他们四五岁的深冬就走路了？走路时不都是被塞进一个箱子里睡下，就像小狗一样懒得动弹身子，然后就睡在了土下……"龚进容停止下来，既不说话也不吃饭了，她嘴巴保持半张的姿势，左手端碗右手拿筷子定格在了半空中。

我母亲站起来给龚进容舀了一勺子鸡蛋羹，催促她吃饭。

"怎不会梦见？唉，就是命啊，有时抗不过，这不，他托梦来告诉我了，即使不托梦，我也知道……"龚进容埋首于饭碗，大口吞咽饭菜。

命？我糊涂了。龚进容她说到了命，以梦说命，两个无稽之谈等于大虚无，但从她嘴巴里说出来，那么贴切自然，好像她了然于胸却又无可奈何似的。不是这样，又有如何的解释？

若此,她三年前出走,是为了抗拒冥冥中的命运吗?而现在为一个比梦要真实的召唤(这是她的看法),带着一个不晓得父亲的孩子返回我们庙村,是对命运的抗拒,还是臣服?抑或继续扭转?

龚进容吃得狼吞虎咽,仿佛一直饥饿没有吃饱肚子似的,她的额头和鼻尖又亮晶晶的。我看出,那是热乎乎的对胃口的饭菜填满她身体后漫溢出来的汗珠。舒服透顶、满意透顶的汗珠。

吃过饭后,等我母亲祖母收拾完餐桌,龚进容就坐在笑哑巴的自行车后座上,由笑哑巴推着回家了。她的怀中抱着我母亲送给她的鲜红金丝绒小披风,犹如怀抱着熟睡的婴儿。

10

在我们庙村人看来,厄运随身,特别是又被喜庆烘托,厄运就是坏命了。

腊月三十的晚上,我们庙村都吃过了团年饭,围着火盆嗑瓜子唠嗑,准备迎年的时候,笑家传来龚进容杀猪般的哭嚎声。

"要生了。"我母亲探个头便说道。

是的,上次龚进容在我家做客不是说她临产期就在过年吗?真准,还是好时候,辞旧迎新之际。

龚进容杀猪般的哭嚎一声跟着一声传来。我父亲转头朝外望了望,嘴巴张张,最终也没出声。我们都知道,他无非是想说,生孩子是大事,最好送到镇医院去生产。

可我们庙村多年风俗,女人家生孩子就是在家由接生婆接生的,比如我祖母生育我父亲两个姑姑,我母亲生育我,都是如此,特别是我母亲生育我的时候,是凌晨,而父亲那时还远在省城进修,他怎么赶得回来?我母亲发作时,我祖母去请接生婆,接生婆到我家,我的脑袋都已经爬出母亲的肚子了。

父亲事后嘟哝,多年来一直嘟哝:"不是好玩的事情,要早早送医院去才安全。"当然,他是以医生的口吻说的。

"啊哇……哇啊……"龚进容的声音越来越大，短促而频率频繁，小刀般割裂着夜晚的宁静，似乎她在存心宣布她的孩子来临庙村这桩大事情。

我父亲听了一会儿，腾地站起来，对母亲说："你过去看看，如果不行，建议他们马上送医院去。"

我母亲"啊啊"两声，站起来走了。刚下台坡，又折回来，到她房间翻出一捆洁白的崭新的纱布。不用说，这是我父亲带回家的唯一公物。

母亲刚迈脚，我跟上去，母亲转身叱责道："女孩子家，看什么看，回家睡觉去。"

哪有尚未迎来新年就呼噜着睡下的？我不睡，哪怕瞌睡虫重重地趴拉在我左右眼皮上，我也不愿意耷拉下眼皮成全它们。

百般无聊的我，又对父亲说起我的梦。不是一个梦而是两个梦，我本来是要说三个梦的，可是我说完第一个梦，即我梦见丧事，梦见了有人离去的梦后，瞧见父亲很不耐烦的神情，我脑海里马上闪现出最近以来的另外两个梦。

不等父亲任何插话，马上说起了第二个梦。一条大鱼驮着一个身着黄缟的孩子，来回地在我们庙村游弋飘浮，与我们擦身而过，还甩给我们一身水滴，就在我们齐齐出手，准备合力拽住大鱼时，大鱼居然轻巧地摇动尾巴，驮着黄缟在身的孩子一飞冲天了。

父亲脸色铁青。但在这个祥和的夜晚，他可能不太想表示他的反感，所以也只是脸色铁青而已，没有如往常一样斥责我，说什么无稽之谈什么神经病之类的定性话语。难得的是，他很耐心地听我说完了第二个梦。然后站起来，瞪我一眼，拂袖而去。

"你应该相信，梦不是无缘无故的。"我冲着他的背影挑衅般叫道。

父亲头也不回地走进了房间。倒是我祖母又被我的叫喊引了出来，她披个长夹袄，颤颤巍巍地给自己倒了杯热水，坐在我身边。

"你梦到一个童子骑着大鱼上天了？"

"嗯，也许就是龚东生吧。"

此际，母亲回家了，她脸色似乎严肃。我迎上去问："生了吗？是男孩还是女孩？"

"男孩子。"母亲回答，又接着摇头说："唉，真是命郿，居然是……"

我祖母抬起头，"啊"了声。我没明白母亲的话，追问："居然是什么？是个豁嘴还是其他什么？"

"那倒不是。"母亲只是摇头。许久才说："这样的好时辰，又走了一个孩子。"

我明白母亲的话了。可怜的龚进容，她肚子里的孩子来到我们庙村，却没有来得及看一眼，就闭眼走路了。

"命郿，命郿，这龚家怎么就这样不顺呢？"祖母叹息。

我却狠着声音说道："什么命郿，根本就是被她三个哥哥暴打弄成这样的，笑哑巴他们早就应该想到这些，早早送进医院，说不准还有救的。"

父亲闪身出来，也附和我的说法。我居然与父亲达成了共识，一个类似醍醐灌顶的想法涌上了心头，我再次对父亲说道："你应该信了吧，梦不是无缘无故的，我刚才给你说的梦，那个在梦里骑鱼飞走的童子——"

父亲看着我，我们眼睛对视在一起，但父亲很快就掉转了他的目光。祖母接过我的话，喃喃自语说："那个还没有来到世上的孩子，也托梦来了，一定是这样的。"她双手合十，竖在胸口前，低头闭眼念念有词。

11

正月初六，我们庙村有两件大事。一个是我家为我祖父举办五七祭祀，热闹得很，要人想起当时超度的夜晚，不同的是，一个在白天一个在夜晚。因为时间不同，气氛也不同，热闹也显示出差距，白天的热闹与夜晚的热闹无法并论，相比而言，是小巫见大巫了。

另一件大事是，笑哑巴离家出走了。说白了，是寻找出走的龚进容去了。龚进容在前一天即正月初五突然不见了，她所有的衣物也跟着不见了。很明显，她离开了笑家，从此永别。笑哑巴到龚家去找。龚家没有龚进容，在他们听说龚进容不见后，口辞一致地说：走了好，越远越好。龚家老母还补上一句，最好别再回来了。

笑哑巴又去江水之上堤岸之下的树林中的小坟墓去找，那里埋着龚进容的孩子。小小坟墓并不寂寞，上面搭着红色的金丝绒披风，披风被四个大砖头压住，似乎想尽全力为整个坟墓遮风挡雨。可见，龚进容确实来过，还是满腹伤感地来过，而现在，人已经走了。

笑哑巴找了一天，等了一个晚上。没有等来龚进容的笑哑巴，第二天清晨，他在家门前烧掉他的糊口家伙，什么铺板剪刀皮尺线团画粉，还有黄布白布什么的，全部点火烧掉。因为这冒着黑烟的大火，引起我们庙村人的注意，笑哑巴就暴露了他所有行为。

在我们庙村人的注视中，笑哑巴毫不理会敛师老笑凌厉的眼神和鄙陋的暴喝拦阻，仿佛眼盲一般，头也不回地离开了家，离开了庙村，也离开了我们孤岛，涉江寻找龚进容去了。

他能找回龚进容吗？

我母亲和祖母都摇头。祖母絮叨着她的看法，龚进容那妮子是不想再留在庙村了，是想全部割舍掉与庙村的联系，所以才再次出走，那么笑哑巴即使找到她，再怎么请求也求不回来龚进容了。

"龚进容一点都不喜欢笑哑巴？"我愣愣地问道。

"喜欢——怎么说这个傻话？那妮子心中就是怕，怕龚家一直以来的鄙命厄运哦，她不是说过'有时抗不过命'吗？不服命又抗不过，想服又担不起，只好逃啰，话说回来，这样背时谁又不怕？咳，没由头啊……"祖母的话东扯西拉地，却也是她世俗经验小结。

"笑哑巴会回来吗？"我继续问。

母亲陷入沉思。祖母却摇头，声音坚决地回答："他都烧了糊口家伙，回来干什么？回不来了。"

"龚进容肯定不想理睬他了，他碰了钉子干吗不回来？"我简直想不通。

"回不回来，都不是以前的笑哑巴了。"我祖母以绕口令的形式结束了我的问话。

"老笑这下可是孤家寡人一个了，唯一的儿子笑哑巴为了龚进容离家出走，留下他这个老头子……"母亲叹息。

笑哑巴就是个哑巴，平常也讲不成话，现在走了，按说老笑也不大会不习惯，再说他那样的人……祖母住了嘴巴。她吞咽回肚子里的话，我们都明白——越是不合常规的东西，老笑会越习惯。

可我脑海里冒出"往生者"这个词语，这个由老笑几乎用强制的方法统一的我们对亡者的称呼，它曾经很神奇地止住我的泪水，抚慰我漫涌的悲伤，淡化我对死亡的恐惧。我在心底承认，这是个通灵的词语。而这个词语兀地冒出，要我在刹那间领会到老笑心灵深处柔软的一面。

我觉得他会伤心的。我说出自己的看法，但谁也没有理我。

12

在我祖父走后一年的深冬，我祖母也走路了。同样，她也是睡过去的，不过是在床上。而且，她是走在黄昏。那天，我刚好逢上放月假在家里。祖母中午吃过饭后一直哈欠连天，喝了小半壶茶水，还是熬不过睡意，就上床了。上床前好好的，只说有些冷，我母亲给祖母加了床被子，祖母咕哝声"暖和"，就蒙头睡去了。

冬天天色暗得早，我母亲看见祖母已经睡了很长时间，这是往常没有的情况。于是，走进祖母房间看她，才发现祖母在睡眠中走路了。母亲很有经验地安排关系较好的邻居去通知我父亲和两个姑姑，又回来在堂屋和祖母房间燃起了大红烛，摆放好落气钵子。

我跪下给祖母磕头烧了纸，自告奋勇地对母亲说："我去请敛师老笑。"

当然由我去。母亲作为家庭主妇，我家现在唯一的大人，她是万万不能离开家门的，她必须坐守家中，陪着刚刚走路的祖母说话。

母亲拦住已经迈开脚步的我，要我先骑车去供销社买孝布黄衣等等，并交代了尺寸。买回东西后再去老笑家请他。

供销社在我们庙村与群丰村的交界处，有些距离。关键是快到黄昏，供销社的人说不准已经下班，我还要去问工作人员的家，把他或她找来买东西。

供销社果然关门，我从附近人家打探到工作人员的住址，骑车找到一起返回供销社，买回东西。月亮已经亮堂堂地挂在天边，又是清冷若水的下弦月，给地面铺上微冷的霜雪。

我摇晃着自行车朝家中返回，到了堰塘边，把自行车支好锁上，抱着装满东西的布包袱爬坡，坡上正是敛师老笑的家。我就近爬的是后坡，如果要爬前坡，还要走一段小路才能绕到前坡去。

月色清澄，穿过俗世，流泻一地静谧通透。我的心突然紧张起来，老笑家的土墙屋居然没有亮灯，或者说，澄澈的月亮完全吞没了老笑家昏暗的灯光。我不由放慢脚步，伸长脖子朝土墙屋后的小木格子窗户看。

有黄黄的模糊的光晕从木格子窗户中投射出来。我不禁吐出一口气，眼睛却似被施了魔法般，再也调转不开，直直地盯木格子窗户看。窗户紧闭，根本看不清楚里面。我一步步靠近再靠近窗户，在窗户前站定，屏住了呼吸。

"嗨，吃饭啰。"老笑的声音，他在招呼谁吃饭？

我眯缝起右眼，脑袋抵在窗户上，沿着窗棂缝隙朝里看。

只有老笑一人，他在吃饭。不过饭桌上摆放了两幅碗筷。看来，这是他为他老伴叫饭而已。这是我们岛上的老规矩：十年内甚至更远，吃饭时要唤回走路的人一起吃饭。

我想起我们庙村流传有关老笑的传闻。这叫饭应该不能算是唤回往生者，起码没有听见那个往生者的声音。

我极力屏住自己的呼吸，站在窗户前不动，尽管心中敲起了响鼓，可是，我觉得，老笑唤回往生者的传闻有可能在此时真相大白。

终于，老笑吃完了饭，收拾好饭桌。他入定般地站在一个旧桌子跟前，旧桌子是个被废弃的春台，上面供奉着一个模糊的画像。不用猜，是老笑的老伴。

"呼——"房间里的煤油灯兀地熄灭。

那呼声——谁吹灭了它，是老笑还是老笑的老伴？

黑黢黢的房间，被厚重得惊人的黑暗填满了。而下弦月清澈若水的光芒根本无法穿透我眼前的窗户，无法在里面的房间走出一片清亮。倒是房间里的黑暗，越过小窗子，落在我身体上，灌注我全身。我几乎动弹不得。

"谁蒙住我眼睛啦？"老笑在问话。

看来，他的房间里还有其他人。我的心咚咚乱跳，我的左右手握在一起，一并放在了怦怦乱跳的胸口。

"猜猜我是谁？"

真如我祖母说的，娇滴滴的声音，一个女性的声音。不会是老笑的，肯定不是。老笑那鄙陋若破砂罐的声音，永远吐不出来这样轻柔近乎甜蜜的声音。他老伴真的回来了。

"当然是你啦，你蒙住我眼睛，我也看得见。"老笑的粗陋嗓门一放慢，竟然荡漾出一丝温柔。

"死鬼，你好没趣，总是一下就猜中。"那娇滴滴的声音，不过是轻柔的底子加上撒娇的色彩，却从黑暗若铁的屋子里传来，又缥缈开去，虚幻得很。

"哈哈哈，除了你，不会有别人——"老笑哈哈大笑，笑声爽朗，足以震撼我的耳朵。

有鬼。我的心跳出了胸膛，我只好拔腿就跑。刚刚迈出的右脚却撞倒了屋檐下的柴垛。捆好的柴把子，咚咚滚在地上。

"谁——"老笑房间的煤油灯又亮了。他粗陋的声音再次吓住我。我下意识地回头，目光看向小窗户，小窗户打开了。

那个唤回往生者的房子里，只有老笑一个人，正倚靠在窗户前，怔怔地看着我。

我说不出话来，眼泪毫无缘由地奔出，整个人都在瑟瑟发抖。

"你家婆婆走路了？"老笑鄙陋的嗓门把我拉回现实。我点头，哽咽着说出请他到我家敛尸去的话后，再次拔腿跑掉。

13

我从来没这样伤心地大哭过，还是号啕大哭，哭声撕心裂肺。

在超度我祖母亡灵的夜晚，我仍然被丧鼓队里的黑脸汉子拉进去了，客串引魂童子，接引亡者到天堂。当我客串完，跪在祖母棺材前，喉咙里奔涌上来一股气，我就哭开了，无法抑制地哭喊。

祖父走路后我也流泪过，但尚未哭出声。可祖母走路后，她也是心满意足地走路，算得上喜丧，我却哭个不止。

我父亲忍不住了，过来劝我，还引用起老笑"往生者"的说法，不厌其烦地重复：婆婆是到另一个世界去生活了，那里没有病痛衰老，没有忧伤烦恼，她会活得更自在幸福，是无牵挂的往生者。

我怎么不会想到？可我无法止住自己的泪水。

我的肠子简直快要哭断了，我弯下了腰身。

"别伤心了，你不是不晓得，所有相亲的人，心灵都是有感应的，你婆婆知道你想念她，说不准哪天就会回来看你了，是不是？"母亲心疼地抱住我，嘴巴凑近我耳朵。

"是的。是的。"我这样说过，以极其抒情的语言描述过——我们想念的人，即使成为往生者，他或者她会感应我们的心灵，重新回到家里，即便我们不能亲眼看见他或她，可我们一定能够感受到他或她的存在。甚至那个人还会走回我们梦里——谁说这不是相聚？那么现在，我们所有的祭奠，包括脱掉孝衣后的日子里的怀念，不过都是召唤，于往生者，恰如奏响了他或者她逃离那个世界的遁走曲。

我怎么不会记得？我能止住声音，仍然无法止住泪水。

泪光中，我想起一年前走路的祖父、龚东生、龚进容的孩子，还有离家出走的龚进容和笑哑巴。他们流水般从我脑海里淌过后，敛师老笑唤回往生者的场景一点点在我脑海重演。

万物无邪

其实，就是他自己。他唤回的只是他自己的记忆，那个娇滴滴的声音，那样动人俏皮的对话，均是他演给他自己看的戏剧，而这个老笑，不知疲倦地上演了这么多年。

他在等待、在遁走，只有这样，才有回归。他与他心中的往生者终于活在了一起。心中闪电般亮起一道光泽，我的泪水止住了。

送走祖母后，我和父亲又有一次闲谈。我向他说起一年前我做过的第三个梦，有意思的梦，一个面红齿白的女子翘起兰花指，戏子般地轻移莲步，飘逸到一个黑影后面，那个佝偻腰身的黑影突然挺直了脊梁，静静站住。女子咯咯轻笑，然后踮起脚尖，双手伸出，蒙住黑影的眼睛，娇滴滴地问道："我是谁，猜猜？"

"嗬，不就是听到有关老笑传闻后的梦幻吗——还当真？"父亲点燃一支烟，难得好脾气地翘起食指刮我的鼻子。

我想说说那晚老笑唤回往生者的事情，却不知怎么开口讲述。我怎么讲？我眼睛看见的分明就只有老笑一人，而我心中又万分相信，老笑唤回了往生者。我犹豫再三，最终没有吐出一个字。

在人间

1

我十岁那年夏天的一个清晨，张子恒来到我家，拦住正要下田的母亲，说要请我母亲出工做衣服。

这大热天的做什么衣服？我母亲很诧异。我们庙村做衣服要么在岁末要么在岁初，或者秋收后也行，农闲季节嘛，哪有在忙庄稼地的夏天请裁缝师傅出工的？

"等着上身穿……就今天吧，今天到我家做衣服去。"张子恒果断决策，说罢，夺过母亲肩上的锄头放回大门后的旮旯里，扛起裁剪衣服的铺板就走。随即，又回头来搬缝纫机。

那天他往返两趟，也就是说我见到张子恒两次，可终究在脑海里只落下他垂着眼睑哼哧扛东西的着急模样，其余全是空白。

哪晓得，这是张子恒留给我的最后印象。母亲晚上一踏进家门，就叹息说，张子恒以后就不在了。

"他昨天来我们家不是好好地，怎么突然就……"我问道。那天，在镇上医院上班的父亲刚好回家了，他也满是好奇，接着问："张子恒他……什么时候的事？为什么呢？"

母亲仰起脸庞，重复了下父亲的"为什么"，然后摇头，唉唉地叹气道："就是刚才的事。"

"刚才——好好的一个人就不在了？"沉默在黑暗中膨胀，压抑我满是疑问的声喉。我的嘴巴许久保持微张的姿态，却发不出一点声音。

"今天正是为张子恒做衣服送他走的。"母亲幽幽地补充一句，打破了沉默。"天。"我和父亲齐齐啊出了声。这样说来，今天一大早，张子恒来请我母亲，实际是为他做送终衣服的，衣服一做好，他就穿上走路了。这样说来，张子恒不在，是他存心不想在了，自己送走了自己。

静默再次弥漫。

第二天中午我放学回家，遇到张子恒的父亲老才子张送回母亲的缝纫机和裁剪铺板。

老才子张，是我们庙村最有学识的人，满口诗词曲赋，提笔就是天地文章。一手好毛笔字，在我们文风颇盛的庙村无人可及，哪怕全孤岛和孤岛对面的城市也找不出匹敌对手。这是公认的，不用怀疑的。如此，老才子张在我们庙村再轻狂傲慢，也在情理之中了。谁叫我们庙村自古就崇尚学识呢？学识好，就是老大。学识差，就要虚心嘛。人家轻狂，是有轻狂的道理，被人轻狂了去，自然是学识落后了别人。我们庙村这点好，自古就以学识为大，还难得有自知之明。

尽管，老才子张对我们庙村人几乎总是白眼相，可庙村人看见他，远远地，还是收住脚步对着他行礼，语气恭敬地喊道："老才子张，我家新添了人丁，还请出手赐个好名。"逢上老才子张心情好，果真就赐予文采斐然的好名，心情不好，老才子张会硬邦邦地拒绝："谈笑有鸿儒，往来无白丁。"庙村人还是笑嘻嘻的，下回碰到，仍然拱手行礼。

德高望重的老才子张来我家送回缝纫机和铺板，当然不会自己亲自扛送。一则他没这把力气，瘦得竹竿般的身体无法负重；二则他拉不下脸面或者说不屑于这类俗事。而儿子张子恒又不在了，总不能由儿媳妇小昭送来吧——那简直不像话。只好请一个壮实的后生扛来了。

　　老才子张跟在后面，反剪着双手一路跟送到我家。

　　"嗨，老才子大驾光临，咱家可是蓬荜生辉。"我母亲迎上来，奉上新鲜茶水。待老才子张坐定，抿上一口茶水后，才轻声问："子恒……到底还是……"老才子张举起右手摆动，母亲后面的话被他的右手压回了嘴巴。

　　母亲还是不甘心，逡巡再三，又问："小昭呢，她总不会跟去吧？"

　　什么？张子恒不在了，难道还要他媳妇小昭也跟着不在？我满脸讶然，眼睛紧张而好奇地盯看老才子张。

　　老才子张抿几口茶水，眼睛怅怅地盯着某处，也不说话。随即，站起来与母亲告别。

　　"老才子，你还没有回答我们呢？小昭婶子她还在吗？"我实在忍不住了，就在老才子张转身的刹那脱口问道。

　　我不能算作冒昧。起码，我自认为不算冒昧。固然，以我一个孩童的身份去问老才子张拒绝回答的问题，非常不合时宜，有拿鸡蛋碰石头的意味，还有自讨没趣的意味。可我有我的道理。年前，老才子张蹀步来我家，看见我写的挂在大门两侧的对联，居然出口赞扬我"后生可畏"。看一遍走后不久，又反剪着双手蹀回来再看再念：凤凰鸣于高岗声彻大地；朝阳亮兮青桐泽披万物；清音九天。他是按照上下联横批的顺序念的，边念边点头。随后，脖子仰起，眼睛盯着某处，清清嗓门后，说："胸有笔墨的比比皆是，而道心出胸者几人？丫头必成大器。"说罢，再次背着手掉头而去。

　　我心中有数，在这个倨傲的老才子眼中，我虽则一孩童，但不至于完全没有分量。

　　老才子张果然转身，瞪起双眼，答道："怎么不在？好好的啊。"

　　母亲低声斥责我没大没小，不懂规矩。我倒舒了一口气，全然不管母亲的斥责，继续问："子恒伯伯他……为什么想不开要离去呢？"

　　老才子张愣了愣，眼神又盯住空中某处，仿佛在那里他能找到答案。我顺着老才子张的眼神看去，只能看见我家院门、院门外面的柚子树、柚子树后面深幽的无忧潭和潭水后面绿树成荫的丘陵高地……这些切切实实闪亮于眼前的东西，陡然间生出虚惘来。有什么看头，又能看见什么？我收回眼神的刹那，老才子也收回眼神，垂下反剪在背后的双手，片刻，又反剪到背后。

"咳，咳。"老才子张仰起脖子，咳嗽两声后，竟然笑道："他离去得了？我马上去庙寺劝他回来。"说着，迈脚离开。

庙寺……我幡然醒悟，"不在"并非指张子恒死了，而是张子恒离开红尘俗世，去我们庙村无忧潭后面高地上的庙寺出了家。

原来，我母亲昨天给张子恒做衣服，是做的出家人的衣服。而张子恒等我母亲把衣服做好，就穿上出了家，从此不再是红尘中的俗人。

2

我以为颇有能耐的老才子张能够劝回张子恒。这样，张子恒就重新存在我们庙村了。

事实是，张子恒真的消失了。取而代之的是净了师父。我们上庙寺喊他，他正眼也不瞧我们，包括他父亲老才子张，仿佛他从来就不认识我们，哪怕老才子张每天坚持上庙寺请他回家，哪怕我母亲喊他子恒哥、我亲切地喊他伯伯。

这有什么用？

作为张子恒，他真的不在了，突然间水滴般被阳光蒸发。存在的只有净了师父，他与我们根本就是陌路。他不停地捻着脖子上的佛珠，神色肃然，眼观鼻，鼻观心，口中念念有词。

这个头皮光光、着灰白衣衫的男子，在佛像前的蒲团上盘腿端坐，将要寂静地度过他的余生。这是突兀的事情。

很长时间以来，我脑海不断盘旋这个事实。

净了师父是如今庙寺里的唯一和尚，他燃起寺里早已熄灭的香火，香火从满目青翠的高地冲腾，成了缥缈的烟雾，萦绕在我们庙村不散。他还敲起了木鱼，咚咚的有节奏的木鱼声传出寺庙，盘亘于我们庙村的日夜，在我们耳边断续响彻。

这个净了。

我们慢慢接受了他的存在。我们庙村的，无一不感受到——那缥缈于风中的香火，那在耳边断续的木鱼声，均在提示，庙寺里，净了为了渐断尘缘正在修炼身心。

缭绕的香火和断续的木鱼声中，净了在我们庙村人的心中无可争议地存在下来。而张子恒呢，越来越远，犹如无忧潭清晨浮起的水雾，终在明晃晃的天光下烟消云散。

张子恒真的不在了。

张子恒真的不在了？

老才子张不这样认为。他每天涉潭上庙寺一趟，劝净了回家。

"子恒，回家吧，回家咱们好好商议……"如此三番五次，日复一日月复一月。净了无动于衷、岿然不动。

木鱼的咚咚声中，夹杂着老才子张的幽幽叹息。老才子张总是怅然而归。

"他不肯回家啊。"老才子张遇见我母亲免不了这样开头，说起净了——不是张子恒，叹息净了的无动于衷。"我是他老子，他怎么能够无动于衷？他对我无动于衷实际就是对那些传流耿耿于怀啊，他怎么就相信那些无稽谣言？你说，这么一个大男人，堂堂七尺身躯，却被那个村野之妇的舌头轻易打倒，定性之差，何以出家净了？"

不等我母亲说什么，他径自离去，留下秋风般飘摇冷清的背影。

老才子张是不需要他人劝解的，他只不过需要跟谁谁说说。而谁谁却有讲究。这个人不是他口中的村野之妇，也不是一般的村邻乡舍亲朋好友。

他选中我母亲。怎么说呢？我母亲是村里唯一读过初中兼具缝纫之技的人，不说是能人，算得上有眼光的女人，再加上我母亲那天为张子恒做衣服详细了解事情来龙去脉。而事情就是矛盾纠纷，还关乎名节，当然，老才子张是要和我母亲说说了。何况，他还对我们说过，他要劝回张子恒。

"也许，小昭姐，可以去说说。"

某次偶遇中，母亲插话建议。但话刚出口，母亲脸色不禁发红。她不是为自己难为情，是为……

　　果然，老才子张一下愣住。随即，咕哝声"她根本不理睬我了"，马上拔脚就走。

　　他们家的矛盾，或者说笑料，我们庙村的人茶余饭后免不了窃语私论，可谓人人皆知，即便我一个小孩子家，也知晓一二。也只能知晓一二。他们大人背后笑谈。声喉尽可能地压低，眼色溜来滑去，嘴巴呢，还被一个手掌掩着，因为他们有所保留，不打算把这样的事情扩展出大人范围。

　　这终究不好听——起码要避开小孩家的，甚至没有结婚成家的年轻人。可毕竟是大事，又还发生在我们庙村公认学识最好的老才子张身上，太不可思议。说着说着，他们大人就忘乎所以地咋呼起来。我们小孩子多少知道了一些。

　　可谁又亲眼看见了？所谓的矛盾也好笑料也罢，说到底不过是传闻。传到我耳朵里，我仅仅听到一句话：老才子张扒灰了。

　　扒灰是什么意思？我固然不懂，却从大人们极力掩饰却又无法按捺的窃窃私语中揣摩，扒灰肯定不是个好事情。往往，不好的事情比好事情更有魅力和挑逗力，如同传说中的精怪，它无时无刻地伸出爪角挠动你的心，撩拨你的想象力，还挑战你的思维，几乎不费吹灰之力就霸占你的脑海和心胸。晃动着模糊又神秘的笑脸诱惑你——来呀，看看我的真面目。

　　我忍不住问这个问那个。大人一律严词拒绝，还加上训斥：女孩子家，问这干什么。

　　他们大人越是拒绝，我越发想知道。问来问去，辗转好多人，才从庙村最调皮贪玩的赶生嘴巴里得知：扒灰就是老才子张把他儿媳妇小昭睡了，小昭还生出老才子张的儿子张容若。他几乎是咬着嘴唇说的。

　　看得出来，他不情愿说。当然，我理解他的不情愿。他这个调皮鬼本来没任何顾忌，可他小时候吃过小昭的奶，多少是跟小昭亲着。可他又无法证明这不是谎言，架不住我的反复询问，只好说了。

我可是被这样的解释吓住了。这么说来，张容若跟张子恒不是父子，而是兄弟，张容若跟老才子张不是祖孙，而是父子。

这不是彻底乱了套？

"呸，赶生，你一个乌鸦嘴，分别就是诋毁打击。看看你自己，只晓得贪玩，读书不行，读不赢人家张容若，张容若一再跳级读到初中去了，你一再留级，留到跟我读一个班了，还好意思说人家不是，不知羞耻。"我哇哇地骂着赶生。

要知道，张容若可是我们庙村学生的榜样。榜样嘛，就是不断有好消息冲击我们，诸如考试又居榜首，竞赛再获佳绩。他的好消息还在传来，听说他参加省级一个竞赛获得冠军准备参加国赛，还听说他将继续跳级，将被学校保送到地区重点高中少年英才班去。这样天才人儿的存在，对于同一个年龄在学习上猪一样蠢笨的赶生而言，就是不打折扣的灾难。

他说的，关于张容若的，自然就是诋毁打击了。

"我赶生堂堂的庙村人，才不玩那村野之妇的饶舌把戏。他张容若确实比我强百倍，我打心眼里佩服还来不及，再说……小昭婶子还是我的干妈，我也不愿意相信，可一码事是一码事嘛，我要不是听到樊医生的话，才不会告诉你老才子张扒灰的事情。"赶生把胸脯拍得啪啪响，脸膛黑红如同刚刚风干的猪肝。

这个赶生，把所有时间都花费在玩耍上，调皮是调皮，却不致人厌。读书蠢笨，也不至于不明事理。更何况，赶生与小昭还有一层特殊关系。

"樊医生说的——不管真假，找赶生问责不应该吧。"我没得话说了。

3

我母亲说樊医生是个有趣人。

怎么说呢？咳——她呀，风风火火三件事，种田、行医和磨刀。

磨刀是她有了儿子樊兵兵以后的事情，是樊兵兵刚满月就有，日后又形成惯例的事情。在樊医生那里，磨刀这样的小事能够与种田行医相提并论……

说来话长，话长却又不得不提，只能说，樊医生不是心血来潮的人，基本不做心血来潮的事情，凡事注意因果，行为皆有迹可辨。

说是医生却不大准确。她不过是我们庙村里的赤脚医生，一边种田一边行医。这有什么？谁要她娘家祖上就行医还卖药呢，到了她这里，耳闻目睹，不说有什么医术，起码基本医理略知一二。这样，当孤岛镇医院给每个村培训一个赤脚医生的名额时，樊医生就是我们庙村合适人选了。

樊医生培训回来就坐室行医了，凡事先插体温计，再戴听诊器听下脉搏，然后抽出体温计，呀的一声，要么说体温高着，烧得厉害，得马上降温；要么说，烧是不烧，身体凉寒啊，再不打针吃药，鼻涕可就出来了。然后唰唰地开出感冒药，或者掏出针头注满药水推上一针。

樊医生的感冒病看多了，固然看好不少，却也难免漏网之鱼。

有一年，我们庙村的祥凤婶子一家，突然都喊肚子疼，全身无力，脑袋也昏沉沉的，蔫得很。先是两个儿子来看病，被樊医生听诊后，量了体温，灌满药水打上一针。后来祥凤两口子也忍不住了，跑到樊医生的诊所，分别打了针。接着两个老人，相互搀扶来，听诊量体温一律省略，一家一个症状嘛，坐下就打针。

一家六口人都被樊医生打了针，还是觉得心胸烦闷、浑身难受，于是没有回家，等在樊医生诊所观察。等了好一会，不仅均无好转，反而耗尽力气迈不了脚，哼哧不停地喊不舒服，横着竖着躺在了地上。

樊医生吓着了，嘟哝一声："这传染性感冒太严重了，我得去请我师父来。师父就是我父亲。"说罢，跨上自行车疯跑到镇上请我父亲。

我父亲听说一家人都躺下站不起来了，断定是急诊，马上带着救护车嘟嘟开到庙村，接走了祥凤婶子一家。

哪里是感冒呢？是食物中毒。过夜的饭菜，可能被一些虫子或者老鼠之类的传播毒液之物爬过，早上没有热锅就吃，闹成了食物中毒。幸好救得及时，祥凤婶子一家才免除了命灾。我父亲说："蟑螂啊老鼠啊跳蚤什么的爬过，不高温消毒，吃到肚子里去自然就中毒了。"

樊医生大舒一口气，连忙附和说："是啊，百病从口入，凡是到嘴巴的东西，杀杀毒都是应该的，我又学了一招，以后有经验了。"她这是给她自己台阶下，护个脸皮。可以后，樊医生看病，仍然是老套路。

我们庙村的尽管不大质疑，我父亲却警告了樊医生几次：都当着感冒看，说不准哪天就会出人命的。我们庙村的便彻底相信，樊医生看病，样子的确摆到了堂（土语：准备充足），可终究只会治治感冒发烧什么的。

又有什么要紧？赤脚医生嘛，自然不能跟专业医生相比。樊医生一点也不恼怒，相反，她承认她的医术很烂，可是她虚心好学啊。她给我们村解释："我不是跟着我师父在学吗？医学这事，深着，谁都讲不起狠，我就慢慢地学吧，悉心请教，这经验不也慢慢丰富了？"

樊医生这点好，家务活再忙，总是隔些日子腾出一段时间到镇上医院，跟我父亲学上几招。我父亲一回到庙村，便被樊医生好酒好菜地请到她家，说是请专家坐诊。她这可不是扯虎皮拉大旗，我父亲的医术闻名全市，更是我们岛上有名的第一把刀。

父亲开始不大情愿，可想着，教她几招提高医术，也是有福我庙村的。不说别的，起码我们一家真有什么小病，就近就急，还不是找她方便？于是，樊医生便成为我父亲徒弟，一口一个我师父说的，似乎她得到了我父亲医术真传。我们庙村的相信了她，逢上小疼小痛的，仍然不会转弯，直接去找樊医生。

这样说来，樊医生作为赤脚医生，在我们庙村虽没老才子张地位高，但也大致过得去。

但樊医生却遭到老才子张的怒斥，简直是前所未有的叱骂。

老才子张瞧不起许多人，无非也是白眼相而已。而恼羞成怒斥骂的，却只有樊医生一个人。

"她呀村野之妇，枉为女人，整天提把刀，骂骂咧咧的，悍妇凶婆，羞煞了我们文风繁盛的庙村。"

虽是责骂，也是事实。樊医生提刀，是要到我家磨刀，隔三岔五地磨一次刀。想想，一个女人提把刀，还骂咧不止，的确凶悍些，不符合我们庙村女人温婉和顺的形象。说我们庙村女人温婉和顺，一点也不过。这取决庙村自古重视学识的村风，即便是女子，农闲时会研墨写上几笔，还文绉绉地吟上几句古诗词。我们庙村女人——哪怕以后嫁到我们庙村的女人，站在人群中，怎么看都是那么顺眼，犹如和畅的清风拂过。

老才子张只骂过樊医生"村野之妇""悍妇凶婆"，不过这骂也够厉害了。樊医生听闻，哈哈一笑了事。不在意也不打算改正，仍旧隔个三五天来我家磨刀，然后心满意足地，提着水光光的菜刀游荡回家。

这又是怪事，磨刀谁家不磨？隔段时间，洗了磨刀石，扁着刀锋，架在磨刀石上来回砥砺，刀锋亮了利了，切菜割肉也利索了。刀不磨不利。可总不能三五天一次，起码至少要隔个月份吧。樊医生却不，三五天甚至一两天，就要来我家磨刀。

4

"又去磨刀了？"路人遇到提刀的樊医生随口招呼。

"刀不磨不快。"樊医生答道。

"呵，这么勤勉，不如自家准备个磨刀石。"有人免不了建议。

"寻不到那么好的青石，我师父家的磨刀石啊，弯弯翘、堂堂亮、光光滑，瞅着就舒服。"樊医生由衷赞叹。

所以，没有磨刀石的樊医生在庙村众多的磨刀石中，独独相中我家磨刀石，隔个三两天，提刀晃到我家。

菜刀在她手上晃出零碎的星光，一路泼洒。还没进我家院门，人到声到："春姐，磨刀了。"

她喊的春姐，就是我母亲。按说，应该喊师母的，可是她年岁小我母亲不过三岁，我母亲要她喊姐，她就春姐春姐地叫开了。

我母亲探个脑袋，招呼道："来了？"

"咳，磨个好刀，遇到那对遭天谴的狗男女，不宰他们个狗血淋头不姓樊。"

我母亲就笑。这么多年了，樊医生的儿子樊兵兵都上了学，负心的男人和那横刀夺爱的女子早是黄鹤杳去不见踪迹，不知双宿双飞到哪个桃源去了。这个终日游走岛上的樊医生哪里遇见去？莫如说是在家坐等吧。

樊医生不认为是坐等。即使是坐等又如何？总有清算的时候。她似成竹在胸，一副志在必得的模样。也是。坐等也好，起码不是空等，是有备而等。她的准备就是磨刀，隔三岔五地来我家磨菜刀。我家的磨刀石正如樊医生所言，可不一般，是一块大青石，深深地插进泥土，留出高而狭长的石头，石头上端被磨平，中间凹，两端翘。

到我家后，她径直奔向厨房提来清水，哗哗地泼出，洗干净磨刀石，架上刀刃。她呢，骑坐在磨刀石翘起的边角上，前后推动双臂。

霍霍的磨刀声中，她的牙齿咬得咯咯响。

"狗男女，趁我坐月子勾搭上，不就是图个痛快吗？还没得脸皮玩私奔，偷鸡摸狗不为人齿，抛妻弃子天理难容，呸，等我磨好了刀，割了你们的喉咙，剜下你们的狗眼……"

往往是樊医生还没有咒骂完，沾着水花的菜刀已经明晃若镜了。泛着白光的刀刃，有些银子般的意味，上下抖落出寥落而洁净的光泽。樊医生食指尖尖在刀刃上滑过，水滴流星雨般地淌落。

"快。"樊医生叹道。

"辛苦啊，喝杯水。"我母亲招呼道。

樊医生一手提着菜刀，一手接过我母亲递来的茶水，仰起脖子，咕咚着喉咙一口饮尽。

"哈哈，爽快。"爽朗的笑声后，樊医生提着亮闪闪的菜刀打道回府。此回非彼来，来时是步履匆匆，脸色阴沉，回去呢，悠闲散漫，犹如酒足饭饱后的散步。

"樊医生又磨刀了，这把刀快啊。"总有几个婶子探出脑袋招呼。

"哈哈，磨了好刀，宰奸杀恶，才是人间快事。"

遗憾的是，樊医生磨了七八年的刀，终究没有等来那对苟且男女，她的刀只能抱憾英雄无用武之地，乖乖地躺在砧板上，客串下切菜砍骨头的小角色。

隔壁的英婶与我母亲笑谈："樊医生磨刀，哪里是等着报仇？那是摆样子给她自己看的，人家逍遥在外，她还苦巴巴地等人家回来问堂，那不是痴人说梦自欺欺人吗？哈哈哈……"

母亲也直着腰身跟笑，笑完后，说："樊医生是手上磨刀，嘴巴磨叨啊。"

"啥？"英婶尖着嗓门问。

要知道，我们洲岛矗立在长江中心，四围环水，每年到夏汛都会遭遇大小不等的洪水冲袭，于是，家家建造房屋总是要先垒高高的土台子才起屋。台子下是平整阔豁的菜园、堰塘。可想而知，站在台子上说话，可是声扬八方。

英婶一声"啥"，一下打开另外台子上的所有耳朵，他们都跟着问："啥？"

"手上——磨刀，嘴上——磨叨。"母亲悠着声调重复。

这下，庙村甚至我们整个岛上都知道，樊医生隔三岔五来我家磨刀，不是真磨刀，而是磨叨。

她拎着一把磨砺得明晃晃亮晶晶的菜刀游走庙村时，毫无提刀拎剑人的杀气腾腾，而是满脸优哉泰然。我长大后，看过有关无数刀客的影视，无论男女老少，他们无一不是人刀（或者剑）合一，刀（剑）锋凌厉面色凛冽。我脑海总不由地闪现出樊医生拎刀恬然而过的形象。禁不住片刻愣怔：红尘万丈，刀客何为？

可庙村的，总在樊医生回家路上，欣欣然地探出脑袋，不厌其烦地重复他们的问话：又磨叨了？这刀（或者叨）快啊。

不晓得，他们夸的"刀快"是真指刀，还是其他什么。

樊医生有趣。不独是我母亲的感觉啊。

5

赶生说他听见了樊医生的话，那就是旁听甚至偷听到的啰。不可能是樊医生告诉他赶生的，赶生才没有这个面子，樊医生也没这么无知缺德。

樊医生尽管是老才子张最瞧不起的村野之妇，可掐着指头来算，她在我们庙村算不上最饶舌的女人，更不是闲得没事就唧喳唠嗑的无聊人。固然，女人嘴长的通病免不了，可追根溯源来也怪罪她不得。

这也是我母亲说的。

我母亲早看出来了，樊医生来我家磨刀，不仅仅磨叨。开始可能就是她所说的，看中我家磨刀石，可来着磨着，樊医生骂人之余，就传出有关我父亲的消息。大多是小道的，花边的。比如，我师父医术高人又长得帅气，在医院可有女人缘了，到哪里都有女护士女医生在屁股后面跟着；今天医院搞工会活动，我师父一直和某某护士跳舞，就是我告诉你的，在我师父宿舍遇到的那个护士；我从医院回来路上，碰到我师父骑着自行车，我吓呆了，他不是一个人，后面还带坐着某某，她可真是没脸皮，双手居然……搂住我师父的腰身，我师父呢，眼睛看不见任何人，边骑车边回头与某某讲笑；怎么我师父下乡出诊，都是某某跟着啊，还只有他俩……

我母亲开始是笑着听，如同听别人的事，可听着听着，母亲笑不起来了，会在樊医生来家后，马上掉头溜开。樊医生存心要说说父亲的，磨完了刀，找也要找出母亲，说说我父亲和那个某某。说着说着，她的语气渐渐不耐烦了，甚至称得上气愤，简直义愤填膺。当然，她气愤的不是我父亲，是那个某某，在樊医生看来，她看见的有关父亲的花边事，全都是不要脸的某某缠搅的结果。

母亲笑不起来，也不至于跟樊医生一样无法抑制地气愤。她看上去似乎漠然，但那是不得已强装出来的漠然，就像一株入秋的无言吸纳风雨的树。连我也看出来了，我母亲虽然不高兴樊医生告密，却也知道，樊医生的秘也不是捏造，她渐渐信了。信了，心就乱了。乱了，自然伤心了。

她怎不信，而我又怎不信——我的父亲，的确，有两个多星期没回家了。不过一二十里路程，尽管他带信说工作忙什么的，不至于每天都忙得不回家吧。

母亲的叹息孤零、幽怨。

樊医生又来我家磨刀，三下五除二霍霍磨完，没有马上走，而是逮住左躲右避的母亲，上下晃动湿淋淋水光光的菜刀，满眼怒火地告诉她："春姐，你要出手给个教训，那个某某太没羞耻，竟然跑我师父宿舍一起搭伙吃饭了——"

母亲突然瞪起双眼，嘴唇哆嗦，半天才挤出这样的话："你看你……说些什么，唉，你自己受伤了，所以凡事都带着残缺的眼光看，我不怪你，但我再次郑重申明，你不要再在我面前提某某了。"

是啊，樊医生看见我父亲与某某的事情，即使是真的，她告诉我母亲，实在欠妥，属于嘴长乱嚼舌头作为。母亲说，樊医生她不过用残缺眼光看事，缘于她自己受伤。话是重了些，可也不是假话。说穿了，是母亲气恼时说的真心话。

母亲怪她如何？怪不起来她的。我母亲怎么不会知道？樊医生嘴长饶舌也是出于好心，她被人横刀夺爱，伤痕累累，于是，便以天下插足者为敌，以除敌雪耻为务。

樊医生是不管我母亲郑重警告申明的。在她看来，大敌当前，局势紧张，提高警惕掌握敌情，趁敌军尚无意识毫无防备之际，主动出击杀一个措手不及，再乘胜追击打个落花流水漂亮仗，才是当务之急。否则，敌军成长壮大，有了警惕，增强防备，可不是说拿就能拿下，甚至——大有可能反被敌军拿下，她就是实实在在活生生的例子。她这个例子在兵败后，只有磨刀霍霍却不知向谁的等待复仇的命运。这有什么意思。

樊医生来我家不是磨刀，而是专门来督战了。

6

一个周末的下午，也是我父亲第三个周末没回家的下午（而中午，樊医生去了镇医院，她说是去进药，谁晓得？很有可能是专门刺探敌情去了）。她来我家，一把抓住没来得及跑开的我母亲，说，我中午去我师父的宿舍了……

母亲扭身挣脱要走，却被樊医生再次拽住胳膊。

春姐，你猜我看见什么？到这里，樊医生又停顿下来盯着母亲眼睛。樊医生眼睛简直喷火。

母亲突然停止了扭动，仰头接上樊医生的目光。

某某正在掌厨，还鸠占鹊巢，当起女主人给我端上热茶留我吃饭，啧啧，脸皮厚得能够搓洗衣服了。

我母亲抬脚就走。不是走，而是跑。躲开樊医生的手，扛起了锄头，留下轻飘而踉跄的背影。开始，我以为母亲到庄稼地里去了，后来，我才知道她不是去庄稼地，而是去庙寺里，帮助净了去种菜了。

我却忍不住了，心慌意乱。这么说，某某真与我父亲在一起搭伙了。而搭伙在我们庙村就是一起生活过日子的意思。

"樊医生，你马上用自行车带我去镇上医院。"

"去医院，你？"樊医生问道。

"我要喊我父亲回家。"

"好，我带你去找他回来。"樊医生骑上自行车带着我，哼哧哼哧地再次去镇医院。到医院时，已至黄昏。

父亲宿舍门紧锁，不知道他去了哪里。我带着侥幸说："也许父亲回家了，刚好与我们走岔了路。"

樊医生毅然否定，说我父亲肯定与某某出去兜风了，还建议，干脆去街上撞找去——她不是在街上遇见坐在自行车后座上的某某，某某还搂着我父亲的腰？

我站着没动。

夕阳西垂，茫然的风吹来散去不知所措。我靠在父亲宿舍所在的楼层栏杆前，仰着脖子长久地保持张望的姿势。樊医生只好陪我站。她哪里站得住？不停地走来走去，不停地嘟哝"怎么还不回来……玩忘记姓了"。

天色在夜风中逐渐涣散，我的影子一点点地缩小、消失。

"呀，天都黑了。"樊医生不住地重复。终于她等不来了，说樊兵兵要吃晚饭，她必须回家给樊兵兵做饭吃，催促我一起返回。

"不回。"我断然拒绝。固执地保持原来张望的姿势。樊医生拉我的手，却被我生硬地打回。

"你自己等吧。"樊医生丢下我，推开自行车离开。她勾着腰身骑自行车的背影很快被黑暗吞没。不，她和她的自行车带走了微弱的天光，把黑暗甩给了我。尽管，她走后不久，另一辆载满笑声的自行车哗地刺破我眼前的黑暗，闪电般照亮我眼睛，但黑暗的感觉却加倍覆盖了我并挤压我。恐惧袭身，突兀的恐惧犹如划过天际的迅雷劈头盖脸地打来，炸在我身上。

我无法承受，弯腰蹲下来，不禁号啕大哭。自行车静止了，后座空下来了。"别，别哭，为什么哭呢……"父亲抱起我语无伦次地安慰。

"我害怕，我们回家，好吗？"

"有什么怕的，这孩子。"父亲不住地安慰，却没有答应我回家的要求。

他不回家。但我必须回家。

黑暗中，我头也不回地下楼。我要把黑暗甩给用眼光目送我的父亲。此刻，他倚着栏杆正在举目张望。我知道，当他在黑暗中一点点地看不见我，他的担心成为空白，他会伤心会怜悯，而只有伤心和怜悯才能催促他跟上我。

可事实是，只有我一个人独自回到庙村。庙村多么沉啊，犹如一只掉下井后的载满井水的水桶，吃力地拽住提拉的整个身体，掏空胸腔储存的内力，种下了踉跄和心慌。我自己都看出来了，浮肿的眼睑和虚弱的眼神已经给整个人涂抹上溃败的色彩。

我没先回家，而是去了樊医生的家，咚咚地敲开樊医生家的院门。

"你才回来？"樊医生很吃惊，问："你没有等到我师父回来？"

犹豫半晌，我才点头。却马上又说："我问了，我父亲到宜昌进修去了，因为是下午临时通知的，又急，父亲就没有来得及告诉我们。"我不知道我的谎言如此顺溜，仿佛它天生就不是谎言，是响当当的事实理由，它由不得谁，只想此刻出口示众。说完，我大舒了一口气。

樊医生"哦"了声，眼神钉在我身上，我受不了她钉子般的目光，眼圈一红，泪水又朝外涌。我气愤自己的娇气柔弱，极力忍住快要掉下的泪水，慌忙垂下眼睑。

"哦，你是来……"

"我要求樊医生送我回家，亲口告诉我母亲关于父亲出门进修的消息。"樊医生张了张嘴巴，想说什么最终也没张口，随手带上院门。

她看出什么了，肯定看出什么了。在她告诉我母亲关于父亲出门进修的消息后，与我母亲唠嗑时，眼光一直盯着我看。她的目光中，有一种水样的泛着光亮的液体，柔和又清寒。那不是泪液，肯定不是，樊医生才不会流泪。但不断波泽来的水光，一层一层地漫来，我眼皮受不住了，鼻子一阵酸涩，只好爬上床默默放逐伤心和委屈。

樊医生多么异常啊，一改以往的激烈，嘴巴静止下来了，只有眼睛默默流淌着水样的光芒。它在黑夜中波泽弥漫。静穆下来的忧伤，还有疼惜，肯定也蔓延到母亲身上，并深彻地触发了母亲。

母亲她无法做到无动于衷，第二天下午，拉着我到镇上医院看父亲去了。

父亲仍然很晚才摇晃地骑着自行车回来。我遭遇到同样的笑声。它们哗哗地泼溅于地，又上升浮腾，闪电般扯亮并刺痛我眼睛。黑暗再次翻倍。我紧紧闭住嘴唇，忍住快要滑出的哭泣，亦不求父亲回家。拉着我手的母亲在颤抖，她的抖动带动了我。我觉得自己再这样

万物无邪

站着不动，即刻就有倒下的危险。于是，猛力一拽，拉着母亲转身离开。

我仍旧头也不回。我要把翻倍的黑暗甩给用眼光目送我们的父亲。此刻，他倚着栏杆正在举目张望。我知道，当他在黑暗中一点点地看不见我们，他双倍的担心成为空白，他会翻倍地伤心怜悯。只有足够的伤心怜悯，一个人才可能不坚持他的错误。

我父亲开始回家了，又慢慢恢复以往的频率。来磨刀的樊医生问我母亲——"春姐，你教训那个骚货了，她怕你，是不是？"

"没有。"

"你到医院领导那里告妖精的状了？"

"瞎说什么啊。"

"呀，你别瞒我了，我都看见了，狐狸精在我师父前抹眼泪，一定是算盘不如意了，不过，我提醒你，要乘胜追击严防死守，狐狸精发起骚来可迷惑人了……"

"樊医生你磨叨磨了这么多年，我算看出来了，除了下田给人看病，要不就提把刀晃来荡去，弄得杀气腾腾的，其实啊，你心柔着，老才子张看走了眼。"母亲反守为攻，引开话题。

说到了老才子张，樊医生就不得不跟着说老才子张了。

7

"她呀，村野之妇，枉为女人，整天提把刀，骂骂咧咧，悍妇凶婆，羞煞了我们文风繁盛的庙村。"

樊医生学着老才子张的口吻把自己骂了一遍。接着又哈哈笑说："老才子张他骂得对，在我们庙村我的确算得上悍妇凶婆，这有什么？我骂骂咧咧凶悍了，是我自己的事情，又没招惹他，他看着不舒服，是他的事情。我才犯不着计较。"

樊医生被老才子张痛斥，嘻哈着应付，碰到老才子张，仍旧尊敬地招呼行礼，看样子，如她自己说的是不计较。可细究，还是不免看出隔阂，要不——她怎么会学着老才子张的口吻在我母亲面前把自己骂上一顿？

这是多少年的事情了？樊医生如此真切地再现，细节又是如此丰满，可见，她上心了。但凡上心的事情，肯定是给人有较大影响的，一般说来，还是刺激味道浓烈的。

果然，樊医生敛起笑容，鼻子哼哼，继续说道："他居然说我枉为女人？"随即，笑容又爬上脸颊，樊医生翘起半边嘴角，摆手说道："我不计较，谁叫他是老才子张呢？"

她肯定计较了，计较的就是老才子张否定她是女人的话。即使是老才子张那样狂傲的人说出来的，即使老才子张几乎瞧不起我们庙村所有人，甚至绝大多数都被老才子张痛斥过羞辱过。

我母亲说："你还是计较了，我看没什么，相对老才子张，咱们的确是庸常许多，他说就说呗。"

"呸，春姐，你真会圆场，我和他闹翻你又不是不知道，是为什么闹翻的？他这个老才子做了什么？我还不好意思张口说啊——扒灰，啧啧……"我母亲着急了，伸手朝樊医生摇摆，却根本无法制止兴头上的樊医生。

"我又不是那种嘴长的缺德人，为什么要平白无故揪出他的伤疤？是他老才子张太轻狂了，欺负人到家啊……"母亲无法拦住樊医生，便转身赶我出去。

母亲一直把我赶出院子外。但樊医生跟着来到了院子里，继续她的倾诉。我想，赶生大致也是这样听见了樊医生的话，准确地说，是轻而易举又毫无准备地得到了关于老才子张扒灰的消息。

尽管母亲关上院子门，可我已经知道了老才子张扒灰的事情，尽管樊医生的声音被墙壁和院门隔离，话语断续不甚清晰，但我借着脑海中的大致梗概慢慢拼凑出了完整的事件。起因，发展，高潮，还有结局。我老师教我们的，一个事件成为事件的必备条件。

老才子张与樊医生真正把隔阂扩大闹成矛盾，还是去年樊兵兵上学改名时的事情。

樊医生带着樊兵兵去学校报名。老师登记注册，问樊兵兵的学名。樊兵兵只把眼睛转向樊医生。樊医生摇头，说樊兵兵的学名就是樊兵兵。老师"哦"了声，握笔的手停止未动，眼睛却望向樊医生。

"怎么，这名字不合适？"

"樊医生……你们不是庙村的吗？庙村文风多盛啊，名字一个个取得可雅致动听了。"

轮到樊医生"哦"了声。她整个人就愣怔在那里，眼睛望着老师，和老师对视了好大一会儿。老师面容浮现出期待的真诚微笑。

刚刚拉开的空间距离又拉近了。樊医生的眼睛也浮现出会心的微笑，她有信心缩短目光之间的纵深距离。

"等等，我们马上就来。"

说完，樊医生拉着樊兵兵走了。她带儿子樊兵兵去老才子张的家，还带去一罐没有开封的茶叶和仙桃云片糕孝感麻糖。

"老才子张才高八斗学富五车，是我们庙村最有学识的人，我们不好意思前来搅扰，有请老才子张赐小儿兵兵学名，为小儿开辟文雅之道。"

樊医生他们母子朝老才子张躬腰行礼。

老才子张傲慢地摆手拒绝，顺口又训斥了樊医生平日凶婆行为，说她"实为庙村大不雅，玷污女人之美。"

樊医生平常大大咧咧惯了，为了儿子名字的事情才收敛许多，自然拘谨难受。听见老才子张训斥自己"玷污女人什么"，她忍不住了，呵呵，笑着插话："我就这样，觉得舒服，你骂辱我'玷污女人啊凶婆悍妇什么的'，我不跟你计较。"

说是不计较，实则是大大计较，愣是加上否定词"不"，老才子张感觉到前所未有的侮辱，还是来自这样一个粗鲁的村野之妇。老才子张竖起脸颊，腾出反剪在背后的右手，朝樊医生举起，还翘起食指，语气严厉地骂出一个"你"字，又马上住口，右手回到嘴唇上，咳嗽一声，接着，右手又回到背后的左手上。老才子张他相信，不管怎么说，他也不会输给樊医生。

于是又咳嗽一声，上下打量樊医生一番，放松脸色，嘲讽道："女无仪容，人俱拒之。"

说完，转身回房。

樊医生脸色瞬间变了，身体仿佛被抽去血水般，没有了定力，虚飘飘的。"人俱拒之"，这不是说她樊医生被抛弃得活该吗？我活该被抛弃——樊医生心中浮起一个巨大的问号。问号瞬间点燃冲天怒火，噼啪着在她胸膛里烧腾。

这个看似鲁莽的赤脚医生，没有马上退出，而是赤红着脸色呆站好一会儿后，沉下脸色，继续上前，咳嗽一声，提高嗓门文绉绉地反击："才子不假，扒灰缺德，酸骨毁誉，情何以堪。"

一时，老才子张扒灰的事情传开了。在我们庙村，这不亚于惊天新闻。开始听到这个消息的人们，无不瞪大眼睛，口辞一致地运用设问句：扒灰？大名鼎鼎的老才子张扒了儿子张子恒的灰？

我老师已经教给我关于疑问句的特征，设问句就是不能确定答案需要回答的问句。

是的，我们谁都难以相信。但我们如此好奇，迫切需要一种答案。

"樊医生你真是乱说，老才子张是咱们庙村咱们岛上都有名的文圣，笔墨塞胸，文华绝伦，再说人家小昭呢，钟灵毓秀大家闺秀。瞧你的嘴巴……哎呀，造谣诽谤啊，这是搬是非搞破坏的事情。"我们庙村免不了如此警告樊医生。

樊医生公然挑战了老才子张，莫如说挑战了我们庙村的公信，又是如此大事，可不想落下造谣诽谤的恶名，随即解释，简直是逢人（当然是大人，成家的人）就解释：还是十多年前，她被派到镇上医院进修时，遇到了张子恒和小昭，他们在医院做检查。樊医生她起初也没特别注意他们，但他们两人扭捏躲闪，提起了樊医生的兴趣。随即，心中疑问浮现，他们来医院检查什么？还是两人一起来检查，还是偷摸着如同干地下工作，想到他们结婚一两年不怀孕的事实，樊医生肯定他们来医院是为孩子的事情。于是，樊医生多留了个心眼跟踪观察，结果发现一个真相，张子恒的精子不能孕育胎儿。

"这不是十多年前的事情吗？樊医生你现在说来，又是与老才子张吵架后说的，你该不会……"问者舌头逡巡徘徊几下，压回后面的话。

"不信？你们可以问张子恒去。再者，看那张容若吧，活脱脱的老才子相貌。"樊医生胸有成竹地反驳道，嘴角还浮现出一个得意的微笑，也许是嘲讽。

"十多年了，我本来懒得说这些无聊事情，可老才子张，酸，硬是醋激（土语，酸溜溜地刺激意思）得没办法，不说他还以为咱老樊是软蛋。"

"呲——"对方忍俊不禁。樊医生也跟着笑了，哈哈哈的笑声张狂而孤单。她不是软蛋还真是硬蛋？随着樊医生哈哈笑声，对方是人群也好，是一个人也好，摇着头离开了。

8

我无法定义，我们庙村是信了还是没信樊医生的传言，如同我们无法判断出，老才子张是否扒灰的真相。

我们却无法更改一个铁板钉钉的认识，天才张容若他是完美继承了老才子张一身才气的小才子张，相比老才子张，他更是我们庙村人的骄傲。

他还未满十四岁，便连续跳级，保送到地区高中一个少年班了。这不仅是庙村、咱们整个孤岛、还是全县市的唯一。

在庙村关于老才子张的非议，从未出现张容若的名字，他整个人被庙村坚决一致地推攘在外，连影子都没有。

缩水的非议也就隐约了，如同秋冬孤零零挂在树梢的叶子，在风中飘摇，直至坠落。老才子张还是老才子张，我们庙村人看见他，哪怕隔着浩瀚深邃的无忧潭，都会恭敬地向他招呼行礼。

他"嗯"一声，不理甚至看也不看，又有什么？那是老才子张自己的事情。

可是，有人信了，大大地信了。那人是老才子张的儿子张子恒。

如果指望从张家听见鸡飞狗跳哭喊打闹作为传言成功渗透的佐证，那可是大错。不是错在对老才子张家风的判断，而是错在对我们庙村的曲意。庙村嘛，它太不一般了，首先是庙村地形，中间高，四周底，而中间高地的东西向和南向被一口深潭围住。深潭名字好听，就是无忧潭。高地上全部是常绿树木，刺冬青、香樟、桂花树、玉兰树等，枝叶蓬勃林木参天，在幽深的无忧潭上遮蔽出碧玉般的屏障，给无忧潭增添了古墓般的清凉幽静。高地林木中盘旋出小寺庙，名字简单，称呼庙寺。有多少年了？没人说得清楚，香火断续，木鱼声也断续，但我们庙村在这断续的飘摇的香火与木鱼声中，安静地延续古风。

庙村外的孤岛人，到了年底，常常会成群结队地来我们庙村走动，提一刀红纸，请我们庙村人写对联。这不是吹牛，我们庙村家家都会写对联，自然家家都备有笔墨纸砚，谁人都能提起笔墨挥毫。咱们庙村自夸文风盛不为过吧。而文风蕴藉的自然是雅致。

再说，对着断续的木鱼声和紫绕的香火争吵打闹，终究没有任何道理，说不过去。

老才子张家，他儿子张子恒嘛，嗓门不小，可说话一字一句，平平稳稳的，那表情——看着你，明明看着你，还那么近，却又分明要人感觉他隔得那么远。我也记不清楚他了，他留给我的记忆，统统是那晚来我家请我母亲出工的模样。不甚明了。现在，我记住的是净了师傅。脸色平静，眼观鼻，鼻观心，咚咚地敲着木鱼。净了还是离我那么远，隔着缭绕的香火，整个人都是虚化的，我们却相信他。愿意向他说说心中的苦恼。

大多数时候，净了不作声，只是眼观鼻，鼻观心，咚咚咚地敲着木鱼。

万物无邪

我絮絮叨叨地说着，他咚咚不停地敲着，可突然间他脑袋动了，嘴巴咕哝着一些我听不清楚的东西。而后，在我发怔叹息的刹那，他开口说道："孩子，老天看着你呢，他（或者她）明白你的心，他（或者她）什么都知道，你没感觉到有光照在你心上？"

有光照在心上？初次闻言，我感到迷惑万分。是有光照，可那是照在我身上，我的心在胸膛里，光照得到吗？我觉得净了是个骗子，于是转身跑了。

我跑是跑了，可还会回来。谁叫庙寺就在我们庙村，他净了没成为净了前，我们谁不会朝着庙寺跑？庙寺院子里的两根廊柱上竖立的两块木质对联，也不晓得什么时候就有了，字迹斑驳，可我们庙村的不用看，闭眼也念得出：百年庙寺不倒依旧；瞬间往事过眼云烟。这用得着看吗？只要我们双脚踏进庙寺院子，它们就如空气般，一个字一个字地扑进我们眼睛里，再落至心胸。

庙寺不倒，我们不得不去。去庙寺玩，想想自己的心事，说说心中的苦恼，一颗躁动的心慢慢安静下来，这玩又哪里只是孩子们独有的事情？跑庙寺犹如樊医生磨叨，也是我们庙村的习惯。

跑着说着，敲着木鱼的净了照例会插言嘀咕几句，久而久之，我也慢慢信了——不能说信，而是懂了。

"那光看不见，隐秘了些，却颇有力量，穿过衣服皮囊，重重地击在心上，你会有一种温暖的感觉。它给你安慰又照亮了你。一颗被老天看见并被抚摸的心，也透明晶亮了。它怦然跳动的时刻，就是镜子般吸纳光亮再辐射出胸膛的时刻……心保持了鲜活，继续被老天的光亮穿透，才能继续吸纳再辐射。"

这是净了说的。啰嗦，新奇，古怪。我说懂，也是信。一颗透明的心，当然是镜子般的，吸收再辐射。光亮能不在吗？沾了老天光亮的人儿，肯定是有福气的。与其说是信，还不如说是找到被祝福的安慰和喜悦。

那些烦恼，比如，我父亲的疏远，我考试成绩滑坡，母亲的伤感忧郁，外公和舅舅的病情……均将在我充满祈愿的心灵，慢慢地得到妥善的解决。

"我信你说的。"

净了隔着缭绕的香雾，兀的浮现淡淡的笑脸。我不禁也咧开了嘴巴。

净了与张子恒的区别，就是一个转身。我却记住了净了。

9

小昭呢，她整个人就是无忧潭边的兰花。细长的身子，清秀的脸庞碰到凝视的眼神就会浮现羞赧的红晕，声喉也是细细的柔柔的。她在我们庙村，几乎就是一个影子，在风中和阳光下飘忽。端着木盆在无忧潭边洗衣服，扛把锄头下田种庄稼，在家门前搬把椅子绣花纳鞋……

小昭这个影子，静静地贴在我们庙村的地上，要我们细心地捕捉。在我们抬头凝望时，兰花般静雅的气息，瞬间充满了心胸。

小昭是我们庙村都喜欢的女子。她有一手绝活，就是描画各种植物，作为绣花纳鞋的样本。她的画啊，就是她的人，淡雅别致。什么婆婆纳、文竹、梦童子、地丁、白蓬、空心柴胡、打碗花、矢车菊、龙须草、扇脉杓兰……刷刷几笔，风骨盎然。在我们眼中，它们本是普通不过的野花草，甚至低贱不择土地没姓没名。可经由她的手指鲜活在纸张上时，一个个文气秀雅的名字就从她嘴巴里跑出来，我们无不惊叹。

惊叹之余，我们又无师自通地领略到生命的尊严高贵。

我们庙村妇女农闲时就跑小昭那里，围着她看她描花样，那是她们最漂亮的时光。她们的嘻哈声没有了，饶舌声没有了，粗喉大嗓没有了，全部变身成用眼睛说话的女子。在小昭那里，她们统统忘记鸡零狗碎的杂事，也忘记了漫溢周身的大小伤悲仇恨，心胸塞满了那些充塞我们庙村的花草。她们在心中默默念叨着婆婆纳、文竹、梦童子、地丁、白蓬、空心柴胡、打碗花、矢车菊、龙须草、扇脉杓兰，并一一与它们的模样对上号。

婆婆纳、文竹、梦童子、地丁、白蓬、空心柴胡、打碗花、矢车菊、龙须草、扇脉杓兰等，多么美丽的名字，在众多的念叨中不再作为简单的花草存在了，而是混合发酵出一股气脉，流淌在她们身上，她们周身如同镀上了水银般清透。

我母亲和隔壁的英婶回家后相互感叹：在小昭那坐会儿，就像水洗了遍，还学到不少野花野草的名字，舒服。

我跟着母亲去小昭那里，亲眼看见她描花绘草样。小昭铺开白纸，提笔勾勒出一枝端直的枝干，两侧枝条横逸。她在枝干上画出繁盛的心形叶片——我在心中一一念叨我知晓的植物，却不能确定。小昭仿佛看出我心事似的，说道："马上你就知道是什么了。"她在叶片中间画出垂下脸庞的菱形的五瓣花朵，我叫道："梦童子。"

就是梦童子，小昭仰起脸庞朝我点头。她脸色微红，眼角俏皮地上翘，一股说不出味道的美丽要我看呆了。小昭被我看得不好意思，铺开白纸让我跟着学画。

很简单的，任何东西都有区别他物的精神，抓住精气神，那东西就活了。她还告诉我，画什么植物前，一定要在眼前闪现这个植物模样，它们总是不同的，你要抓住这个植物独有的特征，不求全像力求神似……小昭俯身挨着我，她身上散发出一股气息，似兰花又不尽是兰花。我曾经问过母亲，小昭身上是什么味道？我母亲说是植物混合的味道。小昭经常观察植物，一定沾染了它们的味道，我认同母亲的说法。

我母亲看小昭不厌其烦地描画，建议小昭，没有必要来个人就画一遍，可以把以前画的集中一起，谁需要谁自己临摹。

小昭笑了笑，转身回房，从箱柜里拿出两个大本子出来，递给我们。

我和母亲都傻了眼，各自拿个画本翻看，边看边抬眼看小昭。她太了不起了，她居然把我们孤岛上的花草还有庄稼树木都画了出来，还一一标注出了它们的学名。

也是在那时，我第一次知道，我看见的再普通不过的植物，它们都有美丽得叫人嫉妒的名字。婆婆纳，就是湛蓝得令人快要掉眼泪的花朵；而梦童子，就是那五瓣白花攒成一个菱形的，还垂下脸庞给人梦幻的花朵；地丁呢，大都是紫色，小而韧，花瓣光滑脉络偾张……也是在那时，我喜欢上了植物。

小昭在我们庙村，地位虽不及老才子张，可在我们庙村女性心里，她简直是天仙般的人儿。即便张子恒不能接受老才子张扒灰的传言，无法忍受了，他要爆发他的愤怒，可是——小昭那样的人儿，他怎么能吵闹起来？

但是，传言如此有破坏性。张子恒不吵闹，还能忍受？换而言之，还能不分青红皂白地接受或者轻描淡写地忽略而过？

这似乎与文风或者家风没有多大关系了。

话又说回来，我们庙村确实没有听见张家有什么吵闹动静。却发现，张家有了变化。

首先变化的是小昭，她影子般的身体仓促地在我们面前飘过，再也难得一见她羞赧的红晕和柔顺如水的眼神。她把整个脸庞交给她的脖子，再与脚步相对。

我母亲叫道："小昭，下田了？晚上到我家坐坐。"

小昭微微仰起脑袋，眼神不知看向何处，脑袋轻摇。

"那我去你那儿，想请你描个花样。"

小昭淡淡地吐出一个词："来吧。"

晚上，母亲去小昭家马上回来了，手里拿着小昭给的一个植物画本。母亲叹息着说："小昭再也不会教我们画画了。"她的叹息，令我莫名地感伤。

10

小昭不理我们了，除非我们硬是主动喊出小昭的名字，她才会站住，眼睛却也不看谁，只是定定地盯着地面。

老才子张，她更是不理了。反正，我们庙村人，谁也没有看见老才子张与小昭讲话过。有好几次，我看见老才子张反剪着双手，在无忧潭边吟诗，遇到扛着锄头的小昭，他们谁也不认识谁似的，相互擦肩而过。

在张子恒还存在前，张子恒也不理睬老才子张了。哪怕，老才子张有事情，最有可能的事情是他又丢了或者忘记带大门钥匙，大声喊张子恒要钥匙，还屁颠屁颠地跟在他身后，张子恒却视而不见。老才子张跺脚叹息："孺子不可教也。"随后，到庙寺溜达一圈，等到张子恒小昭收工回家，再跟着回家。

他们张家分成两家人了，虽共一个堂屋，可厨房分成了两个，各吃各的饭。老才子张看上去，似乎前所未有的孤独寂寞。他在无忧潭边反剪双手，吟诵："举头旭日白云低，四海五湖皆一望。"稀疏的白发在风中如荒草般的瑟瑟发抖。我们无论在哪里，都会心有灵犀地听见，从他心里发出的怅然叹息。

张子恒不在后，小昭彻底不理睬老才子张了，是那种对方在眼中消失似的不理睬。我亲眼看见。

那天暴雨后，上庙寺劝净了回家的老才子张一身泥泞地回家，稀疏的头发在脑袋上湿巴巴地粘成几绺，衣衫也湿了，贴着身体，鞋子和裤脚全是泥巴，拽得老才子张东倒西歪的，狼狈极了。

到了无忧潭边，老才子张就蹲下来洗鞋子洗脚。洗着洗着，口袋里的钥匙掉进了潭水里。无忧潭可是没有底的，我们庙村传说，它与外面的长江在地底下连着。这是有根据的，逢到孤岛干旱或大旱年月，弄个抽水机日夜不停地抽无忧潭水，灌溉田地，三天五天过去一个星期过去，最长时间达到半月之久，无忧潭还是水汪汪的。谁也不晓得无忧潭有多深。老才子张双手在潭水中捞几下，胸口衣衫也湿了，又担心滑到潭里，于是放弃打捞。

到了岸上，发觉自己比落汤鸡还要狼狈。老才子张折身回家，他以为，这样的天气，小昭应该在家里。到了屋前才发现，大门紧锁，小昭也不在家。找到田地，田地没有，去问我母亲，我母亲告诉老才子张："我刚看见小昭，手里还提一个包，估计是去看张容若，人还没出村口，现在还追得上。

老才子张一动不动。我母亲又催促了一句。"

"她当我死了。"老才子张轻声咕哝，却还是清晰地传到了我们耳朵里。马上，屋子里一阵静默。

落汤鸡般的老才子张简直失魂落魄，接过我母亲递来的热茶一口饮干，然后捧着茶杯在我家院子里转圈，直到看见屋檐下搁放的挖锄和铁榔头，他眼睛一亮，说了声"有了"。

老才子张提着榔头刚出院门又跑回来，拽起我的右手就跑，边跑边对我母亲说："借下。"

我母亲听后如同丈二和尚摸不着头脑，因为他借的不仅是榔头，还有我。

我母亲嗒嗒地跟在后面跑来。老才子张到他家门前，放下我的手，嘱咐我别走，看他开门，请我进屋做客。于是，双手抱拳，对着紧闭的大门说道："幸有嘉宾至，何妨破门入？"操起榔头对准铁锁砸去。哐啷几声，铁锁松了。老才子张上前拉拽，铁锁似乎马上掉下来，但老才子张又按紧铁锁，生怕铁锁掉下来。他把榔头交给我，要我再砸开。

他什么意思？我满心疑惑，转眼看母亲。

母亲满脸都是笑，她是真乐，说话的声音都快结巴了。"砸，你砸一下锁就掉了，你是老才子张请来的……嘉宾，他请你砸的，砸完了，我请人……给他们上锁配钥匙。"

我举起榔头，砸掉了锁，也替老才子张开了大门，成为老才子张的嘉宾。他把我迎进堂屋，还请我坐，亲自给我奉上茶水。

天，这个老才子张真逗。我乐得实在憋不住了，接过茶杯象征性地抿下嘴巴，然后告辞。转身刹那，我的笑声就破喉而出。

这个老才子张，近乎孩童般，天真得幼稚，当然，我指的是他处理事情的逻辑。

小昭不理睬他，当他死了一般，在我们看来，是为了避嫌，还有可能是，她只有如此，才能证明她的清白，才能挽回张子恒出家的心。

别以为净了不知道，关于小昭的消息。老才子张劝净了回家之余会不会说什么，我无从知道。但我看见进庙寺的大人小孩，都说起了小昭。那个调皮的赶生跑庙寺玩，看见敲木鱼的净了，也央求他出寺回家。赶生的理由就是小昭，说："你别敲木鱼了，回家吧，你知道小昭婶子多难过吗？"

净了的木鱼还是那么有节律地响着，他对赶生的话充耳不闻。赶生几乎求道："我小昭婶子她几乎不说话了，我喊她也不理，我可最喜欢她的笑容了，你回家吧，她一个人在家，跟谁都不说话，谁也不看，她多孤单啊。"

赶生说着说着，声音竟然哽咽了。他与小昭有着深厚的感情。他出生时难产，母亲生下他不久后过世了。赶生出生那天正好赶上他母亲生日，父亲为讨吉利，取名赶生，算是延续他母亲生命的意思。赶生与张容若大致同时出生。小昭这样清雅的女子，居然舍得本不充足的奶水，要张子恒抱来赶生喂奶。赶生说小昭是他干妈，虽没有正式认定，可在他心中早已经默默认定，尽管碰到小昭喊的仍然是婶子。

我也说过，我母亲也说过——向净了说起小昭。

净了不想听也没办法，他肯定听到了，关于小昭的消息。虽然，敲着木鱼的他仍旧无动于衷。

可我们关于小昭当老才子张死了的看法，错了。我们是在一件事后才恍悟我们的错误。

11

樊医生怎么也没有想到，她的负心郎，儿子樊兵兵的父亲又回来了。回到他以前工作的轮渡上，不过不是一个人。跟着回来的另外一个人，不是与他私奔的女人，而是一个四五岁的孩子。

樊医生得知这个消息后，再次来我家磨刀。她气冲冲地提着菜刀上我家，还在爬坡就爆开嗓门喊："磨刀来了，今儿一定磨出最锋利的刀刃。"

我母亲探出脑袋，看樊医生比以往都气愤，跑来拉开本来就开着的院子门，招呼道："磨刀来了？"

樊医生"嗯"一声，疾步走到厨房，提来一桶清水，兜起桶底，哗哗地全部泼到磨刀石上，又找出一块抹布来回擦洗磨刀石。再把菜刀架在上面，人骑坐于翘起的磨刀石的边角，呼地大吐一口气，双手握住菜刀，前后推动双臂，霍霍地来回磨砺。

一边磨刀，一边嘴巴发着狠气为自己鼓劲："呵呵，老天爷有眼啊，终于让我等来这个遭天杀的，哈哈，还真不要脸到家了，带回一个孽子，向我示威呢，好，敢回来算你们有种，咱们就动真格地较量较量，新仇旧恨，一起清算，等我磨出好刀，杀个痛快。"

三两下，樊医生提着湿淋淋水光光的菜刀返回了。这次，她的步态仍然慢，却有了几分犹豫和沉重，丝毫没有以往返回时的心满意足。看样子，樊医生有些想法，或者说心事重重。果然，走到无忧潭边，樊医生没有径直朝她家走去，而是涉潭去了庙寺。

上庙寺肯定就是找净了去了。

而净了会理睬她吗？

没有人看见她对净了说了什么，也许什么也没有说。我们也无从知道净了如何回应这个樊医生，也许视而不见吧。

但我们看见了。下庙寺的樊医生，步履匆忙，双脚生风，脸颊出现少有的潮红。她在我们庙村的注目中走出村口，菜刀在她下垂的手中晃来晃去，晃出破碎又凛冽的寒光。

我们都以为，樊医生会宰了那个抛弃他们母子与姘头私奔的负心汉，说不准，还会一并杀了那个孽子。

这是樊医生多年所愿啊。

她磨了这么多年的刀，可不就是在等待这样的时刻？英婶与我母亲等人关于樊医生磨刀的笑谈，也许在今天就会被她的菜刀试炼出虚妄，然这些不过属于女流之辈的短浅见识。

傍晚时分，樊医生回来了。她不是一个人，还抱着一个孩子，同样是步履匆忙双脚生风。看她抱着孩子的模样，一点都不是厌恶仇恨，反而有疼惜的味道。我们庙村的都以为，她杀了那个负心汉，伤到了孩子，作为母亲又不忍心孩子受伤，哪怕是仇人的孩子，所以抱回孩子抢救来了。

这可是有趣的事情。

等有人跟着去樊医生诊所观察，发现我们猜对了一半。的确，樊医生在抢救这个孩子，也就是她说的孽子，不过孩子没有伤口，只是发高烧生病了。

万物无邪

"樊医生你的菜刀呢？"有人问道。

忙着给孩子打针的樊医生，通的一声站起来，说道："我的菜刀？"左右看下，继续说，"呀，我找那个遭天杀的，在船舱后面的厨房里才找到，找到后我就骂，然后举刀——他哄孩子不理我，我上前拽他肩膀，孩子被撞在地上，我才发现孩子满脸通红热气喷人，那肯定是感冒发烧了，而且烧得厉害，怎样？我不得不先放下菜刀——菜刀就放在靠角落的砧板上。"

说到这里，樊医生停下来，看着众人。众人不作声，一律静静地与樊医生对视。樊医生居然哈地笑了声，可笑容很短暂，马上在脸上消失。

"……我等孩子烧退了，回去拿，再宰负心汉不迟，反正他的孩子在我手里，不是？"她继续说道。

樊医生这么说，不过是告诉我们，她不是不想履行诺言复仇，而是时机不对，碰到了生病的孩子。她是医生，救死扶伤是医生的职责，总不能看见生病的孩子不救吧？再说，她等了这么多年，再捱几天又有何妨？

12

没有等樊医生再找去，负心汉就把她的菜刀送来了。从负心汉提着菜刀走进我们庙村，我们庙村的都瞪着眼一路跟看。负心汉虽然是外村的，一直在轮渡上做事，后又跑外面多年，可并非要我们庙村感觉完全陌生。我们庙村的瞪眼跟看，也不忘招呼——"回来了……"负心汉也不作声，他如何作声回答？他是回庙村来了，可是他哪里又是"回来"？负心汉低头静默，只是迈脚赶路，径直走到樊医生那里。

他双手递上菜刀，请樊医生复仇。

樊医生接过菜刀，满脸怒容，菜刀在手中抬起，明晃晃的，却马上砰的一声掉在地上。不是菜刀失手掉下，而是被樊医生扔在地上。菜刀落地的同时，樊医生莫名其妙地说了一句话："孩子的烧还没有退。"

"你——"负心汉说着,双腿弯曲跪下了,请求樊医生惩罚他一定要惩罚他。

这是旁人说的。我没亲眼见,却在这些细节中揣摩出,樊医生固然恨负心汉,但她把被抛弃的委屈全部算在了那个夺爱的女子身上。她想教训负心汉,更想手刃横刀夺爱者。

可惜,樊医生只能委屈痛哭了。她的菜刀,磨砺八年的菜刀突然间没有了对手。那个女子竟然客死异乡了。而孽子比樊兵兵还可怜,没有了母亲。

跪着的负心汉捡起地上的菜刀,双手呈给樊医生。

伤心欲绝的樊医生再也无法举起刀,只能哭着赶走了负心汉。"滚,你马上从我们庙村滚开……"悲伤抽空她的胸腔,又气势雄伟地占据樊医生整个身体。那天看见的人都说,樊医生太伤心了,唉,也是太令人伤心了……

看来,樊医生的伤心感染了旁人,伤心越发肆无忌惮,在樊医生诊所攻城略地所向披靡。无能为力的樊医生只好放声痛哭。她在诊所一会儿蹲在地上哭,一会儿趴在桌子上哭,一会儿在房屋里转来转去地哭,哭得肝肠寸断,完全理不清楚头绪。

诊所有病人,病人受到感染固然伤心,却没有好身体承受哭闹,都哼哧哼哧地表达抗议。悲伤的樊医生却不能止住哭泣,只好捂脸哭着跑出诊所,绕过无忧潭上庙寺去了,边哭边嘶哑着喉咙喊一句话:"人算不如天算啊。"

同样,谁也不清楚樊医生与净了如何相对。

很迟很迟,樊医生才下庙寺。已经是黑夜,樊医生下庙寺,谁也没看见。但我们庙村的,都听见,她没有回家,而是去了小昭家,也不进小昭家门。很可能是老才子张不许她进屋。

是啊,我们都听见了。

樊医生站在小昭房屋窗户边,哭着声腔说:"小昭,我对不起你,你相信吗?有些事情根本就不是我们想的那样,哪怕我们亲眼看见亲耳听见,可还是只有老天才心知肚明。我错了,伤害了你、张子恒、还有老才子张……我对不起你们，给你们跪下了。"

我说过，我们孤岛房屋特殊，建造房屋都要先筑一个高台再起屋。哪家说话，声音大点，周围都听得见。樊医生请小昭原谅的话，还是发自肺腑的哭腔，我们不想听见都太难。

那夜，我们很迟才睡觉。全都竖起耳朵听老才子张那里的动静。我们一直陪着下跪的樊医生。我被母亲赶着上了床，却根本无法入睡，大开着窗户，侧耳倾听。

庙村的夜晚太静了，又太闹了。无忧潭里的鱼游水响声，时令动物的呼吸声，还有庄稼拔节声，混合着我们庙村人极力屏住却又无法屏住的气息，化成一波一波的浪花袭来。

我不住地张嘴打哈欠。混合声响闹腾成来回颠簸的摇床。我跟着摇摆，睡意浓烈，但我极力抵御，我感觉自己站在睡与醒的边缘，左右摇晃。迷糊中，又被一种意识牵引到一个地方。正是老才子张的家。我看见老才子张弓着腰身开门，探出脑袋，先是要樊医生回家。樊医生不肯，跪着哭泣。老才子张缩回脑袋，关上大门。接着，又打开大门，老才子张走了出来，说道："村野之妇，碎言琐语，伤人害己啊，罢，我无所谓受伤也不谈原谅，你请求她原谅即可。"老才子张翘起右手食指，指向小昭的房屋。

小昭的窗户突然开了，一个冷冰冰的声音传来："樊医生，你走吧，伤人伤到不知，才是大伤。"窗户啪哒一声，关上了。

天地突然死寂。只有明晃晃的月亮，哗哗地无声流泻，一地白霜。许久，老才子张一声长叹，幽微绵长。而后，伸出右手摇晃示意，要樊医生离开。樊医生还是不动身。他无限伤心地说道："是我口不择言啊，我中伤了她，我没看见，怎么就断定她出轨呢？"

接着，声音再次静默，白霜凝固。大片的静默在黑暗中蔓延而来淹没我，我一下跌入深沉的睡眠中。

第二天我从母亲口中得知，我迷糊的梦境居然就是现实。我捂住了胸口，说："这么神？"

我父亲也在家，他哈哈笑着说："你呀，小小年纪，心思灵透……咳，根本就没睡着，起码耳朵没睡，但眼睛闭上了，这样你耳朵把你听见的传到模糊意识中，梦境就与现实结合了。"说罢，父亲摇摇头，满是怜惜地看着我，又晃动脑袋。他在点头，我的父亲在点头。我垂下了眼睑，眼眶不禁湿润。但我不希望父亲看见我流泪，假装打了哈欠，手指按在眼眶上，嘴巴嘟哝："难怪……"

原来是这样。老才子张伤害了小昭，说她出轨了，这才是小昭不理睬他、当他死了的原因。

多么复杂啊。老才子张说小昭出轨——他在为自己开脱，还是其他原因？

13

老才子张借我破锁进屋后，我们家好多天都在笑话老才子张的迂腐幼稚。笑着讲着，我们撸清了一个事实，老才子张的逻辑不寻常。也就是说，不大靠谱。

进而，我母亲做出一个猜想，老才子张知道儿子张子恒身体有问题，面对小昭怀孕生出张容若的事实，就断定小昭是怀的别人家的孩子。

"小昭……唉，这个苦命女子，谁真正看见了？一会儿说是她公公扒灰怀的孩子，一会儿说是越轨怀下别人家的孩子……谁亲眼所见？却接二连三地遭受这些猜测，难怪她……"

母亲说不下去了，摇摇头。

小昭越轨之说，未免虚妄。看张容若，相貌举止，还有才高八斗的基因，就是老才子张的后裔。

不独我母亲这样说，樊医生如此说，咱们庙村恐怕都是这样说。

她没越轨，张容若又如此与老才子张长相相似，而张子恒身体有病，那么，似乎只有一个事实，老才子张的确扒灰了。樊医生尽管下跪请求他们原谅，可是她的话里，分明在申明——她没有说谎。

她当然没有说谎，要命的是，这个樊医生还提出一个难题，没有撒谎的事实，还不能等于隐藏在事实里的真相。

老才子张扒灰了，似乎是事实，事实却不等于真相。真相不在事实里，而在事实之外。

多么古怪神秘。我们无法不议论笑谈，笑谈里，夹杂疑惑不解，毫无嘲讽意思。嘲讽谁呢？我们不是亲眼所见，能嘲讽谁？这个找不到答案的古怪事，或许如樊医生所说，只有老天爷心知肚明。

老才子张还是坚持每天上庙寺，苦口婆心地劝净了回家。他现在的理由很简单，净了净不了，你还是张子恒。起码，有人苦苦挂念，你能无动于衷？

出了庙寺，老才子张就在无忧潭边徘徊，迎风诵诗。稀疏的白发在风中微微颤抖。我们无论在哪里，都会心有灵犀地听见，从他心里发出的怅然叹息，一天比一天沉重。

他怎么不怅惘叹息？

张子恒出家了，而小昭在张容若考上地区高中少年班后，她去了我们庙村废弃多年的庵堂，打扫干净，挂上清风庵牌子，从此，小昭就是清风庵的守门人了。小昭，我们庙村的仙女，多了不起。她在庵门两侧挂上四字对联：一别两宽，各生欢喜。

一别两宽，各生欢喜。她哪里又只是在说她与张子恒呢？

我们这才知道，小昭不仅擅长画画，还胸有大笔墨。多么好，别离和欢喜的距离就是一个转身啊。

关于老才子张扒灰与否的事情，我们偶尔议论，也是叹息般地议论，却不做任何评价，因为我们得不出任何答案。

我上初中后，学习生理卫生，知道了生命神奇孕育的过程。我在课堂上出神，想到樊医生打探到张子恒身体秘密的事情，她说，张子恒被检查出精子不能孕育胎儿——那么，他的精子是死的，或者说不活跃。可天下没有绝对的事情，死的不等于完全死掉，不活跃更是说明死活参半。那个神奇微小的蝌蚪，摇动尾巴畅游，刹那间与它的朋友相遇，播种下一个生命的种子，此际，只有老天爷才会看清楚。

不能不说，老天爷他真是有眼的。以一束光芒穿透一颗透明的心，赐予我们肉眼看不见的福气，我们意识到，也就在接纳啊，欢喜油生。

卜 居

1

晚风拂动暮色四合时，老头左肩搭个细长袋子，挂根拐棍又来到我家。他一双露出脚指头的破鞋拖在地上，嗒嗒地走入我们的视线，在高大的青石门槛前站定。

棍子倚靠墙壁放下。右手抖索，从布袋子里摸出一只海碗。破了边角青蓝颜色的海碗越过门槛，正对向中堂的大方桌，方桌已经上好冒着热气的饭菜。

他是算定这个时间来的。连续三天都这样。

他总是等不及的样子。脖子拉直，眼睛直直地盯住方桌，嘴巴闭合，看不出喉结的喉咙却痉挛般嚅动。

我母亲接过他的海碗，去厨房盛好饭菜，转身递在他手里。依旧问道："要不要先喝口茶水？"

逃荒的人肚子饿自然也口渴。何况两天来，他的回答从来就是："要的，先喝口茶水，多谢了。"

我倒上凉壶里的一匹罐（茶叶名）。他端过杯子，咕隆咕隆地一口饮尽，嘴巴舒出一口长气，右手端好海碗退出。

"棍子，你的拐棍。"

他刚下屋檐台阶，我在后面提醒道。

他不理睬，只是嗒嗒地拖着破鞋踱出院门。"给他拿上。"母亲吩咐。我坐着没动。祖母张着她仅存的左眼，往屋外望望。咕哝："天黑也凉了，蛇多。"

我极不情愿地站起来，拿过靠在墙壁的拐棍，使劲在台阶上猛抡两下，以示解气。然后才跳下台阶，朝院门外跑去。

我刚到院门口就住了脚。那个讨饭的老头并未离开我家，而是倚着我家院门前的老柚子树蹲坐扒饭。我把拐棍放他身边，转身欲去。

"姑娘，我等会还去你家的。"

以为我家开粮仓？我愤愤地想，给你添这么大海碗的饭菜，可是我们几个人的口粮，还不嫌满足。人心不足蛇吞象啊。不理睬他，我抬脚跨进院子，砰地关上院门。

很快，嘟嘟的敲门声有节奏地响起。

真是他。他果然再次踏进我家院门，仍旧站立于青石门槛外，拐棍还拄在他右手里，左手呢，却抓着那个细长的布袋子。

我们坐着没动，只拿眼睛齐齐地看他。他不可能没有吃饱，即使没有吃饱，我们也没什么给他了……除非白生生的大米或者小麦面，但，这对于一个讨饭度日的孤家寡人而言，似乎并无多大意义。

"我白白吃了你们几天粮食，真是过意不去……本来快要饿死的命，也被阎王爷赶了回来，俗话说，滴水恩情涌泉相报，我这把老骨头，孤篷野草一棵，哪来啥子泉水呢？遑论报恩……可幸，我还有这个楠管跟着，不曾离弃。"说着，松开左手，从布袋子里熟练地掏出一支乌红颜色的竹筒。我知道，这竹筒由楠木制成，故称之为"楠管"。

咔嚓一声，楠管分成两截。我定睛一看，并非楠木筒子断了，而是中间本身就有个含口，含口处可分可合。

这又有什么讲究？

"客官啊，合上这个家业（指楠管），我就是个讨饭的叫花子，分开成对对儿两截，我就成为卖艺唱戏的，对面站的客官官呐就是我的天帝，老朽这就施礼拜拜——"边说边唱的他，扔了拐棍，卸下肩膀的布袋子，跨过门槛，抱拳屈身。

"师傅大礼，我们承受不起。"祖母和我母亲慌成一团，分别
回礼。

祖父咳嗽一声，惊诧着瞪圆眼睛，脱口问："师傅就是本地人？"

我们也愣住了。开始来我家讨饭吃的那天，他不是说自己家乡河
南发大水被淹，一路讨饭到我们岛上，直至我们庙村？而现在亮出的
家业和嗓音，分明就是我们当地人啊。还没听说河南人唱楠管的。

"客官容我细细道来，本是岛上人，少小离家奔世界，客居冀
豫，颠簸战乱饥荒，徒留祖传手艺，而今秋水茫茫，一叶漂泊向南归
根，我就拨响那楠管哈，诉诉衷曲。"

原来如此。

"师傅贵姓，老家总还有人吧？"

"镇上巷道刘家人，姓刘名云生，岁月更迭，人情呐那个蹉跎，
乡音未改鬓毛衰，儿童相见不相识，难得庙村容我延拓，我拍拍竹
筒，敲响云板，唱古说今道传奇，传情达意表风流，客官啊，借我中
堂一宿，送上清音呈个耳福。"

"刘师傅唱了今晚，就有明晚后晚，甚至……"我祖母祖父嘀咕
开了。我们多少晓得楠管的一些规矩，比如，唱书不能挖根（即唱
完），要留点念想。留念想也不是吊客官胃口，而是给别的楠管艺人
留口饭吃，只要有艺就能接着唱。

"多谢多谢，我们已经满了耳福，再说，我们寒室陋壁，承受不
起大师傅。"

母亲的话看似热情，其实是毫无商量余地的拒绝。

2

"借我中堂一宿，保管客官满意。"

刘师傅第二天清晨踱来我家，堵住出早工的母亲。母亲也不理
他，冷着脸色绕过刘师傅径直出门，准备下田去。

母亲不答应他来我家唱楠管，有明摆着的理由。我家不是大户，请不起师傅，供不起客人。即便一个普通的农户，师傅唱戏说书，乡邻凑热闹捧场，不说好烟好茶伺候，起码多少有个零嘴。若是来了小孩子和老人呢？干坐多么难为情啊。

刘师傅却执意要在我家唱楠管。在他看来，他的上好技艺是不轻易说唱的，而今逢上救命恩情，无以为报，心头遗恨，唯有献技楠管才可缓解。我母亲的拒绝，简直轻率而无知……哪怕我们庙村也出过唱楠管的艺人，可惜，技艺与好技艺的区别是天壤……只要去听听，终会明晓，那是怎么样的一桩佳事。

"你听听，真的，客官啊，不听不知道、一听吓一跳。"刘师傅转身就去追我母亲，嗒嗒地跟在她后面，边走边说："想当年我拍响楠管，从驻马店唱到郑州再到石家庄，场场爆满人头攒动，坊间巷道里，楚声若风行，压得河南梆子角落响，凭的啥——真功夫哈。"

我母亲开始走得快，倒不是要甩掉刘师傅，只不过是赶时间下田而已。但她听见刘师傅在后面的气喘声和恳求声，就慢下了脚步。这个刘师傅上了年纪，估计还未讨早饭吃，又背井离乡的，要是出了什么毛病，如何担当？我母亲可不愿意丝毫沾染。

我母亲听见刘师傅说他自己真功夫时，已经停下了脚。等刘师傅跟上来后，转身放下肩膀的锄头，说："刘师傅的好技我昨个已经领教，只是我家小门小户，担当不起大师傅啊。"

母亲的话直白而真诚。

而刘师傅也回答得直白："哪里——我唱个好声，客官不会白听，这是规矩，而我借了你家中堂，自然是替你家做工。"

我母亲愣住了。眼色迷蒙，她纠结于内心的想法。诸如，刘师傅的做工，乡邻不会白捧场，刘师傅的行当等等。

这似乎不是小问题。

"刘师傅，我要赶时间下田，你还是去找我家公婆商量吧。"

刘师傅又折身去我家。

这个刘师傅可不简单。踱到我家后，不说不求，而是拿出楠管，拍响后咿呀唱道：

盘古呐开天地，水流到中曲。

神鱼寻休憩，看到我家啊——丹阳地，

懒身梦乡里，九十九洲归了一。

庙村呐是胸框，藏了支啊——楚后裔。

话说细水长呐，就从那个庄王讲，

秦兵灭国恨，庄王逃命啊——到了这里

……

我祖母祖父就呆住了。他们各自站在原地，愣怔着，支棱起耳朵，敛神屏气地听刘师傅唱说。

要说，刘师傅并非很正式地唱。场所、装扮、气氛，要什么没什么。只不过楠管嗡嗡地响起而已，刘师傅的嗓门破开而已。再加上，刘师傅还未吃早饭喝茶水，中气不足嗓门也不清亮。这声调调就是唱戏的，未免随意了些。

可这楠管拍的……犹如神鱼飞起，溅落一身水花，淋湿一汪静泊地，而这好地，是我们的避身之所啊。我们孤岛的来历，不过是神鱼的卜居，我们庙村呢，嗨，也不平凡，它被楚王室贵族卜居。

就是这么流传的，千百年来，甚至更加遥远。我祖母祖父第一次听见流传被楠管拍响了说唱出来，于一种看似正式却远未达到正式标准的场合。说唱去掉了处心做戏的装饰平添自然，自然到可信，水到渠成地唤起居住人的前生后世之感。

"呸"，我祖父吐出一口痰水，命令祖母上茶备饭。祖母颠着小脚，如梦初醒般喏喏应答后，颠着小脚忙开了。

"老哥老姐啊，早饭早茶，我一个叫花子，没得资格享受，还是涎着脸皮再请，借得中堂一宿，拍响楠管，唱个'卜居'，温习那个前尘后梦。"刘师傅边说边收好楠管，抱起双拳，屈身施礼道。

"听个清音啊，享个耳福，我们也先谢过师傅了。"

我祖父上前，也抱拳回礼。

这样，刘师傅晚上在我家拍唱楠管的事就定下来了。

刘师傅拖着露出脚指头的破鞋，哒哒的离开我家时，我祖母伸手拐了下祖父膀子。我祖父又喊定刘师傅，涨红了脸颊说道："师傅不嫌弃，我这驼背老头子的衣服可……"

刘师傅咝着声音笑了。他在不屑，还是自嘲？抑或叹息？也许都有，也许就是喉咙堵了东西，笑声不过斜逸时擦出声响。

他指指我家斜东头，说道："天下无忧潭，沧浪之清水，可以濯我缨，老朽足矣。"话头未落，人已经嗒嗒地溜出院门。

我祖母睁着仅存的左眼定定跟着刘师傅背影。刘师傅走出院门后，她侧脸对身边同样目送的祖父咕哝道："这师傅可比咱们年纪小。"

3

事实上，刘师傅刚刚出我家院门，我们庙村的都知道了，刘师傅要借我家中堂一宿拍唱楠管。他那未正式的调音拍唱，不晓得有多少庙村人听见。当他施施然出来，左肩的布袋子不再挎在肩膀，而是挽在手上。我们庙村就明白，他要拍楠管了，很正式的。

刘师傅走出我家院门后到了无忧潭边。洗头，洗脸，洗脚。

无忧潭背倚我们庙村唯一的山林，却又雄心壮志地离山林而去，把我们庙村挖出清幽幽的一片水泊，长和宽甚至圆都不能描述它，它弯绕又抱紧自己，沉湎于绿水下的秘密。若是站在山林上面的庙寺看，那深幽的潭水，恍如八卦图，把我们庙村占了个大半。

刘师傅不过站在山林庙寺下来的路口潭边——平时就是站在潭水中间，也没有人看见了去。可毕竟，他要在今晚拍唱楠管了，刘师傅站潭水哪里，都能被人瞧见。他在岸边树杈上挂晒的衣服，也被放大了，格外招眼。

可刘师傅洗手洗脸洗脚，都大方淡定，可擦身还是免不了羞答躲闪了。

反正，没有谁瞧见他裸露的身体。尽管，那挂在树杈上的衣服被风鼓吹得如同扑腾的鸽子，还不断伴有"咕咕"的叫声。但衣服在眼底，人却在眼外。

可他总不会沉潜到潭底去。这把年纪和身体不论，就说我们这无忧潭，没有人能够试下它的底细，传说它水下有通道，与岛外的长江相连，当初从秦兵手中逃脱的楚庄王隐匿到我们这里，秦军追赶而来，重兵把阵我们庙村，层层封锁，掘地三尺寻找，一无所获。楚庄王去了哪里？只有一个可能，从无忧潭里逃脱了。

刘师傅肯定净身了。咕咕的衣服就是证明。

在哪里？

我们庙村的把眼睛抬起，定定地打在了路口左侧高台上的壁子屋。

那是熊春天我大舅妈的家。她已年过五十，守着芦苇竹排泥巴砖石糊成的房屋，在我们庙村生活了四十余年。是的，她从十岁起逃荒到我们庙村，住在我外公外婆家，而后成为我的大舅妈，名正言顺又千辛万苦地守在无忧潭边，开始她漫长的生活旅途。

我上学知道旅途一词后，做过无数次浪漫而幸福的遐想。美不胜收的风景、身心愉悦的享受等诸如此类的词语，就是旅途分泌的辅助物。我的大舅妈，熊春天却以她黑瘦寡言的姿态，彻底颠覆了我的种种遐想。

旅途边际，其实尽是苦水。在无忧潭边的壁子屋里随着岁月积蓄，而后漫溢。苦水总是不适，稍稍显露，便出面目。

我叫道："大舅妈……"

她低下高瘦的身材，拉紧大草帽，垂首勾身匆匆而过。她不是没听见，她是不答应。尽管现在，她就是我的大舅妈，可她无法启口，也不想启口。她紧紧闭合嘴巴，低首垂眉，守住她的呼应。她在担心，稍稍疏忽，出口的声音就出卖了她近乎羞辱的秘密——哪怕只是近于叹息的"咳"，那不过是在过早地终结……身份，她在我们庙村的身份。

熊春天，我外婆某个春天在船上偶遇，心生怜悯带回的孤女。

我大舅的童养媳，我现在的舅妈。

我们庙村抗美援朝英雄、现为昆明某军区领导的家人。

说到底，熊春天从十岁那年踏进我们庙村，直至与我大舅进入洞房前，她就是一个流落我们庙村、在我们庙村讨生活的外乡人。然而，入洞房那晚，我大舅逃出我们庙村我们洲岛，奔赴全国解放战争去了，后又踏上北去列车参加抗美援朝。花烛夜与圆房，于她，犹如蝴蝶和蜻蜓，虽为翔物却不同谱系，各自为阵地翻飞，说白了也是两个脱钩的概念。婚姻或者说以婚姻为标志的家，出现断裂和里外不一的破痕。

但，这是改变不了的，她就是我的舅妈，我们庙村英雄的家人。

说到底，熊春天就是我们庙村人。

"我不同意……"这是我大舅的口头禅，面对熊春天，面对我外公外婆。他的不同意往往就是一块打出水面的飘石，波折几下，踪迹全无，而后，在风行水流的岁月中，波折也没了踪影。

"我不同意，我要离婚。"我外公外婆先后走了路，面对熊春天，我大舅的口头禅补上了一句。我小舅与大舅感情好，寻着机会上前搭讪，请求熊春天答应了他大哥的要求，还说："强扭的瓜不甜催开的花不香，他那个犟牛脾气，不理你的，你等多少年也是白搭个名头，难为了彼此，何必？"我小舅妈也忍不住了，凑上前劝说："嫂子啊，我这声喊，可尽是大哥不在家的时候，要是他回家了，我怎么也出不了口……"熊春天一摆手，转身收拾她的家当，搬出去了。她自立门户，在山林脚下无忧潭水边，用泥巴糊着竹排芦苇砖石，垒起高高的壁子屋。

壁子屋里外插着黄绿的旱烟叶，蔫乎乎地贴出一些生气。倒映在绿幽幽的潭水上的壁子屋，荡出黄绿色彩的波纹，切割出一丝童话色彩的逍遥。但这只是假象，无论如何也骗不了我们眼睛。清晨和傍晚时分，辛辣的旱烟味在风中萦绕，呛着靠近的鼻子，压迫出锐利的喷嚏或黏糊的涕泪。

那是壁子屋溢出的苦水。

我们止步，仰头看看那个烟熏火燎的壁子屋，想说什么终究无从出口。

而现在，那个逃荒来的刘师傅，却去熊春天的壁子屋里净身。

真还是假？

4

总之是，刘师傅上午洗了上衣，下午洗了裤子。轮番着洗干净全身衣服。

他出现于我们眼前的面孔甚至整个人，都透露出干净清爽，连灰白的头发也顺了飘了——他不仅洗了身子，还洗了头发。

熊春天家门前的坡路上平添一些湿润的草木灰，板结在菜园边。无疑，刘师傅借了熊春天的壁子屋，用草木灰澄清他落荒乞讨的灰垢和落拓，从头到脚。

晚霞在无忧潭上射出斑驳的红黄两色时，焕然一新的刘师傅被我祖父请到我们家吃晚饭。他们从山林那边沿着无忧潭绕过来，一路都是我们庙村人的询问："刘师傅今晚要在驼背爷子家里开场说戏了？什么戏文？啥时候开场？"

可以说，刘师傅是被我们庙村人前呼后拥地请到我们家里的。为了欢迎刘师傅，我们家还请了陪客。陪客可不是普通乡邻，而是我们庙村德高望重的老才子张。老才子张才高八斗学富五车，脾气却狷狂，一般情况下，正眼也难得瞧下我们，更不用说同桌吃饭了。今晚却与刘师傅左右端坐我家方桌正席，面向我家中堂南方。席间，两人举杯敬酒，言辞谦逊，礼节周全，但点到为止的拘谨致使席间空气凝滞，特别是老才子张，放下酒杯就是睥睨红尘模样。

看来，对于刘师傅，他尽管以陪客身份作为认同，却并非百分百的认同。

晚饭间的老才子张，不苟言笑，看上去心事重重。飘忽不定的昏黄灯火中，矗立起凝然的黑影，令整个席间平添诸多隔阂。

老才子张的隔阂，认晚饭注定不过就是个仪式，很快就结束。

中堂春台摆放两盏大油灯，而中堂外面的屋顶，挑起了两个马灯。按照刘师傅的吩咐，桌椅依次摆放整齐。我祖母和母亲烧好茶水等候。

初秋，月亮上来的早，黄黄的，泛着拉杂的毛边。夜色却趁机围拢，在我们庙村层层堆积。黄月亮很快就被烘托到穹幕顶上，瘦弱而清白，幽幽地铺洒一地轻薄的寒光。

杂乱的脚步声后，我家中堂满满的，连门槛外屋檐下的台阶都是人。兴奋而好奇的眼神，浮荡在灯光和月色中，在我家燃烧出一种特别的光亮，仿若水洗般的银器，岑寂着周遭。偶尔，是一两句询问：今晚说的是卜居？

其实，这早就是明了的话题。但还是不断有人问。关于我们居住地洲岛甚至庙村的来历，总在不甚明了的流传中勾引出神秘的碎片，却从来没有完整的讲述。犹如一个人，他模糊地知道他身世存在秘密，却从没有谁对他讲起；还如一个人，他知道，存在于世就是事实，可真正的事实比如"我从哪里来要去哪里"又没有人能够说出一二。

终于，有人来说了。我们的期待，若是仔细追究，不难发现，那实际更是一种辨认，关于这块地方……地方上的我们自己。

"各位客官，老朽少小离家奔赴岛外，战乱灾害中讨生，绵延一口残气，全凭祖上传下的楠管，家业在手，拍响春秋，江北城池巷道马路，唱得满腔楚曲啊，念就的却是叶落归根，今晚月明中天，我犹得新生，喜借庙村风水人情，破喉一出《卜居》，博得客官呐会心一笑，老朽可就心满意足……"

"嘣"，云板一响，刘师傅双手抱拳鞠躬，而后退步于方桌后面，拍响楠管，开始说唱《卜居》：

盘古呐开天地，水流到中曲。

神鱼寻休憩，看到我家啊——丹阳地，

懒身梦乡里，九十九洲归了一。

庙村呐是胸框，藏了支楚啊——后裔。

话说细水长呐，就从那个庄王讲，

秦兵灭国恨，庄王逃命啊——到了这里。

……

刚才还有的窃笑私语，在刘师傅说唱中，一下屏住，活生生地被堵在喉咙，滑进了肚腹里。灯火算得上通明，却分明遭受破解，随着夜风左右飘忽，在白银般的月光中力不从心，油一般浮荡于水面，散漫出曲折的五彩纹路，媚惑投来的眼睛。纹路自由滑行却丝缕合缝，随行皆是图画，此时彼刻相异，给枯燥得近乎浓黑的夜晚涂抹亮斑。

这注定是一个令人难忘的夜晚。它分泌出一种类似酶的东西，沉淀于我们心胸并开始发酵，膨胀出我们的向往期待。

我们仰起脖子，抬高的眼神齐齐聚集于方桌后面的刘师傅。一身灰白的刘师傅，胸前抱着褐色的楠管，面目分明，声音清朗。究竟是我们的眼神一起照亮了刘师傅，还是他自己的说唱点燃某种东西而发出了奇特光亮？不得而知。

"好。"老才子张站起来，大声鼓掌。旁边的几个跟着站起来鼓掌。

我母亲趁着刘师傅拱手致谢的机会，送上热茶。刘师傅端过，抿进一口茶水，敲响云板，宣布中场小憩。

刘师傅匆忙退出中堂。他去了厕所吧。但一直把目光紧跟刘师傅的老才子张眼尖，叫道："刘师傅怎么走了？"

老才子张这样一说，我们纷纷涌到院门，抬起脚后跟看。已经走下我家台坡的刘师傅，居然绕着无忧潭朝山林那边走去。他怎么就离开了？我们沉默下来——大概，我们不约而同地想到了一个问题，刘师傅献技，庄重而热情，我们客官呢，得到了享受，总不能白白地听戏。作为礼节，总要付出什么以资感谢，否则，怎么才能彼此平衡？这在我们注重礼节的庙村说不过去。我们家提供了中堂，还有晚饭，而那些来我家听楠管的客人呢？

于是，一阵慌乱的脚步声后，我家暂时出现一阵空虚。乡邻们三两个地退出我家院门，包括老才子张。马上，他们又回来了，不过，手里大都提着什么东西。小瓶子高粱酒、半瓢大米或者白面、小盅香油、两三个鸡蛋等等，乡邻依次坐好，等待刘师傅回来。

他不可能不回来，他的楠管还在方桌上。

他去了哪里？疑惑浮荡我们心中，却由于歉意而淡薄，近乎无迹。月亮越浮越高，在云层中逐渐清瘦。幽微的光亮中，我们挨坐却无言。一切都那么远又那么近。

刘师傅匆忙赶来，抹把额头，站到方桌后面，脸庞时不时侧向大门。他似乎在等一个人。他睨向我家院门的眼神，虽然不是直直的，却执拗又充满渴望。隔不了一会，刚移开的眼神又巴巴地打向院门。

他在等人。

谁呢？

老才子张慢慢踱来，在我们凝望的眼神中。他要我们诧异，这样目空一切的一个人，却被刘师傅折服。瞧瞧，老才子张也不是空手来的，而是手里握着一卷书稿。

老才子张款款落座。我们看向刘师傅，等待他的云板敲响。

刘师傅呢，眼睛居然打直了，呆呆地望着院门。他的确是在等一个人来，但不是老才子张，那个人没来。刘师傅踌躇焦急，手握云板又放下，放下又握起。

嘣——云板脆响，刘师傅满面笑容，弓身作揖，准备开唱。

我偏头一望，看见正弯腰落座门槛边的熊春天，我的大舅妈。

她也来了。当然，她是被刘师傅亲自请来的。

5

《西窗诗抄》是老才子张大半生来的诗作小辑，算得上他毕生心血，或者他的脸面，却要当作礼物送给刘师傅。

刘师傅惊讶得双手推回，只说，张老先生大礼，承受不起，老朽就是磨嘴皮子混江湖的下里巴人，识字不到一箩筐，诗情文心何以堪？受得这卷诗书，无疑是掌自个嘴巴，张老先生收回，算是留我颜面。

这样，老才子张的书稿被留下。也不晓得老才子张是心血来潮，还真是对刘师傅佩服得五体投地，手握书稿的老才子张没了先前的傲慢，而是垂下眼睑，支棱着耳朵聆听，直至刘师傅宣布休场。

人群散去。月色孤寂，老才子张还在愣坐。其时，已至深夜。我早已爬上床，但好奇要我努力克制睡意，让自己保持在半梦半醒之间。

刘师傅被安排在我家就寝。他和我祖母祖父一起收拾堂屋，边收拾边喊："张老先生受罪了，早点回家休息。"

"咳——这月好得很。"老才子张的回答突兀，硬生生地挤进我耳朵里。我的意识蓦地清醒。

"你刚才唱说，我们岛人祖先就是鱼？说来也不错，鱼活水流，人活尘土，一个意思。想想，我们怎的就在这水流中的洲岛上？人生浑噩一场大梦，出入就是生死，莫如鱼出水面啊，鱼身流水轻，魂灵不出窍……我们这具躯壳呢，里外分岔，拽得人晕乎难辨东西，悲乎。落土的皮囊，我们得鱼之前生，却无福维系一条鱼的后世……"

艰深拗口的话语，不仅要我如坠云雾，也要我祖父母，还有刘师傅都没了话说。

长久的沉默中，一声叹息，还有远去的脚步声结束了这个夜晚。

第二天很早，我还在床上，却被刘师傅的恳求声吵醒。他恳求我母亲，把昨晚我们庙村送与他的东西收下。而我母亲收好，固执地放在堂屋角落，专门叮嘱："这是刘师傅的。"

"是我的——唉，我没老糊涂，听得懂逐客令啊。"刘师傅的喃喃自语充满了失望。

昨晚，他拱手抱拳留白："客官，今儿说到这里，留个念想，明晚继续。"看来，刘师傅打算早早离开我家，傍晚时分再回来，晚上继续拍唱《卜居》。哪想我母亲并不情愿他晚上继续拍唱。

"收下吧，算是我的感谢，一为救命二为借我中堂献艺，礼轻情意重呵。"刘师傅还是不愿放弃，恳求再三，却敌不过我母亲的固执，只好用拐棍挑起包袱离开了。

他去了哪里？

昨天，他去哪里都不成问题，反正是讨口饭吃。而今天，他有米有油还有酒与肉，五花八门，什么都有，去哪里不是讨饭而是搭伙做饭了。从昨天他净身还有中场溜开的信息来看，熊春天的壁子屋是他最有可能的去处。

可搭伙，在我们庙村意味着在一起生活。熊春天又是守活寡的女人。

我去学校的路上，看见刘师傅左手挽着装了家业的布袋子，右肩上挑着一个包袱，正沿着无忧潭走向对面的山林。山林通往庙寺路口边就是熊春天的家。

整个上午，我都会自觉不自觉地想着一个问题，我母亲明明晓得，刘师傅离开了我家，肯定就会去她嫂子熊春天的壁子屋，去她家搭伙——难道我母亲也盼望着熊春天答应与我大舅离婚？

我之所以翻来覆去地想这些，是我太知道我母亲的态度。她不同于我小舅和小舅妈，她只是单纯地以一个女人的眼光来看：嫁谁跟谁，都是一样活，没在一起生活，怎么晓得就不合适？我母亲历来就是这样的态度，将心比心，近了人心，自己的心也活了、暖了。我大舅听我母亲劝说总听到一半，就挥手制止："村野之妇，目光短浅。"

我母亲也嗤之以鼻。遇到熊春天，热情地喊上："姐——"

熊春天简短地"啊"一声，目光低垂，脚步匆忙。她与我母亲当然有姐妹情分，只不过她不确定，我母亲的"姐"声里还包含了"嫂子"的情意。

母亲也改变了态度？

中午回家，我特意问母亲："刘师傅去大舅妈壁子屋了？"

"怎么不可以去？"

"他们——会在一起搭伙吃饭？"我看着母亲，满是讶然。

"你舅妈是这样的人？"母亲挑起眼神，凌厉地扫过我。

"那舅妈又赶走了刘师傅？"

"不晓得，反正刘师傅又从壁子屋出来了。"

"他去了哪里？"

"孩子家多操心。"母亲叱道。

"刘师傅去了山林庙寺。"祖母接口答道。她每天上山林庙寺早晚两次上香，肯定早上在庙寺遇到刘师傅了。

老才子张跟他聊上了，一起在庙寺做饭吃。

老才子张每天也上庙寺，不过不是烧香拜佛，而是劝出家的儿子张子恒还俗。张子恒是出家前的名字，现在呢，是庙寺的净了师父。我们庙村的人称呼他"净了师父"，"张子恒"不大有人提起，除了他老子老才子张。老才子张不管有无人听，都会软硬兼施地劝道："你净不了，张子恒久远着……"

傍晚时，刘师傅与老才子张一前一后地下山林，到了无忧潭边。

盼望晚上继续听楠管的庙村人，尽可能地抬高眼神，支棱起耳朵，甚至一些着急的，还围拢上去打听。

刘师傅含笑不语。老才子张呢，遇见我们庙村的，从来是爱理不理的模样，今天也不例外。

但一种默契还是在傍晚飞快地达成共识，老才子张接刘师傅去他家拍唱楠管了。

同时，疑惑夹杂。老才子张的家怎么能够拍唱？他家啊，中堂分成了两半，一半是自个的，还有一半是媳妇小昭的。而小昭，自从丈夫张子恒出家成为净了师父后，就当作公爹老才子张死人一个，别说言语，连眼神都不瞧老才子张一下。

也许，老才子张回去恳求小昭。也许，老才子张接回刘师傅，根本就不与小昭商量，先斩后奏，摆好中堂当作场子拍唱，小昭又能如何？

我放学回家后听说，也以为，今晚刘师傅不会失言，可能在老才子张家拍唱楠管。

6

我在有关庙村的小说中多次说过，我们庙村房屋特殊，均建筑在高台上，台坡下是菜园和水塘，哪家说话声音大点，我们庙村的人想不听见都难。

熊春天的壁子屋也不例外。在山林下靠着无忧潭边辟出高台子，台子宽敞，或者说壁子屋狭窄了些，而屋前的场地不像我们庙村其他家户用黄土砖石垒起墙壁、围成院子，而是留出阔豁的道场，道场四角是一些常绿树木，刺冬青、柚子树，还有一棵大月桂。正是月桂吐蕊的季节，熊春天家的道场要说还不错。

老才子张和刘师傅一起上熊春天的壁子屋，一前一后的。老才子张在前，刚上道场，就扯起喉咙喊，自告奋勇地帮刘师傅借道场，说话长篇大论，又文绉绉的。

"楠管是祖传家业，洲岛里外均有传唱，可根脉不同风格相异，我们听来的唱少说多，大多耽于家长里短，不过寻乐逗个嘴皮，庸俗难耐，登不了大雅之堂，而刘师傅传承楚地声息，格物致知，昨个拍唱《卜居》，悲声去痛乐不饰喜，楚地风流尽得彰显，我们的来身去处啊，明明白白犹如神谕。"

他哪里是在劝说啊，简直是在定调宣示，一字一顿，文采斐然，道理毕现。

我们听惯了老才子张的训斥，看惯了他的白眼相。也常听看他背手游走无忧潭边，迎风吟诵诗词，却难得一回听见如此的直抒胸臆。尽管有些难懂，可是他用慢声和沉重的语调强化，弥补了晦涩和艰深。我反正没有大懂，可是耳朵传递到我心脏的信息，迅速热了血液，并流通全身，血液流到我脑海，我觉得我又全懂了。

"喔。"熊春天的应答声。太明显了，因为她又"喔"道——可能此时还在点头吧。

而喔声刚停顿的刹那，刘师傅不好意思的辩解就响起："张老先生过誉，老朽不过传了先人的声气而已。"

"传先人声气——好啊。"老才子张接口道，"我们庙村的一起来传，请妹子允许，借个道场给刘师傅继续拍唱《卜居》。"

呀，这可是大事。一是楠管《卜居》有了着落。二是清傲的老才子张居然低头求人了。我们本来支棱起的耳朵，再次提高了警觉，生怕遗漏什么。

"难得两位看得起，不说借，我道场派上用场，还不枉我听明白一回《卜居》，也是好事。"

熊春天的话音一落下。我们耳朵就松弛下来，准备听楠管去了。我祖父祖母两人在灶房里一起生火做饭，我呢，抓紧时间写作业。

又是好月天。满满的明月，流光溢彩地挂在青黑色的天幕上。无忧潭水上，波光粼粼。风中，芬芳的月桂香味在潭水上清洗，分泌出清甜的气息。

熊春天的道场黑压压的全是人。没有任何灯，但月光若水，浮荡夜色，从我脚底一直到头顶漫漶，我感觉自己就像镜中人。

……

钟磬啊——遍地响，香火袅袅好似仙境茫茫。

峨冠博带的大夫啊，拔剑煌亮亮破了那喉嗓，

魂兮——归来，招魂声彻到了呐八极。

东方不可去哦，南方也不可栖。

西方空旷死寂，北方黑云万里。

彼适啊乐土，心旷神怡。

……

刘师傅说唱的"招魂"，是我们楚地的一个习俗，至今还在我们庙村传承。只不过他的说唱更具体了些，可感了些。我祖母就会招魂，她不选择青天白日，也不会佩带剑戟，而是选择夜晚，挑个灯笼在无忧潭边来回吟唱：魂呵——归来。

"太好，太好。"坐在前排的老才子张又站起来拍掌。膝盖上的纸页滑了下来，又无力承受夜风之轻，软软地，羽毛般飘浮。老才子张也不管不看，重新坐下来，跟着唱说"魂兮——归来"。

洁白的纸页飘出道场，越过道场下面的菜园，不见了踪迹。

我依然没听完楠管，被母亲拽回了家。我晕乎着，既想听楠管，又想睡觉。这种挣扎拉拽我的左右脚，高低不一，幸亏被母亲拉着手臂，不然，很有落脚无忧潭的可能。

刚拐出山林，却被我大舅妈熊春天叫住了。

她问我母亲："还来听不？"

我母亲看我眼皮快合上，一步也不停，说："等丫头睡好就来。"

"真的像老才子张说的，来身去处明白犹如神谕，妹子可一定来听。"

我母亲兀地站住了脚。熊春天替刘师傅叫好——本来也是好，可大家心中都明白，她如此说来……

"丫头要睡着了，妹子快去快回，啊!"

熊春天从我母亲的愣怔中觉察不妥，交代一句后，转身离开。

我母亲当然再返回听了。那么好听，她拒绝不了。再则，熊春天如此邀请，简直就是哀求，她总不能驳嫂子的面子。

第二天中午，母亲在餐桌上说，刘师傅宣布休场后，她留了下来。先是与嫂子还有老才子张一起送刘师傅回到庙寺歇夜，又返回嫂子家一起收拾道场，回来就迟了。

说着，母亲抬起眼角瞅瞅我祖父和祖母。看来，她是故意说出来的。她不过强调：刘师傅那晚在熊春天的道场拍唱了楠管，却回到庙寺歇夜。

那熊春天跟我母亲在无忧潭边的话呢?

7

很快，中秋节到了，我们庙村来了稀客。不，应该说是迎回了故人，还是有贡献的英雄。我的大舅从云南昆明回到了庙村。我们岛上的父母官一直送我大舅回到庙村，回到我小舅的家里。

我们庙村自有欢迎的方式，他们在路口竖立两根竹竿，竹竿上挑着灯笼，灯笼里坐着蜡烛。黄昏时，蜡烛燃烧出红色的火花，灯笼上面的金粉大字就格外显眼了。左右灯笼都是一个字：归。

以前，我大舅回庙村也是这样，虽然回来的次数数得清，可我们包括我大舅已经习惯，也没觉得特别。

但我大舅踏上庙村路口、灯笼上的归字来回摇晃时，刘师傅的楠管响起，我们庙村的，还有前面几个村的，围在了路口，我舅舅简直称得上荣归故里。

可我大舅脸色黑沉下来，双眼看着地面，脚步也是飞快。

他明显地不高兴。也可以说，拒绝这种方式。

人群不到五分钟就散落了。这是刘师傅拍楠管最没有人气的一回。他倒是无所谓，看着我大舅远去的背影，也边拍楠管边离开了。

晚上的楠管还得继续？

连续几天，刘师傅都是在熊春天的道场拍唱楠管，《卜居》已经说到我们无忧潭上山林中的庙寺了。中秋节在我们庙村是大节，要是有刘师傅的楠管助兴，可谓喜气洋洋了。

但，我大舅回来了。虽然，他不回我大舅妈的壁子屋，回到老屋我小舅家。可毕竟在名义上，与我大舅妈熊春天是一家人。熊春天守在无忧潭边的壁子屋，守来三十多年的岁月，却守去青春年华，直至白发萦绕。一个节气，离人的归来，不正是她的盼望？

刘师傅刚到无忧潭边，我大舅妈就拢上来，跟刘师傅说抱歉，今晚，她家的道场不能给刘师傅用了，要刘师傅另寻场地。

说完，熊春天又到我家，找我母亲。

她是请我母亲来帮忙的，要我母亲去请我大舅晚上回到她的壁子屋，还有小舅小舅妈一家，一起度过中秋节。我母亲答应是答应了，可她眼神躲闪，根本不与熊春天对视。

上一次我大舅回来，还是两年前的春节，可春节的团年饭仍旧在我小舅家里吃的。

我母亲灰溜溜地回来，要我去给大舅妈回信。我刚抬脚时她跟上我，一起去熊春天的壁子屋。熊春天正在杀鸡，滚烫的开水在木盆里冒出热气，腾出一团白雾。我母亲简单地说了三个字："他……不……来。"熊春天拎着淌血的公鸡触进木盆里，还在挣扎的公鸡一声呻吟后，全身瘫痪。而覆在公鸡上的右手死死抵进盆底，水面响起了呲呲声。

"姐——"我母亲惊叫，去拉熊春天的手。

怎么拉得动？熊春天的双手如同焊在木盆里，丝毫未动。刚触到开水的我母亲，反而被烫得缩回了手。

我母亲喉咙哽咽，又喊了声"姐"。熊春天拎出鸡，挥动起了水泡破了皮的双手飞快地扯出鸡毛。我母亲站了一会儿，觉得无趣，只好转身离开了。我们下了台坡，默默地沿着潭边走，但晚风送来辛辣的烟味，让我们不约而同地打出响亮的喷嚏。这苦涩的烟味……

还是月光煌煌，却了无生趣。我们庙村一向热闹的夜晚，在中秋节晚上，缺少了刘师傅楠管拍唱声而倍感寂寥。我祖父背着手到院门逡巡几回，终是无奈地返回堂屋枯坐。

我跟着父母去小舅舅家吃饭，也一直心不在焉，看见父母放下饭碗，就假装哈欠不停，催促他们快回。我们是急匆匆地赶回家，边走边支棱着耳朵听。等我们回家，发现急躁往返院门和堂屋的祖父，我就明白了，我们都惦记着刘师傅的楠管。

刘师傅的楠管终究没有拍响，在中秋月夜。

中秋月夜后，刘师傅在我们庙村正儿八经地住了下来，就住在庙寺里。前些天，刘师傅也住庙寺，可那是讨歇，顺便找个角落或者过道铺些稻草再放上破席子，倒头闭眼过夜，早上卷起席子收拾好稻草又下庙寺。典型的讨歇者。而中秋月夜，庙寺里的净了师父拨了禅堂给刘师傅。刘师傅有了睡觉的房屋，还可以在庙寺灶屋里生火做饭。

饮食起居的安定，意味着刘师傅暂时在我们庙村安身。

然而，刘师傅住下来以后，连续两三个夜晚，我们庙村再没听见楠管声。刘师傅没有拍响楠管，就断绝了生活来源。他肯定不好意思吃净了师父的斋饭，尽管他白天也放下拐棍，挽起裤子和长袖，在庙寺后面的菜园里忙碌。尽管，净了师父也礼貌地邀请刘师傅一起用餐，可刘师傅还是找机会退出。

在与我们庙村熟悉后，又被我们庙村奉为了不起的师傅，特别又在我们庙村安身下来，刘师傅再如以往一样乞讨，终究撒不下脸面。

他在山林转悠，转悠得头晕眼花，就靠着路阶旁的一块大青石坐下。遇到下庙寺的老才子张。老才子张瞧见刘师傅惊叫："跑哪里玩去了？几天不见踪影。"

这问话蕴含着老才子张的惦念。准确地说，是老才子张对楠管

卜
居

《卜居》的惦念。

"刘师傅啊，你看我们庙村，多好的地方，就像你《卜居》说唱的，庙村可是神鱼胸腔正中，藏着种种玄机，我不多说，你自然明白，我跟你说的是……"说着，老才子张伸手握刘师傅的右手，却发现刘师傅浑身虚乏。

"刘师傅你咋了？"老才子张双手握住刘师傅的手，蓦地明白，刘师傅已经有三个晚上没有在我们庙村拍唱楠管了。

"你肯定是饿了，等着，我马上就来。"

老才子张嚼下了庙寺。他就近去了我大舅妈熊春天的壁子屋。

8

那天，刚好是周末，我、我母亲，还有我大舅正在熊春天的壁子屋里。

我大舅递上一张纸，是离婚协议书。我眼睛凑近紧紧地盯看，上面说，我大舅妈熊春天是逃难到我们庙村的孤女，被我外婆收养，又被包办成童养媳；我大舅与熊春天没有感情基础，属于封建家长强迫完婚，根据实际情况，两人协议离婚。协议书的右下角已经签上我大舅的姓名。

"这么多年了，我已近花甲，诸事无求，唯此心愿……明年吧，我就退休，留在昆明养老，这庙村终是个念想。唉，说来说去，也是白说啊，我的心思你也明白，情况你也清楚，签上名字吧。"

我大舅捏着协议书的手在半空中悬浮，他只好把协议书放好饭桌上，又压上他的金色钢笔。

我大舅妈坐着不动。她不是不会写字，我外婆娘家世代开私塾，她教她的儿女读书写字是可想而知的事情。

可她不动身，也不看。

我大舅又重复了一遍，要熊春天签上名字。

此际，老才子张奔了进来，简单说了下刘师傅的情况，要熊春天匀些饭菜救人。熊春天仿佛入定般，还是不动不看。

老才子张咕哝了句什么，我也没听清楚。他着急的模样倒是影响了我们，我母亲跑去熊春天的灶屋，端出一碗剩饭，加开水泡了，又填上一些剩菜。

我母亲刚端起，递给老才子张时，熊春天如梦初醒般，腾地站起来，她双手捧起饭碗，迈脚跨出壁子屋。

"跟我来。"老才子张弓身跑到前面。

"筷子，没拿筷子。"我母亲转身拿出一双筷子，递给我，要我送去。

我加快步伐，跟上老才子张他们，一直沿着山林路阶向上爬，爬到半路，看见刘师傅苍白着脸色，躺在路旁的青石上。

老才子张抓过我手里的筷子，把饭碗喂向刘师傅嘴边，却不得要领。

"我来吧，空着肚子的人要先喝水。"熊春天接过，偏起碗口到刘师傅嘴边。刘师傅喝上几口温水，哎哎几声，缓过力气，自己端起饭碗，狼吞虎咽起来。

我还没从刘师傅身上调转开眼神，刘师傅已经吞咽完饭菜，把海碗扒拉得干干净净。他眼神万分留念地盯着空碗看，随后毅然放下。

"今天晚上，我道场再请刘师傅开张，那声气搁了这些天，让人心神难宁。"我大舅妈熊春天邀请道。

"那敢情好。"老才子张和我相互叫好。

刘师傅惊讶地抬头望着熊春天，说道："那个……杨先生（我大舅姓杨）不是回来了？"

"她的道场她做主。"老才子张随即说道。

山林秋虫的呢喃，在白天犹如夏季的蝉鸣，一时在突然沉寂的当儿，分外刺耳。熊春天拿起碗筷，勾头转身离去。

我在身后问："到底今晚拍唱楠管不？"

熊春天也不回头，但肯定的一个字清晰传来："唱。"

我没有再回到熊春天的壁子屋，而是径直回家了。

母亲在我们走后也回了家。我问母亲："大舅也走了？"

“没，还在壁子屋里等。”

“大舅妈不签字，他等也是白等。”我说道，接着又绕口令地补充，“就是不签字，咬牙等来等去，大舅妈也是空等。”

我母亲抬眼看我，满是询问。我掉转开目光。我回答不了她的询问，我的绕口令说的什么，其实我自己也不懂。

“你舅舅这次回来，是铁心要与你舅妈断的。”

“哪次不是铁心？”我心中答道，却出口一声叹息。觉得叹息于我，似乎太装，不合时宜，又说道，“你们大人把事情弄得好麻烦。”

“你舅舅这次带回许多钱……”母亲的话在她的摇头中兀地结束。我父亲推着自行车从镇上回来，带回一些荤菜，准备午饭。

今天中午，我们家接大舅舅吃饭，因为吃过饭，下午舅舅就要去镇上，然后过江去县城，明天一早返回昆明。

那餐饭，我们吃得热火朝天，大舅舅给我祖父祖母带回一些云南白药，还有神奇的红茶菌。他给我们示范云南白药的特效止血功用。身为我们岛上外科医生的父亲也惊奇不已，显然，在他有限的医学常识里，云南白药的止血功用可谓天下无双。

我大舅介绍起云南的风土人情，说那里的气候、热带雨林、多民族等，包括一些奇闻逸事，特别说到一项巫术“放蛊”，说有种蛊源于洁白的蛇，神奇得很，杀人就在嘴巴念叨间。我们瞪大了眼睛，满是疑惑。

我祖母从灶屋里跑出，睁着仅存的左眼听我大舅讲。等大舅说完，我祖母道：“我们庙村祖传，白蛇、白鳝鱼，还有白泥鳅也多得很，只不过难得一见，为甚？说是这些白色水物可是活在坟茔里，专吃棺材里的尸体，它们吸干尸体的血水和骨髓，又得黄泉地的水滋润，自然灵性又有药力。我们庙村呢，不寻那蛇做法事，怕是误了命，说来，我们庙村祖宗传下来的巫术，还只暖心不冷心、救命不杀命。”

“那是，能婆婆（我们庙村对我祖母的称呼）就是能婆婆，那蛇皮扎针灸的法术，比放蛊毫不逊色。”我大舅舅赞道，眼神却从我们身上匆匆溜过，讪讪地。须臾，又轻轻摇头。

万物无邪

我祖母摆手，哑着声喉如此绾结："一方水土一方人，各有各的道，谁也不服谁。"

午饭是酒酣兴尽。我大舅被镇上一辆车接走，临走又拉我母亲一边，递给母亲一张纸，不停地交代什么，我母亲涨红了脸，只嘟哝："我没什么法子……"

那张纸，我记得，是我大舅拟好的离婚协议书。看来，我大舅要我母亲劝熊春天答应在离婚协议上签字。果然，我大舅走后，母亲就埋怨舅舅固执，说："熊春天不就是农村人，有什么配不上他的？"

看来，熊春天还是拒绝签字。

我们庙村临近中午就处于对晚上楠管的兴奋期待中。期待令即将到来的夜晚田野般宽阔无边。吃过午饭后，我赶紧做完作业，又跑到床上小憩，养足精神准备应付星光四垂的浩瀚今夜。

我们的期待落空了。

黑甜的梦中。兀地听见"抢火啊——抢火啊——"的呼救，接着是杂乱纷沓的脚步声。我惊醒过来，坐在床上听了一会儿，发现父母还有祖父都抢火去了，只有小脚祖母躬身在堂屋神台前，双手合十于胸前，对着神台上的菩萨念念有词。

9

我大舅妈熊春天在家吸旱烟，火星子触碰到柴火，柴火一下蹿起，烧着了壁子，导致壁子屋大火冲天，烧塌了屋架子。

壁子屋在秋天本来干燥，一着火就是摧枯拉朽，即便我们庙村的人挑着水桶、端着盆子泼水抢救，也无济于事，只剩下断垣残壁。

熊春天跪坐在残壁中，双手朝上举起，又一起落在膝盖前的地上捶打，声喉沙哑，半天憋出一口气，吐出三个字："我的屋……"

我母亲在一旁抹泪，哽咽不停。旁边一些乡邻往往劝了熊春天几句，就没了声，不好意思再说什么，只好叹息着帮忙收拾残局。

"怎么就起火了？"我愣怔一旁。

灰烬中，水和泥巴烂在一块儿，黑乎乎的。刘师傅在其中猫着身子收拾，不时侧脸看下悲痛欲绝的熊春天。

熊春天扑倒在地上，一动不动，也没了声音。

刘师傅丢了手里的东西，走过去拉熊春天，却把自己拉坐在地上。

"莫哭莫哭，屋毁了人还在啊，我们再起……"刘师傅的安慰简直是喃喃自语。

"我讲给你听啊，春天妹子，那年我还年轻着，我和我婆娘去外面做工，放两个伢子在家。伢子呢，一个八岁，一个三四岁，平常也这么放着，哪想那天他们在家生火烧饭，却烧出大火……咳，苦命啊，什么都烧没了……"刘师傅吸下鼻子，眼神呆看着山林某处，右手有气无力地在旁边稀泥上抓打两下。

熊春天拱起了脑袋，肩膀索索抖动。

"没了屋可以再起，可我两个伢儿……"刘师傅声音抖颤，他咳嗽了一下，右手停了下来，声音逐渐平稳。"我们走南闯北，我拍唱楠管婆娘给人做小工，糊了口，大半生过去，又起了新屋，其实，新不新呵，无非一个落身的窝，关键是心有了落处，哪想，这人算不了天，还真是命否？新屋刚起，人又没了，我个鳏夫，真与楠管为伴，唱个浮生若梦……"

我们呆立在原地，支棱着耳朵听。熊春天也直起了腰身，双手贴放膝盖前，眼泪滑过她瘦削而黑乎乎的褶子脸。

"浮生若梦啊，芥草飘零归何处？这不，今夏发了大水，屋也冲没了，没了，全没了。倒落了干净，大雪茫茫身心无挂啊，屋不屋的，比起人来，不过十里长亭，一程一程送别的驿站而已。"刘师傅站起来，轻拍双手，身体晃悠悠的。

我递上他的拐棍，他接过后，脸庞左右侧看。他站起来，自然就是说唱楠管的好艺人了，无疑，他在寻找装楠管的布袋子。旁边一个妇女及时递上，刘师傅挎上左肩，左手紧紧抓住。

"生离死别，谁又躲得过？躲不过的。要走的你留不住，不如看好自己，留下自己就留下了落心居所，何患？我这把老骨头也寻思明白了……"刘师傅转过身，面对着熊春天，又弯腰去拉熊春天。

熊春天站起来，脸庞低垂，面对满地狼藉，眼神散漫，没有定处。

"心安处，就是遮身屋宇。妹子啊，你看，我少小离家背井离乡，老大孤身归来，不都是为讨口饭吃？我这些天借庙村之地，拍唱《卜居》，说唱的是传奇，实则一句一莲花，出口处处开，求个性净体明……说来，哪里是讨庙村各位客官的欢喜？是为我自己这把孤蓬野草啊。"

刘师傅的声音又抖颤起来。

我母亲上前拉熊春天的手，凑近她耳朵嘟哝，又转身吩咐我回去烧大锅热水。我眼睛垂下，发现熊春天的上衣、裤子还在滴水，而布鞋也已湿透。

熊春天被我母亲拉走了。刘师傅在后面喊："你回来，我们就重新拾掇新屋。"

我母亲猛然一怔，她侧脸望望我大舅妈熊春天。熊春天嘟哝了一句："我只要我的屋。"

"姐，屋会有的，你放心。"我母亲轻声安慰。

"真丧气啊，晚上又听不成楠管了。"我叹息道。

没有人答我的话。

10

刘师傅的楠管一停就是数日。

他人却没停下来。这几日，他仍旧住在山林的庙寺里。庙寺于他，也不过是睡觉的地方。其余，皆在熊春天那里，帮着她提水和泥重起壁子屋。

他那个样子，要说也帮不了什么，但终究还是忙得没有空闲，气喘吁吁的，偶尔停下来喝口水，还不忘给帮忙的人一起倒上。

"歇歇啦，喝口茶水再忙。"他的殷勤可谓面面俱到，包括来找母亲的我。

俨然他是主人了。

中途，我遇到老才子张来找刘师傅一次。老才子张手里捧着一叠书稿，也不看谁，看见刘师傅就拉他一边，惊奇地问一声："刘师傅怎么做这些粗拉事情？"不等刘师傅回答，又呈上手里书稿。书稿散发出清香的墨汁味。

"看看，我一支秃笔，把你说唱过的《卜居》一笔笔记于纸上，算是小小整理了下，古人唱吟'风雨如晦，鸡鸣不已，君乃梦中传彩笔，我书花叶寄朝云'，天地清明事，抵掌笑谈间，莫如秋水长空风烟散净，唯有来路和去处得传承。不枉来这世间走一回，哈哈。"

老才子张简直得意，眉眼都是笑，书稿捏在他手里，又舍不得放在刘师傅手上。当然，刘师傅手里全是泥巴，他也没有伸手接。

老才子张翘起右手食指，点向伸出的舌头，蘸了口水，一页一页翻给刘师傅看。

刘师傅脸色刚迎上老才子张又侧回来，双手交叠，搓着泥巴。"嗯啊"一声，没了话语。

"你看啊，我记的是不是？"老才子张走近一步，把书稿放到刘师傅的脖子间，催促刘师傅看。他哪里是催促刘师傅看书稿？是在展示他得意之作。

刘师傅"嘿嘿"一声，抬起右肘，推开了老才子张的书稿。

"张老先生，我实话实说了，先前说认字不到一箩筐，是护自个脸皮子，如今，我也不嫌丢人现眼了，我啊是大字儿不识一个，连个名字也写不全，难为了庙村乡邻尊我'师傅'，赏我场面……嗨，张老先生更是抬举，我这厢有礼了。"

刘师傅满是泥巴的双手抱起，弓身感谢，可能劳动久了，身子晃悠悠的。

老才子张"啊啊"两声，慌忙去扶刘师傅。一根拐棍及时递给刘师傅，是我大舅妈熊春天递来的。而老才子张呢，慌忙中伸手，不想，零散的书稿飞走一页，接着又飞走一页。老才子张右手捏紧书稿，左手抓赶纸页。

"跑哪里去？耍滑头——"老才子张刚做了个扑的姿势，左手打在纸页上，纸页落进泥浆里，而另一张纸页被人抓住，还给了老才子张。

老才子张满是沮丧，那张坠入泥浆的纸页，满是混浊的泥水，面目全非。老才子张想去捞，一松手，右手的书稿又飞起，一张张的纸页，落满了老才子张的书法毛笔字，飞的飞，落的落。全场帮忙的人都伸手去抢，包括我。怎么来得及？起点太低，落的迅速，飞的短暂，眨眼就落在泥水淌流的地面。

薄薄的纸页遇水就湿透，沾染泥沙的水浆，轻而易举地吸纳纸张，浸湿又侵蚀纸张及纸张上的毛笔字。我们蹲身，双手小心提起，却提起断毁成几半的纸页。

老才子张翘起小指头尖尖慢慢挑出一张，摊在手心，手心中的黑乎乎一团，难得分清是泥水还是墨迹。

"我的娘啊。"老才子张声音发颤，跌坐在泥浆上，"我的书稿……"

"没事，字没了笔还在，再写。"刘师傅不像我们一样跟着老才子张着急，脸上倒是云淡风轻的，他居然伸过拐棍拍了下老才子张。

"混账。"老才子张腾地站起来，瞪眼怒目看向刘师傅。刘师傅还是那副云淡风轻的模样。老才子张颤抖着，书稿交捏到左手，右手翘出食指，指向刘师傅，斥骂："你这个老风流，不务正业，嘴巴老得快合不拢了，还念念不忘吃豆腐。"

风呼啦啦地吹过。这是从山林跑出又被无忧潭旋回的秋风，落叶簌簌，夸饰风声。它扇起我额前的刘海，又甩回来，呼呼地灌进我的衣服里，凉意顿起。我刚才怎么没注意呢？而现在才发现，风太大了，几乎让我睁不开眼睛。

"张老先生，你，你……"刘师傅哆嗦着嘴唇，也点出食指回敬老才子张，"你莫要以己度人。"

"我咋啦？我清白如水，你也不在庙村访访。"说着，老才子张转身离开。他走得着急匆忙，暴露出他言不由衷。连我都知道，老才子张在我们庙村的风流韵事可是大事，传说他扒了儿媳妇小昭的灰，儿子张子恒为此事出家变成了净了师父。老才子张每天上庙寺请儿子还俗回家，也是极力扳正他的形象吧。真假不说，反正是传闻，但老才子张偏偏自大狂妄，居然要刘师傅去访访庙村人，这是哪壶不开提哪壶。

11

熊春天的壁子屋重新起来了。屋前的道场呢，也拾掇一新，以前的坑凹处填平了，还铺上一些碎石渣滓。道场靠着台坡的边界，竖立起一个碾槽、一块磨刀石。

从道场看，家更像家了。

以前的道场，我们都记得，而现在……当然是刘师傅的功劳。他那身体，走路还要靠根拐棍，力气有限得很，还真是不简单，硬是一把手一把手地改观了道场模样。

刘师傅的楠管还是没再开唱。

我等不了了，跑大舅妈熊春天的壁子屋去问。熊春天摆手。我悻悻返回，刚下台坡，遇到担水的刘师傅，正哼哧哼哧地爬坡，桶的水本来不满，又泼出一些。

刘师傅也不知道他什么时候能够开唱。

我看着刘师傅，一点也不相信。

"你大舅妈她不理我，还赶我走。"刘师傅哑声咕哝道。

"诓我，她不理，你还担水给她？"

"她一个女人家，担水啊，挑粪啊，赶牛都是男人活，我能帮就帮一把。"刘师傅放下水桶。

"那她为啥不答应借道场给你拍楠管？"

"风言风语啊，再说，她是铁心要做你舅妈的。"

什么话。刘师傅的话让我不想再停一分钟，否则，我担心他也会像我们庙村的人，劝我转告我大舅舅，要他容纳我大舅妈熊春天。

我又遇到了老才子张。他兴致勃勃地捏一叠书稿，正弓腰爬坡上

万物无邪

山林。他是去庙寺还是找刘师傅去？也许去庙寺吧。他和刘师傅吵架是众人皆知啊。

上庙寺犯不着捏书稿啊，真是找刘师傅？

我在山林中摘野果，摘到许多名叫菇荙的浆果，脱下外衣包到石阶上坐着吃。金黄色的小伞状般的胞衣在我脚边层层堆叠，我双脚站立其上，软软的胞衣从脚底飘出一层。

"刘师傅，别生气了，我可是从没有这样求过人，你算是第一个也是最后一个……"是老才子张，他弓着腰身跟在刘师傅身后，一起从壁子屋台坡下来，又折身一起朝山林上爬，估计是去庙寺。

"你楠管还是要继续拍唱，我已重写好书稿，正写到咱们庙寺的传奇，你唱我记，《卜居》的气息就承接下来了。"

"不唱了。"刘师傅微微侧身，赌气答道。

"咋不唱？不唱你没得饭吃，没得落脚处。"

"我再去别的地方讨，天下之大，还没得我的容身之地？"刘师傅转身停脚，怒气冲冲地指着自己的鼻子回答。

"老刘喔，你自己说的，拍唱《卜居》，说唱的是传奇，实则一句一莲花，求个性净体明……是为你自己啊。除非我们庙村，你哪里寻去？"

"好，小瞧我，你们……"刘师傅气呼呼地。

"你莫把熊春天裹进来，要不，我真个小瞧你。"

恼怒的刘师傅猛地朝老才子张踢出一脚。老才子张正洋洋自得着，毫无防备，结实地着了刘师傅的踢腿，滚落石阶，他惊得连声啊啊，伸手朝空中乱抓，书稿倒是紧紧捏在手上。看来，已经吃过教训的老才子张这次有了经验，遇到什么情况，第一意识是保护好书稿。意识的专注，却使老才子张完全放任身体，任着自己朝下滚落。

刘师傅也惊呆了，着急下坡去拦，根本拦不住，反把自己也摔了跤。

幸亏我刚才贪吃太多的菇荙。厚厚的菇荙胞衣落在我脚边的几层石阶上，拦住滚落下来的老才子张。拦是拦住了，却救不了他摔坏的身子骨。老才子张喔喔地叫了两声，眼睛看下书稿，发现书稿完好。才尝试站起来，哪里能站起来呢？"我骨折了。"老才子张丧气地说道。

"哎哟哟，疼死我了，刘师傅，你赔我脚踝骨。"老才子张大声叫唤，听没回响，又扯声喊，"你下来，下来，老不死的。"

"老才子张，我脚踝骨也摔坏了。"刘师傅终于回应道。

"呵，摔死你，哈哈哈……"老才子张放声大笑，他递书稿给我，双手撑地，咬牙慢慢爬站起来，拍手笑两声，又大声喊："老刘，你不就想借楠管说你的心声吗，不就想在我们庙村卜居？看你摔坏了脚踝骨，如何安身？"

刘师傅还扑在地上，他身体本没老才子张硬朗，加上心情也不爽快，被老才子张点出心思，竟然呜呜哭泣起来。

老才子张要过我手里的书稿，顽强地颠簸着又上台阶。哼哧哼哧地，看得出，每走一步，都是疼痛。可背过身去的哼哧声，在我听来，仿佛是他惯常的嘲笑。

我跟上，想去扶刘师傅。老才子张竟然拦我，要刘师傅跟他一样，自己站起来。刘师傅"呸"一声，借着我递上的拐棍，慢慢站起来，抹了把眼睛，脸上立马云淡风轻。

"我不唱了，你写个屁。"刘师傅轻声叱道，眼神满是轻蔑。说罢，转身继续爬台阶上庙寺去。

老才子张大急，马上迈脚紧跟，又疼得喊起了娘。"刘师傅，我们到庙寺好生商量，你宰相肚里能划船，大人不记小人过。"

"丫头，扶我一把。"老才子张简直是命令。我哪里能搭手，这么小的个子。老才子张又命令我找棍子去。我找了根竹棍子给他，想到他的坏脾气，转身跑了。

12

不光是我等听楠管等得心焦，我祖母也是。她本对什么事说不上热情，除非是给菩萨天帝烧香祭拜。可《卜居》说到我们庙村里的庙寺了，我祖母怎么不挂心？

"那道场不是翻新了吗？还不开拍楠管？"

我祖母一天叽咕三遍。逢上我在家听见，就告诉她，我大舅妈熊春天不借道场给刘师傅了，刘师傅没有场子开拍。

"哦，不借，咋不借呢？大伙不都欢喜听吗？"

祖母以问代答。重复几次，我瞧出，我祖母才不是没事随口问的，她是故意问给我母亲听的。我母亲也不答应借刘师傅啊。

我母亲装作不清楚似的。我祖母的问话类似小孩愿望落空后的责怪。我也实在是想听楠管了，顺道把祖母的话挑明：干脆答应刘师傅来我家拍楠管。

"人家又没来借，说什么答应。"母亲说得我们没了声。

祖母落了个空，很失落，颠簸着小脚走开。母亲可能觉得不好意思，赶紧补充一句："其实，那刘师傅也不真会……"祖母停顿下来。我着急地问："刘师傅真不会什么？"

"唉，说书唱戏的，说来，最讲究场地了。那刘师傅说得最顺溜的是哪里？我姐熊春天的道场啊，何况，这道场又翻新了，还是刘师傅亲自翻的新，那刘师傅眼里，还有什么场子能够比得上道场？"

母亲停顿一会儿，又小声说："我们何必去碰壁？"

我觉得母亲的话经不起推敲，反驳道："可我大舅妈根本就不借。"

"小孩晓得什么？"母亲虽然是叱责，却声音轻柔，眼角还堆起了笑意，右手拂过我头顶，摩挲下，这哪里是批评，反而是奖励。

搞不清楚她的意思。

"就是的，我亲耳听到刘师傅说的，说熊春天不理他。"我振振有词。

我祖母居然耸起了肩膀，摇摇头，又颠簸着小脚走开了。

我母亲忍不住笑了，没有声音，却分明有什么振动我耳朵，我马上判断出，就是这无声的微笑震动了我耳朵，因为这微笑出自母亲内心的欢喜，不勉强不装饰不克制，自然有了感染力。我看着母亲。母亲低头，近乎甜蜜地说道："会的，你大舅妈也喜欢听刘师傅的楠管。"

哦，我似乎明了。

但刘师傅还是没有借到我舅妈熊春天的道场。一是连接几天，秋

219

卜
居

雨连绵。二是刘师傅扭了脚踝，又每天被同样伤了脚踝的老才子张缠上，两人吵来斗去，搞得我们庙村都晓得。他们缠绞厉害，彼此斗气，根本搞不清楚为甚做啥。

庙寺净了师父实在忍受不了他们的吵闹，冷着脸面，请出刘师傅和老才子张。他们刚出庙寺，净了师父"砰"的一声关闭大门。

哪料一关就是数日。我祖母他们上山林庙寺几次，吃了闭门羹，很不高兴，再遇到刘师傅和老才子张，看见他们在无忧潭还在争辩，就不客气了。要请刘师傅离开我们庙村。

老才子张变脸，道："谁也赶不走他，他的《卜居》还没有唱完，他能去哪里？"

"我们庙寺都关门了，我们去哪里？"我祖母他们几乎如出一辙地反问。

老才子张很有韬略，回答道："说来说去，不就是找个去处吗？咳，我也回答不了你们，但有一个人可以回答，关于庙寺的传闻都装在他嘴巴里，他清楚得很，卜居卜居，安心处即归处，他不说也得说，你们看看，他寻到这里又笑又哭的，离开不了。"

刘师傅是个很在乎面子的人。本来为搅扰我们庙村心存抱歉，又遭到驱赶，很尴尬难堪。听到老才子张如此辩解，竟呼出一口气，点头不止。

"老刘，你当着我们这么多人点头了，今晚拍唱楠管。"老才子张言辞灼灼。

刘师傅脸色一阵红一阵白。他与老才子张翻来覆去地缠绞，不就是这事？现在，轻而易举地给了老才子张机会，想想又不舒服。这老才子张呢，性情不可捉摸，抓住机会要刘师傅答应了拍唱，又觉得不放心，咬定刘师傅逗他，逼迫刘师傅答应。

答应不答应，问题不在刘师傅，而在熊春天。关键是，熊春天不理刘师傅。刘师傅除跟我这个小屁孩嘟哝过，他哪敢轻易跟老才子张泄露？否则，不被这个疯子的口水淹死才怪。也不晓得，他还会编排出什么难听丢人的话。

幸好，雨水停了，可雨水淋湿了的泥土一时干不了。哪怕熊春天那铺了碎石渣滓的道场，仍旧有泥浆子。

刘师傅只得说："等天气好了，路面干净爽快，再说唱不迟。"

与刘师傅争吵多天的老才子张终于听见刘师傅答应，高兴离去。刘师傅落得轻松，慢慢跛个脚踱回山林。却并没有去庙寺，而是去了我大舅妈熊春天的壁子屋。

脚跛了，不能挑水，他会做什么？如果他想做，又什么不能做？

13

刚收住的雨水，向晚又淅淅沥沥地下了起来。

我们早早关了院门，掌灯窝在家里。我做作业看书，母亲纳鞋，祖母合掌于胸前做她的功课。祖父没事，逡巡下，拿出篾条编织起筲箕竹篮子来。

偶尔几声狗吠和小孩子的哭喊，夹杂在淅沥的雨声中，格外刺耳。

"求你了，开门让我进去……"刘师傅的声音，哑哑地，却在岑寂的雨夜里清晰得很。

"何苦啊，你病得不轻，我看看吧。"刘师傅还在哀求，反反复复这几句话。

我大舅妈熊春天生病了？

我抬眼看我母亲。我母亲也停了手里的针线，偏着脑袋或聆听或冥想。说来，我们和我舅妈熊春天来往稀疏，一年碰头机会不少，大都是我母亲招呼声"姐"后两人擦肩而过，但彼此窜屋是少之又少，屈指可数。恰恰这段时间，我们，我们庙村的，包括清高狷介的老才子张，与熊春天算得上热络了，去熊春天的壁子屋好多回，几乎没到过我家的熊春天也来我家坐了。

这皆缘于刘师傅啊。缘于刘师傅手中的楠管，楠管拍出了《卜居》。

刘师傅的楠管好些时候没有拍响了，熊春天自然也淡出了我们眼界。

她生病，或者说旧病复发，在以往我们不可能知道。而这个雨夜，些微凉寒又无所事事的夜晚，我舅妈熊春天身体不适，却被我们庙村共知。

又缘于这个刘师傅。

看样子，他是个薄脸皮的人，老是担心自己受人拒绝的秘密被端到桌面，更担心被驳颜面的糗事被老才子张晓得后讥讽嘲笑。

而这晚看来，他又不怕了，一副豁出去的样子。

那咚咚的拍门还有拍窗声，夹杂于重复的哀求声中。也许，我舅妈熊春天真的是病得不轻……

"我去下。"我母亲丢了手里的活计，站起来径直奔进夜雨中。淅沥的雨水，丝线般在夜空编织苍茫，黑夜悬浮。我跟着跑出来，跑下台坡，赶上母亲。我和母亲一前一后地踏上无忧潭边。

母亲停住脚步，面对黑漆漆的山林发呆。

刘师傅的声音还在延续，而我舅妈的壁子屋一片漆黑。她连灯也没有点上，难道早早就上床歇息了？

我催促母亲快走，说着，迈脚在前面带路。

"回来。"母亲小声喝令，又伸手拉回我叮嘱，"不去了，让刘师傅忙去。"

看着我错愕的眼神，母亲又说："我们去，他们多……尴尬，明天我再找时间看去。"母亲拢住我肩膀，说："你祖母他们可是认为我们去了喔。"

母亲这番行为，真不是想去看看她的嫂子，而只是做个样子给我祖母祖父他们看？一定是这样的。

"你一直就是我舅妈的好姑妹形象。"

母亲手指划过我脸，叱道："小妮子。"又低声说："我不是表扬自己，真不是为我，是为你舅妈好，她的心凉寒啊，有个暖意，不枉来我们庙村一趟……"

说了一会儿，母亲咕哝："差不多了吧，咱们该回去了。"拉起我的手转身返回。

万物无邪

她是故意和我磨蹭时间，要不，才不会和我讲什么寒啊暖的话。

这我懂。我忍不住问："你心里也是想要舅舅和舅妈分开的，还想撮合刘师傅和舅妈熊春天，是不是？我就怪了，有你这样当姑妹的吗？"

"瞎说。"母亲侧身，伸出右手捂住我嘴巴，又低声警告我不许乱说，否则，要掌我嘴巴。这是我母亲对我说过的最过火的话，我一个女孩子，算得上乖巧，哪里被这样训斥过，何况，训斥的人还是自己的母亲。

我的眼泪禁不住夺眶而出。母亲急了，慌忙赔说一些好话，还允诺我过年时带我过江去对面的城里买新衣服、新鞋子。

回到家，祖母祖父已经各自上床睡觉，他们才懒得问。到第二天中午我放学回家，才晓得，我大舅妈不过就是个感冒发烧，而刘师傅呢？被熊春天关在屋外，居然在风雨中守了一夜。他那身体……

我母亲没去熊春天的壁子屋，反而是熊春天一大早寻到我家来，把我母亲拉到一边说了情况。我母亲跟着熊春天跑去她的壁子屋，发现刘师傅还昏厥在屋外的道场上，浑身湿淋淋的。我母亲走上前，喊了声"刘师傅"，又伸手力图摇醒他。

熊春天拿了个大包袱盖在刘师傅身上，又转身端了碗温水递到我母亲手里。我母亲接过，一勺一勺地喂进刘师傅的嘴巴，喂了几口，刘师傅一个喷嚏，竟然醒过来了。

14

刘师傅扭伤的脚没有好，再加上严重感冒，整天躺在庙寺。

天气一天天好起来，秋高气爽，天地阔豁。又有什么用？楠管还是拍不成。老才子张急得团团转，以前一天上庙寺一回，现在是隔些时辰就上庙寺一趟，给刘师傅送吃的喝的，还弄些药给刘师傅熬了喝。当然，他们一起喝，老才子张也扭伤了脚。

我母亲遇到老才子张，看见他提个砂罐晃荡得艰难，开玩笑说：

卜
居

"干脆你们都住庙寺里得了，免得整天上上下下的，我们看着不帮一把都说不过去，帮你们吧一天不晓得要帮几回，哪里帮得过来。"

要是以往，老才子张要么嗯啊下，要么斜睨眼睛走开。

而现在，受了人家帮忙，哪有不理人家的道理。

"刘师傅能住，我不能。"老才子张回答得干脆，也不避讳，"张子恒跟我憋气着，不会答应我的。"

我母亲没了话。老才子张又哼哼两声，说："他住进庙寺就以为净了，痴心妄想，庙村的张子恒怎么会说没就没了？庙寺还不是我们庙村的，只要他在我们庙村，庙寺里的净了就是张子恒，净不了啊。"

我母亲兀地问出一句："没了庙寺，我们庙村还是庙村吗？"

老才子张被顶了嘴，很不高兴。隔了会儿，抢过我母亲手里的砂罐，说："你的意思是，没了净了，我们庙村人都不像庙村人？"

我母亲糊涂了。她答不了老才子张的问题，回家在饭桌上讲她与老才子张的对话，算是抛出疑惑，寻求答案。

我祖母张着她仅存的左眼，肯定我母亲问了大实话。说："没了庙寺，庙村再好，也没什么意思。"

"那个刘师傅的楠管不是拍唱到庙寺了吗？他有说头。"祖父提醒道。祖父这么一说，我们渐渐淡弱下去的期盼又被强化了。

"刘师傅的病恢复得差不多了。"我母亲她帮老才子张提东西上去，看望了刘师傅，她有发言权。

我祖母也附和，说她上庙寺也遇到刘师傅了，还遇到了老才子张，两人比亲弟兄还亲，哪里看得出他们吵架过、打架过。

我不禁嘿嘿发笑。他们俩打架，我亲眼看见。真是两个怪人。

笑完又惆怅，到底，刘师傅的楠管何时拍唱，还是未知数，尽管他的病快要康复，可是场地呢？刘师傅钟情的熊春天的道场，人家不借。

从那天熊春天看见刘师傅昏厥后的态度来看，她着急是着急，却时刻注意撇清与刘师傅的关系。唉，她真是秤砣掉进水里，铁心过她的活寡妇命的。

我跟母亲叽咕，我大舅妈就是一根筋，还是死筋，我大舅以前都不理她，现在也不理她，昆明和庙村天上地下远着，难道以后还有好转？

她有她的道理，一个逃生来的孤女，能够在我们庙村住下来，还要有脸有面地扎根，不容易啊。

她就是答应我大舅要求，还有谁赶她走不成？她还是熊春天，这个新壁子屋的主人，我们庙村人。

那她没有了渊源——说穿了也只是一个来我们庙村讨生活的……外人，可能她接受不了，她心里认定了，自己就是庙村人。唉，说不清楚喔。

母亲的叹息又让我难以辨清她的意思了。反正，我特别想听我们庙寺的来历，那楠管拍出来，肯定是舒服无比。而听不到楠管的根本原因还在于我舅妈熊春天身上。

哪里只有我干着急，比我着急的还有，就是老才子张。他正在整理《卜居》的兴头上，活生生地被折腾几下，耐着性子补充好了，以期继续，哪想，还是继续不了。

他大概已经套出了刘师傅的话，非熊春天的道场不拍唱。理由是，说书唱戏人，如同卜居起屋的房主，最大的要求就是场子要好。场子看重风水，有好的风水却弃之不用，是亵渎，是玩弄。没了尊重和敬畏，楠管也不会抬举人，这不是自毁技艺？与其落个后悔不快，不如不唱。要唱须得风水佳好之地。

老才子张颠簸着扭伤的脚又去我舅妈熊春天的壁子屋了。那天，秋雨淅沥，他顶着零星的雨水，站在道场上径直问道："你不借道场给刘师傅，不就是怕闲话么？闲话怎么啦，你还是你自己，没了闲话又怎么样，你还是孤家寡人，白白耗了年月空等。"

"去，去……"熊春天抖索着双手，操起屋檐下放着的竹扫帚，在老才子张脚前划地。

老才子张左右脚朝后交换跳起，本来扭伤的脚一路退后，到了坡路，再次失脚，跌倒在地上。他抱着脚，朝熊春天瞪眼，叱道："你撒泼，哪里是庙村人的做法，这么多年，还没学会做庙村人吗？"

熊春天怔住，须臾，猛地扔出手里的扫帚。老才子张为躲闪，顺着台坡滚。一边滚一边骂："好啊，你们合伙欺负我，你们欺负我，就是欺负我们庙村人。"幸好，雨水微湿的路面不算滑腻，老才子张滚到一棵树边，探头看，见熊春天没了踪影，爬起来，悻悻然地转身下坡，又颠簸着扭伤的脚上庙寺找刘师傅去了。

15

刘师傅与老才子张再次在庙寺发生争吵，再次被净了师父逐出庙寺。

他们前后颠簸着走出庙寺大门，发现刚才还是淅沥的秋雨已经滂沱淋漓。刘师傅还在为老才子张伤害熊春天而气愤，根本就不想与这个老夫子为伍，于是也不管身体不适，加快脚步走下山林。

老才子张在熊春天那里又摔了下，行动更是不便。看见刘师傅急匆匆的样子，扯着嗓门喊："老刘，你有本事就与熊春天搭伙，你们俩的心事不都圆满了？"

急促的雨声中，刘师傅侧脸嘟哝了句什么，谁也没听清，而刘师傅也没停住脚步。

那天的雨结结实实地下到傍晚，才慢慢收敛，却还是不能完全收住手脚，只不过放慢了节拍，噼里啪啦的声响过渡成若有若无的淅沥声。苍茫在晦暗中变质，冷风伙同无忧潭的水汽在山林中拂过，刮出苍凉萧瑟的硬度，刀剑出鞘般削出一股戾气。仿佛冬天提前来到，不是初冬而是深冬了。

万物无邪

这样的一个雨夜，给我们的不单单是冷彻，还有冷彻下的萧瑟和荒芜。一向在晚上喜欢出去找人打纸牌的祖父也没了兴趣，在油灯下枯坐了一会儿，上床睡觉去了。我做完作业爬上床，细心地捕捉淅沥声中的其他声响，却早早被若有若无的淅沥声收服，入梦去了。也许，这样一个雨夜，只有睡梦才能敌对。漫长而寂寥的黑暗中，谁人不梦？要不，心路更长更寂寞。又何必，不过自讨苦吃罢了。

谁晓得呢？

刘师傅是自讨苦吃了。他竟然拖着病恹恹的身体，坐在熊春天道场边的石碾子上。从大雨中来，迎来暮色以及暮色中的淅沥和苍茫，迎来黑沉沉的寂寥与荒芜。一坐坐到天亮，佛恹恹般静止不动。

熊春天不请刘师傅进门，或者说，不理睬刘师傅。他淋雨沐寒，他固守黑夜端坐凝望，他透支病体的温度，均与她无关。熊春天关闭大门，关闭窗户，再吹灭油灯，硬是把壁子屋外的世界隔绝。那晚，寂寥也深沉，深沉中，我们的庙村只有一个声响，就是淅沥的雨声。谁晓得刘师傅不动声色的苦处？

终究，我们庙村的人，在第二天清晨都晓得了。

刘师傅浑身发烧，倒在熊春天的道场上。"我的天。"熊春天惊呼声后是号啕，"你醒来啊……"我们庙村的人都知道了。

我们庙村的人送刘师傅到我们村赤脚医生那里，不过打了个转转，马上又被送到镇上医院我父亲那里。

熊春天拖着一个板车，板车上铺盖着被褥，被褥边放着拐棍和布袋子。被褥中的刘师傅，先前赤红的脸色变得苍白，嘴唇竟然乌黑。他眼皮始终耷拉，不曾睁开，仿佛正沉浸在浩瀚的睡眠中。

熊春天从赤脚医生那里出来，就拖着板车跑，她跑一阵，停下来侧过脸跟刘师傅说话："刘师傅，你比我还傻呢……你有好命的，到医院就好了……我跟你说，你一定会好的，我还没听完你的《卜居》，我道场往后就归你了……你可得好起来，我们这些卜居的外地人，一起好好过活。"

傍晚时，一身疲惫的熊春天突然又来到我家，拉我母亲到一边，请求我母亲马上去镇上给我大舅拍电报，要他回来。

我母亲不作声，怔怔地看着熊春天。

"他早不是我们庙村人了，我还得在庙村活下去，我答应他分开算了，马上分开，你快请他回庙村，早些了结。"

"姐，真答应了？"我母亲拉起熊春天的手。

熊春天挣脱我母亲的手，说："我就是庙村人，心在庙村，刘师傅的《卜居》不就是这样说的，心安即归处。刘师傅不也寻个归处？妹子，请你早些帮我传信了结此事。"

我母亲郑重地点头。

"那我先走一步，刘师傅在医院还是昏迷不醒。"熊春天转身就走。

她是抽空从镇上赶回的，专门找我母亲说事。既然已经捱了几十年，迟几天又何妨？看上去，她一分钟都不愿迟下去。她那么着急干什么？

当然，是为了刘师傅，她的话已经表明态度，连我都听明白了意思。

16

我大舅又要回来了，在离开我们庙村后不过半月。

说实话，我以往一直盼望大舅回来，这次，盼望也盼望，却分明在瞬息间就淡然下去。我们庙村出了大事，刘师傅住进镇医院两天后，撒手人寰成了往生者。未完的《卜居》成为刘师傅楠管的绝响。我们再也不会听见刘师傅拍唱楠管了，连续好多日子来的期待被彻底腰斩，我们心胸兀地感觉空寂寥落。

还是熊春天用一个板车拖回了刘师傅。板车上的刘师傅仍旧窝在被褥里，只不过脸上蒙了一张黄纸。熊春天带刘师傅回到我们庙村。

刚到无忧潭边，熊春天的板车停下来。也许是她累了，需要休息下。也许是她在纠结，她该去往哪里为刘师傅准备灵堂？熊春天坐在无忧潭边的一棵老柚子树下，背对着潭水，双手支撑在大腿与膝盖交接处，呆呆地望着板车。

我们庙村的人远远看着，或叹息，或摇摇脑袋，或交头接耳，终是没有靠近熊春天和熊春天的板车。

"老刘啊，你真是没有意思，怎么就去了？"

老才子张打破了沉寂，颠簸着扭伤的脚跑来，边跑边喊。哪里是喊，分明是责备。

"你应诺得好好的，说要开拍楠管，却失言不守信用，算什么？你，你给我醒来。"

"你这个犟老夫子，跟我逞强交手几次，害得我伤了脚踝骨，又扔下我不管了，哪是君子行为？"

"老刘，不许耍赖，醒来醒来，我《卜居》尚未完成，你不可以撒手不管的，你不是说传流先人气息吗？你说唱我笔记，咱们楚地风流可以得到完好传承……"

说着，老才子张凑近板车，弯腰伸手去推板车里的刘师傅。他不相信，板车里那个与他争吵交手的人已经离去。只不过，又在诈他而已。只不过，是沉浸于酣畅淋漓的睡眠里。

然而，冰凉僵硬的身体无情地告知，板车里的人没有诈他，也没有沉浸于睡眠。那个人是彻底地撒手不管了，曾经的应诺，拍唱到中途的《卜居》，与我们庙村说不清道不明的联系，未曾了结的前生后世。老才子张不再推搡。

但老才子张还是不信，从刘师傅右手旁的布袋子里掏出楠管，对着含口折成两截，再次喊刘师傅。

"你断绝不了，老刘，你也走不了，除非你没在我们庙村拍唱过楠管《卜居》……你这个死脑壳，唉，想想吧，你能够去往哪里？何处放心？卜居卜居，你一生以楠管为舟楫，东西南北漂泊，不过画一个圆圈，来去一个点，落身才是落心。说来唱去，这里就是遮身避雨的屋宇。"

老才子张放回折成两截的楠管，双手交替拍打板车一侧的护栏，嘴角泛起白色的泡沫，喋喋不休地宣泄他的不信。他怎么能相信？一个人说走就走，可他的声息呢，能够全部带走？犹如刘师傅拍唱的楠管《卜居》，先人作古，可气脉暗涌啊。

"走不了，走不了啊。"老才子张仰起脖子，摇头叹息，"也净不了啊。"

"斯人杳去，声息尚存，念想才是安心处……"老才子张转身，摇晃着瘦弱的身子，边嘀咕边颠簸着受伤的脚离开。

而仍旧呆坐于老柚子树下的熊春天，闭眼坐了一会儿，放下支撑上身的双手，站起来，又拖着板车沿着无忧潭走。上了山林，又爬上她家的台坡。

我母亲闻讯而来。又很快返回，钻进她房间翻箱倒柜，找出一张纸，在手心翻开读看。是我大舅留下的离婚协议，协议下面已经签上我大舅的姓名。孤单的名字落在白纸黑字的下角，突兀地盯着我眼睛。它充满了固执和落寞，在些微折痕里透露懑怨。

母亲吐出一口气，捏着协议书再次上下看遍，又折叠好。

"拖了这么多年，还是……"母亲叨咕着，走出房间。

"大舅妈她今天就要签字，不等我舅舅回来？"

我的声音跟上，但母亲已经出了院门。不过，她肯定听见了，却懒得回答我。

我不需要回答。明摆着的答案。熊春天等不及我大舅回来，她要签上她的名字，对应那个孤单落寞的另一个。有些事情就这样奇怪，明明挨挤一块的两个人的名字，却从挨挤的刹那开始告别各奔东西。即便是两两夙愿得求，想来还是要人忍不住心肠百结地慨叹。熊春天只是熊春天了，她不再是我舅妈。

愣怔于屋檐台阶上，我看着暮色弥漫。迅疾，浓厚的黑包袭进来，连院门也只剩下模糊的影子。

那晚的庙村，一向冷寂的壁子屋，灯火煌煌，丧鼓声、哭泣声、歌声、和尚敲木鱼念经声，经久不息。我们庙村的老少都去了熊春天的壁子屋。我也不例外，与祖母挽手经过无忧潭，进去烧纸后，马上离开了壁子屋。

刚出山林，遇到了老才子张，他左手托一叠书稿，右手提一捆黄纸，左颠右簸地摸索着上山林。与我们擦身而过时，老才子张蓦地叫道，"能婆婆，你不给刘师傅喊喊魂？"

"喊什么，他魂不就在我们庙村？"我祖母不抬头也不停脚，拉着我的手继续朝前走。

"能婆婆就是聪明人。"老才子张嘎嘎笑了。黑暗中，他的笑声

万物无邪

鸭子般刺耳，扯着他喑哑的嗓门，发泄他的痛快。

刘师傅即将出殡的夜晚，他却痛快地发笑。似乎，他不是为刘师傅送行去的，而是为与故人相遇。我问祖母："他笑什么？"

"他自己得意，刘师傅来我们庙村拍楠管唱《卜居》，这么些天来，可不是为他自己？卜来卜去地，人虽走了，心却有了落处。谁不晓得？老才子张还跟我耍心眼、卖关子。"